河出文庫

アリス殺人事件

不思議の国のアリス　ミステリーアンソロジー

有栖川有栖
宮部みゆき
篠田真由美
柄刀一
山口雅也
北原尚彦

河出書房新社

アリス 殺人事件

目次

デザイン
◉
坂野公一
(welle design)

アリス殺人事件

不思議の国のアリス
ミステリーアンソロジー

アリス
殺人事件

ジャバウォッキー

有栖川有栖

「凶器はどこに捨てた？」

「…………」

「虹の色の血管。どくどくと流れる大動脈の果てに見る、觔斗雲《きんとうん》の世界一の鍵穴。それを抱くアカの底――だっけ？　詩人だね」

「…………」

「君が行動できた範囲は広くない。車も使わなかった」

「…………」

「虹の色の血管って、大阪市営地下鉄のことだろ？　七本走ってる線が、それぞれ別の色に塗り分けられているから」

「…………」

「大動脈は大阪の中心部を貫いて南北に延びる御堂筋《みどうすじ》線だろうな。圧倒的に大勢の乗客を運ぶ文字どおり市営地下鉄の大動脈だし、そのカラーは偶然にもまさしく真っ赤だ」

「…………」

「御堂筋線は南へ南へと延びた。だから大動脈の果てとは、南の終点である堺市の中百舌鳥《なかもず》だ。そこに世界一の鍵穴があるんだっけ」

「…………」

「あるとも。面積世界一の墳墓、大山《だいせん》古墳。またの名を仁徳《にんとく》天皇陵。前方後円墳だから、上空から見下ろしたら鍵穴に似た形をしている。觔斗雲（ＫＩＮＴＯＵＮ）をアナグラミングしたら仁徳（ＮＩＮＴＯＫＵ）になるから、間違いはない」

「…………」

「古墳の堀に捨てたんだろ？」

「……アカの底だ」

「アカね。アカとは、梵語《ぼんご》の閼伽《あか》。ラテン語のアクア。世界中で広く通用する言葉だ。つまり水だろ？　鍵穴を囲む水の底に凶器は沈んでるんだ」

「…………」

「違うかい？」

「…………」

「どうなんだ？」

「……違わない」

「君は一人じゃない。君の言葉は、ちゃんと私に通じたんだから」

「………」

「人間、そう簡単に一人きりになれもしないのさ」

「邪歯羽尾ッ駆《ジャバウォク》にゃ気をつけるんだぞ、わが息子！　牙むき出して噛《か》みつくぞ、爪むき出して襲いくるぞ！」

ルイス・キャロル「鏡の国のアリス」

（柳瀬尚紀・訳）

1

日記がわりの手帳によると、一九九五年五月二十日のこと。

新発売のインスタント・スパゲティを試すべく、湯を沸かしているところに電話がかかってきた。私は迷うことなくコンロの火を消して出る。それがことの始まりだった。

「推理作家の有栖川有栖《ありすがわありす》さんだね？」

こちらが出るのを待ちかまえていたように、男の声が問いかけてくる。普通ではないつっけんどんな口調に、私は警戒した。不愉快な電話だと、この後の仕事にも差し障りかねない。

「そうです。どちら様ですか？」

「俺の声聴いて、判らない？」

親しげというよりは、べったりと馴々《なれなれ》しい。私より若そうなのに。警戒しながらも少し立腹して「判りません。どちら様ですか？」と繰り返した。

「おや、ご機嫌が悪そうだね。もしかして、まだ寝ていたのかな？　小説家って、昼過ぎまでぐうぐう寝てるそうだから」

「とっくに起きて、昼飯のしたくをしてたところです。どなたか知りませんが、用事があるのなら手短にお願いします」

とっくに起きてというのには誇張があって、実のところ、まだベッドを出てから二十分したかたっていなかった。壁の時計をあらためて見ると十二時半だ。

「用事を訊かれても困るんだ。ご挨拶みたいなもんだからね。声だけで誰だか判ってもらえると期待していたのに、残念だよ」

ふざけるな、と言いたいのをこらえた。何者なのか見当がついてからどうなっても遅くはない。

「誰だか判らない人に挨拶をしてもらっても無意味でしょう。悪戯なら切りますよ。それなりに忙しいので」

「食事時に電話したのがまずかったんだな。話も聞いてくれないや」

標準語のようで、どこかイントネーションが違う。テレビの真似ごとで覚えた付け焼き刃の東京弁なのかもしれない。私には、こんなしゃべり方をする知り合いはいない。

「話を聞こうとしてるのに、そっちが言わんのやないか。聞こう。さぁ、どうぞ」

わざと邪険に言った。

「ニュースに気をつけといてくれ。近いうちにどかんと大きなことをやらかすつもりだから」

「冗談か？」

「本気だけど、信用してくれなくてもいい。その時になったら判るだろう。あっと驚かせてやるよ。日本中を俺に注目させてやらぁ。見てやがれ」

からかうような調子は次第に引っ込み、ひどく苛立ってきているようだった。この感情の起伏の大きさは普通ではない。

「おい、何を言うてるのか判らん。小説の材料やったら間に合《お》うてるぞ」

そう応じながら、私はどんよりと重い緊張感を感じ始めていた。私自身に対する脅迫めいたことを口にするのかと身構えていたのだが、男はもっと大きな危険をばら撒く、と予告しているらしい。壊れもののように慎重に扱わなくてはならないと思うのだが、どんな言葉をかけ、どうあしらうべきか見当がつかない。推理小説を飯の種にし、しばしば犯罪学者の友人のアシスタントを務めているというのに、不甲斐ない。

犯罪学者の友人。

火村英生《ひむらひでお》の顔を脳裏に描いた瞬間、はたと思い当たった。電話の声の主は、フィールドワークと称する火村の犯罪捜査の渦中で出会ったことのある相手ではないか？　警察の人間ではない。ということは、何かの事件の関係者ということになる。

「火村にもそのことを知らせたのか？」

鎌をかけてみると、男は、へっ、と薄く嗤った。

「これからだよ。そうだ、ちょうどいいや。京都の何とか大学の……研究室っていうのか？　火村先生の連絡先を教えてくれよ。土曜日も大学にいるんだろう？　あんたは相棒だからすぐ答えられるはずだ。番号案内にかける手間、省かせてもらおう」

私はダイヤルメモを見て、番号を読み上げてやった。男は「ありがとうよ」と芝居がかった言い回しで礼を言う。

「今は昼休みやから研究室にはおらんやろう。ちょっと間を措いてかけるんやな。困ってるんやったら、多分、相談にのってくれるぞ」

このおせっかいなひと言は、男の神経を針で突くものだったらしい。突然、相手はびっくりするような大声を発した。

「ほっとけ、クソ馬鹿野郎！」

それでおしまいだった。

電話が切れていることを確かめてから、私は先回りすべくすぐさま火村にダイヤルしてみる。が、呼び出し音が虚しく続くだけだった。

2

私の許に妙な電話があってからおよそ二時間後。

図書館で調べものを終えた火村英生助教授が研究室に戻ってきた時、電話のベルが鳴っていた。彼は小脇に抱えていた資料を机の上に置き、受話器を取る。

「お待たせしました。火村です」

「やっと帰ってきたのか。何百回呼んだら出るのかと苛々したぜ」

いきなりぞんざいな言葉が飛んできた。ざらついた強い苛立ちの気配がはっきりと伝わって、火村は眉根を寄せる。相手は本当に何百回とベルを鳴らせ続けていたのかもしれない。

「留守番電話ぐらいセットしておけよ。気が利かねぇな、全く」

「どなたですか？」

「俺だよ」

跳ね返ってくるのは、尊大な答え。二十代か三十代の男らしい。聞き覚えがある声ではあったが、相手が誰なのかまだピンとこなかった。火村は空いた手でネクタイの結び目をゆるめる。

「失礼ですが、まだ判らないので名乗っていただけますか？」

「自分の名前が嫌いなんだよ。どいつもこいつもくだらない名前で俺を呼びやがって。言わせんなよ。俺だ、俺」

判った。苗字しか思い出せないが。

「山沖《やまおき》さんですか？」

「山沖さんですか、なーんてすかした訊き方するなよ。犯罪者で社会の敵のクソに、さん付けなんてする必要ないだろ。あの節は本当にお世話になりましたね、先生」

山沖一世《いっせい》だ。火村はそっと椅子に掛け、筆記用具を引き寄せてから受話器を左手に持ちかえる。が、思い直して電話機の録音スイッチをオンにした。

「君こそ先生なんて無理しなくていいじゃないか。俺の生徒でもないんだから」

くだけた口調に変えて話しかける。

「謙遜《けんそん》すんなって。かえっていやらしいぜ、犯罪社会学者で名探偵の先生様が。久しぶりだな」

大阪拘置所で接見した際の彼の様子が脳裏に甦る。その時は火村と目がまともに合うのを避け、口の中でぼそぼそと意味のないことを呟く合い間に、気弱そうに身上話をしていた。いくら相手が見えない電話だからといって、こんな乱暴な口のきき方をするとは彼らしくない。

「わざわざ研究室まで電話をかけてくるなんて、どういう風の吹き回しなんだ？」

今さら恨み言をぶつけたり、あの事件の犯人は本当は自分ではないととぼけるためにかけてきたわけではないだろう。込み入った話らしい、と思いつつ、受話器を肩で挟んだ火村はキャメルをくわえて火を点ける。

「今、何をしてるんだ？」

一年半前までの彼は大阪のある大学の工学部に籍をおき、情報処理を学んでいた。そこの若い講師の帰宅を待ち伏せし、脇腹を刺すという事件を起こしたのだから、同じ学校に復学してはいないだろう。

「最低だよ」

吐き棄てるように言う。受話器から唾が飛んできそうだ。

「返事になってないな。どこからかけてるんだ？」

「さぁ、どこかな。今夜のねぐらも決めてねぇよ。昨日はナハだったけど。そうだ、あさってはワッカナイの日だっけ」

そう言ってから、人を馬鹿にしたようにへらへらと嗤った。山沖の生家は確か熊本市内だったと記憶している。那覇《なは》や稚内《わっかない》など真面目な返事だとは思えない。

「あさってはワッカナイの日だ。十五年ぶりだぜ。パンドラともお目にかかれる」

意味が判らない。

「パンドラと何だって？」

「知るかよ」

何かを抗議するためにかけてきたから興奮しているのかと思っていたが、どうやらそうではなさそうだ。山沖一世は、明らかに精神のバランスを喪失している。事件を起こした時も神経症を患っており、それが精神鑑定で認められて無罪判決が下りたのだ。このありきたりの傷害事件に火村が関与したのは起訴の後で、事件を担当した大阪府警の担当捜査官から非公式な相談を受けたからだった。この時、彼は山沖語ともいうべき妄語を解説し、それが仁徳天皇陵の堀に棄てられた凶器の発見につながった。面会して話したところ詐病とは思えない、という犯罪社会学者の意見をどれだけ参考にしたのかは知れないが、検察も控訴は無駄であろうとみて、一審で結審している。

　山沖の様子がまたおかしい。導火線に火のついた爆薬のように危険な匂いが、つんと火村の鼻を衝《つ》いた。録音テープがちゃんと回っていることを確認してから、助教授は問いかける。

「もったいぶらずに本題に入ってくれよ。用件は何だ？」

「やってやる」

　火村は、ぷっと、唇で弾くように紫煙を吐いた。

「殺《や》る？　俺をか？」

「違う。あんたのことは嫌いでもないんだ。あんたのアシスタントもね。親切だ。訊けば、あんたの電話番号をちゃんと教えてくれた」

「殺しそこねた男をまた襲うつもりか？」

　刺された講師は全治一ヵ月だった。それしきのダメージを与えただけでは不満だったとしても、襲うのならとうに黙って実行しているだろう。

「ちっ、でかいことをやるんだよ、俺は。あんなクソには、もう興味はない。だいいち、あの野郎はもう大阪にはいねぇらしいし」

「ということは、君は今、大阪なんだな？」

「それ、推理？　はずれだよ。しかし、勘弁しろよな。そんなふうに人の言葉尻を捕まえて喜んでるから、三十も半ばにさしかかってんのに彼女の一人もいねぇんだ」

「ほっとけ。——君の彼女は元気か？」

雑談を誘ったのではなく、話を先に進めるために相手を刺激してみたのだ。案の定、山沖の声の切迫した調子が高まる。

「あの女はどっかに失《う》せたよ。あいつがややこしいことをしたから、こっちは半年も病院で医者の相手をさせられたっていうのに、薄情なもんだぜ」

そう、山沖は恋人を奪われるのではないかと恐れて、あわや殺人罪を犯すところだったのだ。そうには違いないが、彼女にその行為をありがたく感じろと要求するのは無理な相談だ。

「むかつくんだよ。何もかも。どいつもこいつもぶっ殺してやりたい。全部ぶち壊してやらあ。このままですますもんか」

「落ち着けよ。どうしてそんなにいきり立ってるのか話してくれないか」

「身上相談のつもりでかけたんじゃない。ただ、俺が元気だってことを先生に伝えたかっただけさ。そのうちでかいことをして、雄姿を全国に披露するつもりだ。半端なことは考えてないぜ」

「脅かすなよ」

「本気だ。アシスタントには先に伝えてある」

「有栖川のことだな。彼にはもっと具体的なことを話したのか？」

「またな」

「待てって」

「あんたの時計、遅れてるぜ」

切れた。

3

そして、午後三時四十分。

仕事に手がつかないでいた私に、火村からの電話がかかってきた。妙な電話がいっただろう、と尋ねると、彼は「ああ」と答える。そして、山沖一世という男を思い出させてくれた。火村とともに、私も彼と会ったことがあるのだ。

「大学の講師を刺した男やな。目玉が落ち着かんで、何か口の中でぶつぶつ呟きどおしやったのは覚えてるけど、あんな粗野なしゃべり方をしたか？」

「まるで変わってる。しかし、山沖なのは確かだ。途中で意味不明のことを言ってたし、精神のバランスがかなり崩れているのかもしれない。演技とは思えなかった」

「そう、事件を起こした当時も謎掛けみたいな意味不明のことをぶつぶつ言うてたな。それで俺が彼につけた仇名《あだな》が——」

「ジャバウォッキー」

私の愛読書『鏡の国のアリス』の中の詩に登場する森の怪物の名前だ。鋭い牙や爪を持っているらしいが、正体はよく判らない。その名前の由来にも諸説があるが、定説はなし。キャロル研究の第一人者である高橋康也《たかはしやすなり》氏によると、ジャバウォッキーは《言語から造られた怪獣》であり、《妄語を発する怪獣》であり、《言語の混乱》の象徴であると言う。韻律《いんりつ》と言葉遊びの面白さを楽しむべきそのナンセンス詩の怪物を、私は山沖という名前に強引にひっかけたのである。彼の譫言《うわごと》には時にとぼけたおかし味があったり、難解な象徴詩のように不思議な酩酊《めいてい》感を誘ったりするものがあったから。独特の言語感覚の持ち主なのだ。

　山沖が火村に伝えた意味不明なこととはどんなものなのか尋ねると、助教授は録音したものの要所を再生して聞かせてくれた。さすがはジャバウォッキー、妙なことを口走っているではないか。

「昨日は那覇にいてあさっては稚内っていうのはどういうことやろうな。飛行機で飛んだら半日でも移動するのは可能やけど、旅行にしてもまともやない」

「あさっては稚内に行く、と明言してるわけじゃない。彼は、『あさってはワッカナイの日』と言っただけなんだから」

「ワッカナイの日って何やろう。東京の都民の日みたいなもんがあるのか？」

　札幌生まれの火村は「知らねぇよ」とあっさり言った。本で調べるか、電話で問い合わせれば確認できるだろう。

「他にもおかしなところがあったな。『パンドラともお目にかかれる』とか」

「『十五年ぶり』だとさ。大した詩人だ」

「そのパンドラっていうのは、人間なんやろうか？」

「さぁ、怪しいな。疑いだせばナハとワッカナイが地名かどうかも怪しいもんだ。全く無意味な出鱈目《でたらめ》をしゃべったのでもなさそうなところが気になるんだけど」

同感だ。それはそうと――

「最後の『あんたの時計、遅れてるぜ』とかいうのは何なんや？」

「思わず自分の腕時計を見ちまったよ。狂ってなんかいなかった。新手の捨て台詞《ぜりふ》なのかもしれない」

テレビドラマか映画で評判になっていないかと訊かれたが、聞いたことがない。

「お前のところに先に電話がいっただろ。彼はどんなことを言ったんだ？」

どんなことも何も。私は覚えているだけの内容を再現して聞かせた。近いうちに大きなことをして日本中を驚かせてやる、という曖昧で誇大妄想的な宣言を。

「それだけか？」

火村はきつい調子で言う。

「そうや。首相官邸を爆破するとか、要人を暗殺するとかいう言い方はせえへんかった。ごく漠然とした表現ばっかりで、いかにもはったり臭かったけどな」

「憂《う》さ晴らしの悪戯電話のようでもあるんだけど、安心できないな。どこかに向かって暴力を行使したいという衝動に駆られているのかもしれない。それを事前に止めて欲しがって、お前や俺に電話をかけてきたとも考えられる」

そうかもしれない。つまり、脅迫ではなくＳＯＳというわけだ。だとすれば、彼は私たちを頼っているのであり、こちらにはそれに応える責任がある。

「結審した後、彼は入院して病院の治療を受けてたんやろう?」

「今年の二月に一度、面会に行って、一時間ほど話したことがある。その後のことは知らない」

面会時の印象では、順調に快方に向かっているようだったという。ということは、その後で退院したものの、環境への適応に失敗するかどうかして、精神状態が不安定になっているのかもしれない。

「とにかく、船曳《ふなびき》さんに連絡をとってみる。山沖の近況について、何か知ってるかもしれないから」

船曳さんとは、私たちが昵懇《じっこん》にしている大阪府警捜査一課の警部で、山沖を逮捕した担当捜査官でもあった。彼の近況について、私たち以上のことを知っているかもしれない。

「また電話してくれ」

私はそう頼んで、通話を終えた。

何か重大な危機が迫りくるのを実感したわけではないが、どうにも落ち着かない。仕事をやりかけたものの、少しも筆は進まず、もしかしたら、また山沖から電話が入るのではないか、と期待めいたものを抱く自分がおかしかった。

ワッカナイの日という言葉が気になる。事態が進展するのを座って待つのがもどかしく、稚内観光協会の番号を調べて電話してみた。そんな名称で呼ばれている日はなく、明後日にも近日中にも特別な行事の予定もない、との回答だった。

ＷＡＫＫＡＮＡＩ。

手近にあったメモ用紙にローマ字で綴り、文字を入れ換えたら別の言葉にならないものかと試したりもする。山沖が逮捕される直前に泊まったビジネスホテルで使った偽名を思い出したからだ。その偽名とは、青木《あおき》五月《さつき》。ＹＡＭＡＯＫＩを綴り換えてＭＡＹとＡＯＫＩに分割し、さらにＭＡＹを五月に翻訳するという操作で作られた名前である。ジャバウォッキーは言葉をこねくり回すのが好きなのだ。しかし、ワッカナイについては、また違った趣向を凝らしているらしく、有意な言葉に変換できない。ワッカナイノヒとしても駄目だ。

では、ナハだのパンドラだのというのはどうなのだろう？　ＮＡＨＡ。ＰＡＮＤＯＲＡ。

――ピンとくるものが浮かばない。

十五年ぶりだぜ、というフレーズも謎めいている。ワッカナイに行けばパンドラと十五年ぶりに会えるということか？　山沖の正確な年齢は記憶していないが、二十二、三歳だろう。十五年前というと、彼が七つか八つの時ということになる。その頃、彼が経験したことが、あさってに再現されるということなのかもしれない。

ヒントでもないものか、と朝刊を開いて目を通したが、なかなかそれらしきものが見当たらない。それは彼だけに関する個人的なことなのかもしれない。夕刊にはまだ早いかな、とドアポケットを見てみたら届いていた。それをテーブルの上でバサリと開いたところで電話が鳴る。

「山沖がまたトラブルを起こしたらしい」

火村の声が前置きもなく告げた。

4

「トラブルって、どんな?」

「彼は昨日の宵《よい》の口に、十三《じゅうそう》で酔っぱらいを刺した。ご丁寧に免許証の入ったカード入れを現場に落として逃げたので、すぐに手配されたそうだ」

酒場で肘が当たったのどうのというつまらないことから中年のサラリーマンと口論になり、向こうが先に手を出したので逆上してやってしまったという。不幸中の幸いにして、相手の怪我の程度は軽かった。しかし、加害者の山沖自身が精神のバランスを大きく崩してしまったらしい。

「山沖は逃走中なんやな?」

「そう。すぐ近所のワンルームマンションには金を取りに帰ったらしい形跡があった。パソコンは五台持ってたそうだけど、かくまってくれる友人は一人もいそうにない。大阪府警の依頼を受けて、熊本県警の刑事が今朝早くに生家の様子を窺いにいったところ、朝九時前に付近で彼らしい男を見たという目撃証言があったそうだ。結局、生家に現われなかったところをみると、警察の手が伸びることを察知したんだろう」

「ということは、俺やお前のところにかかってきた電話は、九州からのものやったわけか」

「さぁな。今朝の九時前に熊本にいたらしい、というだけだから、午後はどこにいたのか判らないだろう。時刻表によると12時40分熊本空港発14時5分ソウル着って便もある」

熊本空港から私に、ソウルから火村に電話をかけたとでもいうのか？　まさか。

「彼を捕まえたい」火村はきっぱりと言う。「自首させたい、というだけじゃないぜ。保護したい。危なっかしくて心配だ。自傷のおそれもある。それを彼自身も無意識のうちにか感じていて、電話を寄こしたんだろう」

逮捕されたくはないが、自分を守ってもらいたい。そんな葛藤《かっとう》に引き裂かれているがために、簡単に意味がつかめない電話になったということか。厄介なことだ。

「せやけど、あんな出鱈目な電話では――」

「出鱈目じゃないさ。彼は昨日、ナハにいたと自分から話したじゃないか」

「それのどこが出鱈目やないんや？　大阪で酔っぱらいを刺して熊本に逃げたんやろう。沖縄に寄る余裕があったはずがない」

「やれやれ。推理作家のくせに、宵の口に大阪にいた奴が今朝の九時前に熊本にいたっていうことの意味が判ってねぇな、アリス？」

え、と私は考え込む。

「クイズ番組じゃないから答えを言うぜ。山沖が夜のうちに大阪から熊本に移動する手段はごく限られていた。運転免許を紛失したことに気づいたせいだかどうか知らないが、彼は寝台列車を使ったんだ。車中で泊まったんだよ」

大阪から鹿児島本線経由で熊本方面に向かう寝台特急は二つある。鉄道ミステリを書くこともある私は、その名称ぐらいは知っていた。一つは東京発西鹿児島行きの『はやぶさ』。もう一つは新大阪発で同じく西鹿児島行きの──

「『なは』に乗ったんやな？」

椰子《やし》の葉をトレインマークにしたその列車は、一九七二年に沖縄が日本に復帰したことを記念して『なは』と命名されたのだという。知名度はあまり高くなく、地味な列車だ。以前、東京からきた編集者が大阪駅に停車中のこの列車を見た時の反応がおかしかった。彼は「げっ、いつの間に沖縄まで海底トンネルがつながったんですか？」とのけぞってみせたのだ。

「『なは』は大阪駅を20時33分に出て、翌朝の7時9分に熊本に着く。傷害事件は昨日の八時前だったらしいから、時間的にも符合する。昨日の夜はナハにいた、というのは出鱈目じゃなかったんだ。今度彼から電話が入ったら、判じ物を解読していることを伝えてやらなくっちゃな」

「ワッカナイとかパンドラっていうのも解読できたんか？」

「いや、そっちはまだだ」

まだだ、と堂々と答えやがる。気鋭の犯罪学者も無理やりクイズの解答者席に座らされて、難儀しているのだろう。

「俺も何か思いついたら連絡するわ。さっき稚内の観光協会に問い合わせたら、ワッカナイの日……という、の、は……」

私が口ごもってしまったのは、テーブルの上に広がった朝日新聞のある見出しが目に飛び込んできたからだった。火村からの電話がかかってきたので、まだチェックしていなかったページだ。

わっ、輪がない土星
5・22未明　東の空
15年ぶりの天文現象

輪がない土星。輪っかがない土星。ワッカナイ。

どうかしたのか、と訊く助教授を制して、私はその記事を読む。

土星の輪が十五年ぶりに消える現象が、二十二日に起きる。天文ファンには今年最大の話題。消えるのは見かけだけで、輪が地球に対して真横になるためだ。——

「ワッカナイの日の意味が判ったぞ」

私は新聞記事を電話口でそのまま読み上げた。口笛でも返ってくるかと思いきや、火村は沈黙したままでいる。やがて——

「ふざけやがって。そんなものはあいつの行動に関係ないじゃねぇかよ」

「毒づくなよ」

「じゃ、パンドラっていうのは何なのかついでに教えてくれ」

そう言われても困るのだが……

「手許の百科事典か図鑑で『土星』という項目を調べてみてくれ。多分、出てくる」

命じられた私は保留ボタンを押して、書斎に走った。一巻ものの分厚い図鑑でしかるべき項目を引くと、答えはすぐに見つかった。必要もないだろうが、図鑑を提げて電話に戻る。

「あったぞ。パンドラは土星の衛星の一つや」

「そいつはふだん輪の陰に隠れてるんだろう。そして、十五年ごとに、輪の向きが地球から見て水平になる時だけ観測可能になるわけだ」

「あいつのおかげで賢くなったな」

「馬鹿のままでもいいのによ、俺は」

相当かりかりきているようだ。私は少しなだめてやることにする。

「次に電話があったら、それも解読できた、と言うてやったらええやないか。ジャバウォッキーの孤独もやわらぐかもな」

「大人をからかうのをやめて、早く出てこいって言ってやるよ」

山沖と私たちとは十歳ほどしか違わないのだが。

会話が途切れたところに、キャッチホンの音が割り込んできた。

「誰かがかけてきた」

「出ろ。山沖なら相手をして色々と聞き出すんだ。俺は一旦切る」

判った、と答えてフックを押した。

ジャバウォッキーが「こんちは」と言った。

5

「火村先生にかけたら話し中だった。本当に気が利かないったらありゃしないよ。今の時代に留守電もキャッチホンも使ってないんだから、原始人だね」

不満げではあったが、本気で怒っているようでもない。私は受話器を握り直す。

「山沖さんですね。どこからかけているんですか？」

そう尋ねながら、彼の声の背後から洩れ聞こえてくる音に耳を澄ました。何か大きな機械が高速で回転しているような雑音がしているのだ。耳に覚えがある音だ。

「どこだろうね。当ててみなよ」

大人をからかうんじゃない、と私は胸の裡《うち》で叫んだ。

「携帯電話を使ってるんでしょ？」

「便利なもんだよな。子供の頃、二番目に欲しかったのがトランシーバーだった。その夢がかなったみたいな気分さ。——ところで、俺はどこにいるんだろう？」

「さぁ、難しいですね。熊本からなら飛行機でソウルもすぐやし、今夜の『なは』で帰ってくるんですか？　あさっての未明の土星観測に備えて」

「何を言ってんのかちっとも判らないねぇ、有栖川センセ」

その口調には動揺の色もなければ、喜びの気配もなかった。平静を装っているのかもしれない。

「メッセージをちゃんと解読したんやから、褒めてくれてもよさそうなものやけどな」

「メッセージなんかありゃしない。俺はただ――」

ふっと通話が途切れた。切れてしまったようなので、ひとまず私も切る。そして大急ぎで書斎へ携帯電話を取りに走り、それで火村にダイヤルする。

「山沖からやったけど、途中で切れた」そのやりとりを大急ぎで伝えてから「またすぐにかかってくるやろうから、このまま聴いててくれるか」

「判った。拡声にしておいてくれ。録音もしろ」

「了解」

そのままじっと待機したのだが、五分たってもかかってこない。何かを言いかけたところで中断したはずなのに。

「アリス」

左手に持った携帯電話から火村の声が洩れた。

「山沖は『子供の頃、二番目に欲しかったのがトランシーバーだった』とかほざいてたな。じゃ、一番欲しかったのは何なんだ?」

「その質問は時間つぶしか?」

「もちろん違う。どこにどんな意味を詰め込んでるか判らない野郎だから考えてるんだ。まぁ、あそこでトランシーバーにつながる携帯電話という言葉を出したのはお前だけれども」

「ふーん、あれこれ考えるねぇ。俺もトランシーバーを持ってるおぼっちゃまが羨ましいと思った時期があったけれどな。火村先生が一番欲しかったものは何なんや？」

「天体望遠鏡だ」

思わず頬のあたりがゆるんだ。柄にもなく可愛いことをぬかすではないか。

「山沖も俺と同じだったのかもしれない」

「ひねくれ者同士で趣味が一致するというわけか？」

からかっているのに、火村の口調はいたって真面目だ。

「土星の輪があさって消えるという情報はテレビか雑誌で読んだんだとしても、パンドラなんて名前がぽろっと出るのは興味の持ちようが普通じゃないんだろう。『天文ファンには今年最大の話題』だからな」

当たっているのかもしれないが、それだけのことだ。白けた気分になりかかったところで、ジャバウォッキーからの三回目の電話がかかってきた。すかさず録音と拡声のスイッチを入れる。

「天文ファンの山沖さん、待ちくたびれましたよ」

そう話しかけると、相手はふんと鼻を鳴らした。さっきと同じ音が聞こえている。ひょっとするとこの音は……

「電車の中からかけてるんですか？」

山沖は素直に答えず、「どうだか」とうそぶく。

「そうか、トンネルに入ったから電話が切れたんやな。正解の時はそうやと言うてもらいたい」

「いい気になるなよ、小説家」

「凄《すご》むことはないでしょう」

「いい気になるなって言ってんだ。何もかも判るんなら、俺を止めてみろ。できねぇくせに、恰好ばっかつけるな、クソが。火村の電話はつながんねぇしよぉ！」

また興奮しだした。この会話が聞こえているはずの火村から助言はないか、と左手の携帯電話を耳に近づけるが、彼はうんともすんとも言わない。

「お前の時計は遅れてる」

ジャバウォッキーは絞り出すように言った。聞いたことのある台詞だ。

「火村の時計も遅れてるそうやな。で、君の時計は正確なのか？」

「俺のはちょっと進んでる」

わずかに間があって、彼は弾けるような口調に変わった。

「でも、だんだん遅れていってるんだ。もうすぐ進んでると遅れてるのサカイになる。もうすぐ。サカイで一瞬だけぴたりと正確になる」

どういう反応をしたらいいのか戸惑う。

「正確な時間にどんどん近づいていく。まだ進んでるけど……もうサカイだ。今、合った！

そら、今度は遅れだしたぞ」

と、左の耳に火村の声が飛び込んできた。

「アリス、よく聴けよ」

右の耳からはジャバウォッキーの声。

「俺の時計ももう遅れちまったよ。あんたと同じだ。少しずつ少ーしずつ遅れていく」

左右の声は同時にまくしたて始める。

「俺に電話するよう山沖に言え。必ずかけさせろ。それで、お前は携帯電話を持ってすぐに新大阪駅に向かえ。大至急だ。今すぐにやれ」

「あんたたちの相手をするのも厭《あ》きてきたよ。バイバイするかな。後はニュースに気をつけといてくれ。何かすかっとするようなことをやらかすから」

「二十分で新大阪に行け。後で携帯に電話を入れて説明する。無理だとか言わずにすぐ飛んで出ろ！」

「あばよ。もう誰にも俺の邪魔はさせない。どいつもこいつもざまぁ見ろだ！」

私は「待て」とジャバウォッキーを止めた。

「火村に電話しろ。今度はきっとつながる。保証するから、あいつに電話しろ。絶対にかけろよ」

そうどなって切った。そして、火村に「すぐ行く」と答え、携帯の通話スイッチもオフにして、上着も着ずに部屋を飛んで出る。夕陽丘のわがマンションから新大阪まで二十分で行けというのは、常識的には無理な指令だったが、やってみるしかない。私は地下の駐車場に駆け下りて、ブルーバードをロケットスタートさせた。

わけが判らないまま谷町筋《たにまちすじ》を北に向かう。行く手の信号は私の車が近づくと、気味が悪いほどいいタイミングで次々に青に変わっていく。年に一度のグッドラックに恵まれたらしい。梅田新道《うめだしんみち》までで十分しかかかっていない。

傍らに置いていた電話が鳴った。幸いなことに信号で停車中だったので、さほど慌てることなく出ることができた。運転中に電話をするなど蛮行だと思っているが、非常事態なのだからやむを得ない。

「新大阪に向かってる。間に合うか微妙なところや。——ジャバウォッキーはかけてきたか？」

「きたよ。——五時四十七分までに新幹線二十番ホームに上がってくれ」

信号が青に変わった。アクセルを踏み込んでから、私は溜め息をつく。

「駅に着くだけでぎりぎりや。着いてからホームに上がるだけで五分かそこらはかかるぞ」

「やってやれないことはないさ。入場券なんか買わずに千円札でも投げて改札を通れ」

やってやれないことはないだと？　簡単に言ってくれる。

「五時四十七分着の電車に山沖が乗ってるのか？」

返事はイエスだった。

「どうして判るんや？」

「進んでた時計がどんどん正確になっていって、サカイをすぎたとたんに遅れだしたとか言ってただろう。あれでピンときた。彼は自分の居場所を暗示してたんだ」

「そのサカイっていうのが判らん」

危ない、とひやひやしながら二台まとめて追い抜く。左手を梅田の高層ビル群が過ぎていく。

「屁理屈をこねれば、時計がぴたりと正確な場所というのは限られている。ある特定の子午線の上でだけ時計は正しい時間を刻める、ということだ。日本の標準時間は東経一三五度の子午線上だろ。その線をまたいで建っている有名なものがあったっけな」

小学生でも知っている。天文ファンでなくても。

「そう、明石《あかし》市立天文科学館だ。俺の時計が仮に一時を差していたとして、それが完璧に正確だ、と言い切れるのは、明石市立天文科学館のように東経一三五度線上に立っている時だけなのさ。それより東にいたなら、事実より遅い時刻を差していることになり、西に立っていたら早い時刻を差していることになる」

ひどい与太だが、ジャバウォッキーがこね回しそうな理屈ではある。

「あいつは電車に乗ったまま明石を通過したわけか？」

「そう。熊本から逃げて帰ってきているのなら、方向も合う。サカイっていうのは、アカシの綴り換えのつもりかもな」

ＳＡＫＡＩ――ＡＫＡＳＩ、か。

「奴はわざわざ明石にさしかかったところで電話をかけてきたんだろう。その前の土星の輪だの衛星だのの話もアドリブじゃないかもな。土星ってのは、時の神のクロノスが司《つかさど》る星だ」

そんなことは後で聞けばいい。

「けれど、それだけでは乗ってる列車まで特定できへんやろう。彼に訊いたのか?」

「いいや。明石で停車する音もアナウンスもなかっただろ。そんなことは在来線ではあり得ない。ということは、奴が乗っているのは『ひかり』か『のぞみ』だと推察できる。時刻表で調べたら、時間的に該当する列車があった。博多発新大阪行きの『ひかり182号』だ。こいつは新神戸《しんこうべ》には停車するけど、西明石は通過だ。彼はどの駅からかこれに乗ったんだ」

私は少しばかり安心材料を見出した。

「新大阪が終点やとしたら、多少の遅刻は許されるな」

「チャンスは一度しかないかもしれない。奴が電車から降りてきたところを捕まえるんだ。こいつは『シャトルひかり』とかで、六両しか連結していない。奴には『新大阪から動くな』と言った。『知ったことか』と罵って切りやがったけれどな」

「判った。——もう俺が聞いておくべきことはないな? ぶっ飛ばすから」

「ない。頼むぞ」

電話を助手席に投げ、後は運転に集中した。ジャバウォッキーを乗せた列車はもう新神戸を出て、長大な六甲《ろっこう》トンネルを通っている頃だろう。こちらは梅田を過ぎて淀川《よどがわ》にさしかかている手前だ。新大阪駅はすぐそこまできてはいた。勝負は車を降りてから。私の脚力にかかっているのかもしれない。

ほどなく、まるで個性のない新大阪駅が見えてきた、後でどんな非難を浴びることもいとわない覚悟を決めた私は、二階に通じるスロープを昇り、タクシー乗場を通り過ぎてから車を停めた。そして、誰かの声が背中に飛んでくるよりも早く駅に突入し、人の流れを乱しながら左手に回って新幹線中央入口を目指す。時計の針が四十六分なのをちらりと見て、改札口を抜ける際には火村の提案を採用してしまった。「あなた！」という改札係の叫びを振り切る。二十番ホームへは人がいっぱいのエスカレーターに乗っては遅くなると判断し、瀕死《ひんし》の驢馬《ろば》のようにぜいぜい息を切らしつつ、階段を駈け上がった。

『ひかり１８２号』はもう停車し、ドアを開いていた。私はどっと吹き出してきた汗も拭わず、いっせいに吐き出されてくる乗客の中に山沖の姿を捜す。東寄りの別の階段から降りていかれては大変だ、ときょろきょろ目を配っているうちに、見覚えのある顔を発見した。一年半ぶりでもすぐに判った。

薄い眉、細い目、尖った頬骨、不精髭《ぶしょうひげ》。憔悴《しょうすい》しているようで顔色はよくない。左の目尻の痣《あざ》は酔漢にパンチをくらってできたものだろう。

シャツの裾をだらりと垂らし、ジーンズにブーツといういでたちの彼も私に気づいたらしく、ぴたりと足を止める。左手にはキヨスクででも買ったらしいショッピングバッグ、右手には携帯電話を提げている。ややかすれた物憂い声で、彼から話しかけてきた。

「そんなに汗かいちゃって。年長者を走らせて恐縮だね。お巡りをけしかければよかったろうによ」

「そんな気は端《はな》からなかった」

そう応えると、彼は天を仰ぐようにして、ふぅと溜め息をついた。そして、電話のリダイヤルボタンを押す。

火村に報告をするつもりらしい、不貞腐《ふてくさ》れているでもなく、さばさばした表情になって私と視線を合わせた彼は、そのまま電話に向かって言った。

「どうしてだか、捕まっちまったよ、先生。ワッカナイの日にあわせて、日本中が俺の創った言葉を話すようにしてやりたかったのに」

ジャケットの胸のポケットをまさぐり、何か取り出す。一枚のMO（光磁気ディスク）だった。私は、はっとした。

ジャバウォッキーをみくびっていたのかもしれない。彼はコンピュータ・ネット上に伝染性の害毒を流し、日本中に大騒動を起こす能力を持っていたのだ。私に向かって差し出されたこのMOこそ、災いがぎっしりと詰まった――

「パンドラの匣《はこ》さ」

アリス
殺人事件

白い騎士は歌う

宮部みゆき

1

陽《ひ》が照れば、影が落ちる。

それは人間でも、ほかの動物たちでも同じことだ。その影は等身大で、どこに行ってもついてくる。

だが、それとはまた別の影を、お供のように引き連れている人間たちがいる。

それが、探偵事務所を訪れる依頼人たちなのだ。本人は一人で来ているつもりでも、その後ろに必ず、悲劇や喜劇というお供を従えている。

そうしたお供の影たちは、主人と同じ顔、等身大の姿をしていて、主人の身体にまとわりついている。彼らはやどり木なのだ。ほかの誰でもない、主人の血と肉と骨から生え出ているものなのである。

調査員たちの仕事は、原則として、そのやどり木を主人からうまく切り離すことにある。それがうまくいかなくても、最低限、やどり木の枝を刈り込んだり、勢力を弱めてやることはできる。そういう点では、腕の良い植木職人と似ていないでもない。

申し遅れたが、俺の名前はマサ。元警察犬。今は引退して、蓮見《はすみ》探偵事務所というところで用心犬をしている。

いい事務所だし、いい仕事だ。気に入っている。

俺とコンビを組んでいるのは、蓮見加代子《かよこ》嬢。所長・蓮見浩一郎《こういちろう》の自慢の娘でもあり、事務所では最若手の調査員でもある。年齢と華奢《きやしや》な身体の割には腕っぷしの強い「植木職人」の彼女と、俺はいろいろなやどり木を切り倒してきた。

だが、これまでに俺と加代ちゃんが出会ったなかに、たった一人だけ、やどり木ではなく、別のものを連れてやってきた依頼人がいる。女性で、美しかった。

彼女が連れていたのは、白い騎士だった。

2

夕暮れ。

空はどんよりと曇り、鼻のしびれるような冷たい風が吹いている。風の中に、俺は凍りつつある雨の匂いを感じとっていた。

俺は糸ちゃんと一緒に歩いていた。蓮見糸子《いとこ》嬢――加代ちゃんの妹である。暖かそうなジャケットを着て、夕飯の材料をしこたま詰め込んだ買い物袋をさげた彼女は、俺をつないだ革紐を左手に、ちょっと歩いては足を止め、頭上を見上げるという動作を繰り返している。

「雪になりそうだね」

きっと降るよと、俺はしっぽを振ってみせた。だから早く家に帰ろうじゃないか。

だが、糸ちゃんはまた立ち止まる。

「雪って大好き」

よくしってるよ。もう四年以上のつきあいなんだから。

「早く降ってこないかなぁ。あたし、雪が降り始めるその瞬間を見てみたいんだ。マサ見たことある？」

俺と一緒にいるとき、糸ちゃんはよくこんなふうに話しかけてくる。そして、確かに俺と「話し合う」ことができる。俺には人間の言葉をしゃべることができないし、糸ちゃんには俺たち犬族の言語を解することができないにもかかわらず、だ。これぞコミュニケーションというものではないか。

だが、悲しいかなここにも世代間のギャップというものは存在するのだ。

糸ちゃんは十七歳。乙女である。そして俺はもうロートルで、身を包む毛皮もいささかくたびれている。

俺は寒い。なあ糸子ちゃん、早くストーブにあたろうよ。

「雪が降り始めるときって、音が聞こえるんだって。どんな音がするんだろう」

糸ちゃんはまだ空を見上げている。俺はぶるぶるっと身震いをし、考えてみればこんな地上に降ってくる雪自身、さぞかし寒いだろうなと思った。

鼻が凍る、と感じつつ目を上げたとき、糸ちゃんが歓声をあげた。

「あ、降ってきた！」

そして、俺は見たのだ。その女《ひと》を。

俺たちから少し離れたところにある交差点を、彼女はゆっくりと横断しようとしていた。グレーのコートに包まれた身体を前かがみにして、風を避けるように衿《えり》をたてている。

その姿が目に入ったとたん、俺の視界にも雪が降ってきた。まるで、彼女が現われるのを待っていたかのように。

そして彼女は、少しばかり足が不自由なようだった。

軽くではあるが、左足をひきずるようにして歩いている。交差点を渡りきったところで一息つくと、途方にくれた様子であたりの町並みを見回す。歳は二十代半ばというところだが、少女のようにか細い姿だ。

その右手になにかメモのようなものが見えたので、俺は軽く、ワンと吠えた。

糸ちゃんが俺を見おろし、それから彼女に気づいた。あの人、道に迷ってるようだよ、という俺のメッセージは、あやまたず糸ちゃんに通じていた。

「こんにちは」と、糸ちゃんは声をかけた。相手がこちらを向くと、にっこり笑ってみせる。

「お困りですか？」

その女性は、救われたような顔になった。

「番地はわかってるんですが、迷ってしまって……」

悪い方の左足を、一歩一歩押し出すようにして近づいてくる。俺と糸ちゃんは急いで駆け寄った。

「ここなの。この近くでしょうか」

女性が手にしていたメモを見せる。雪まじりの突風がひと吹きして、メモは小鳥の羽のようにはばたいた。

糸ちゃんは、真っ赤になった鼻の頭に雪の小片をくっつけて、あらと言った。

「ここなら、あたしのうちです」

3

蓮見探偵事務所は、確かに、ちょっとばかりわかりづらい場所にある。住宅地のど真ん中だ。それも、しもたやと小さな町工場が混在する下町の一角に、ごく控えめな看板を掲げているだけだから、初めて訪れる人が戸惑うのもよくわかる。

雪と一緒にやってきた依頼人は、宇野《うの》友恵《ともえ》さんといった。暖かな事務所のソファに腰をおろした彼女は、想像していた「探偵事務所」のイメージとの差を埋めるために、しばらくのあいだ、周囲を見回していた。

「びっくりなさいました？」

熱いお茶を運んできた加代ちゃんが言った。相手が同年代の女性だから、最初からうちとけた雰囲気をつくろうとしているようだ。

「ええ、少し、もっと暗い感じのところかなって思っていました」

この事務所は内装も明るくしてあるし、将来は画家になりたいという糸ちゃんの選んだ、しゃれたリトグラフが壁を彩《いろど》っているのだ。

「あの、この上はご自宅なんですね？」

天井を見上げて、友恵さんはきいた。彼女にしてみれば、探偵事務所を探して訪ねてきたら、夕飯の買い物をして帰る女の子に「それ、あたしのうちよ」と案内された、という事態が不思議で仕方がないのだろう。

「そうなんです。一階を事務所にして、階上は住まいなの。すごい職住近接でしょう？」

「それに、女性の探偵さんがいるなんて……」

加代ちゃんはほほえんだ。

「わたしのほかにも女性の調査員がいますよ。特にそれをご希望でしたら、ご依頼の件を女性に担当させることもできます」

一般に探偵社や興信所では、調査にあたる者は、直接依頼人に会うことはない。その方が、いろいろな意味でスムーズにことが運ぶし、安全だからだ。

蓮見探偵事務所も例外ではない。依頼人には所長と加代ちゃんが会い、調査を引き受けることになっても、それをお抱えの調査員たちに割り振るのだ。加代ちゃんが直接その件を引き受けることになっても、「わたしがやっています」とは言わず、原則として報告者の立場を保つことにしている。

今、事務所には加代ちゃんしかいない。所長はちょっとしたやっかいごとの仲裁を頼まれて、一昨日から九州の方に出張しているのだ。もうしばらくは戻れないだろうから、友恵さんが持ってきた件は、加代ちゃん一人で判断することになる。

それすなわち、俺の事件ということだ。俺は耳を伏せ、尻を床におろして、友恵さんが話を切り出すのを待っていた。

「調査を請け負うところはたくさんあるのに、うちに来てくださってありがとうございます」

加代ちゃんは友恵さんの向かいに腰をおろし、丁寧に頭を下げた。

「どなたかに、ご紹介いただいたんでしょうか」

友恵さんは首を振った。

「電話帳で探したんです。それで――ここの広告がいちばん地味だったから」

膝の上で、友恵さんは指を組んだりほどいたりしている。自分の抱えている問題をどう言葉にしようかと、心の中で吟味《ぎんみ》しているのだろう。

やがて、彼女は小さく言った。

「こちらでは、探し物はしてくださいますか」

「はい、もちろん」

「それがどんなことであっても？」

加代ちゃんはふっと目を見張り、肩の上から束ねた髪をはねのけた。

「手がかりさえあれば、できるだけの努力はいたします」

「できるんですね？」

友恵さんの目がここにきて初めて輝いた。

俺はちらりと警戒心を抱いた。彼女が探してもらいたがっている「対象」について。

人探しというのは、案外やっかいなものが多いのだ。極端な場合、あの晩スナックで隣り合わせたあの男を探してください。名前も職業も何も知らないけれど、恋してしまったの……なんていう依頼もあるくらいだ。

だが、友恵さんの依頼はそんなものではなかった。彼女は手をぎゅっと握りしめ、顔を上げた。

「最初からお話しします。敏彦《としひこ》——宇野敏彦という名前に聞き覚えはありませんか？」

俺は加代ちゃんを見上げた。聞き覚えがあるような気がしたのである。

「わたしの弟なんです。今、警察から指名手配されています」

加代ちゃんは広げたメモ帳の上に手をおいたまま、ちょっと考えた。それから小さくうなずいて、壁のボードを振り返る。

「ええ。うちにも警察から人相書きが回されてきています」

そのボードには、その種の手配書や行方不明者の似顔絵などがまとめて張り出してあるのだ。遅まきながら、俺もそれで思い出した。

宇野敏彦、二十二歳。容疑は強盗殺人である。

友恵さんは、少し青ざめた顔で事件の詳細について説明をしてくれた。

事件が起こったのは、二月の十六日のことだ。殺されたのは株式会社「ハートフル・コーヒー」社長、相沢一郎《あいざわいちろう》氏、五十五歳。

現場は日本橋本町《にほんばしほんちょう》にある「ハートフル・コーヒー」本社の社長室だった。社長室といっても、共同ビルのワンフロアの事務室の一角をついたてで仕切っただけのもので、社員なら誰でも出入りは自由だ。

相沢社長は、この社長室の机にもたれるようにして死んでいた。発見したのは、この部屋に明かりがつきっぱなしになっているのを不審に思ってやってきた管理人で、すぐに一一〇番通報をした。午後十時すぎのことだった。

「社長さんは、後ろから頭を強く殴られて殺されていたそうです」

そして、社長室のそなえつけの金庫のドアが開けられ、中に保管されていたはずの現金約千二百万円が消え失せていた。

警察ではすぐに、内部もしくは会社の事情に詳しい者の犯行だと考えた。

「なぜかというと、社長さんが殺されたと思われる時間――」

加代ちゃんが助け船を出した。

「推定死亡時刻ですね」

「ええ、そうです。その推定死亡時刻が午後八時以降で、その時刻には、もうビルの正面玄関はシャッターが降りているんですね。開いているのは裏側の通用口だけで、しかも、この通用口はちょっとわかりづらい場所にあるんです。だから、見も知らぬ人間がふらりと入ってくることはまず考えられないというんです」

俺もそれには賛成だ。もともと、午後八時というのは、流しのビル荒らしが動き回るにはハンパな時間である。彼らなら、すべての明かりが消されて人けのなくなるもっと遅い時刻か、逆に、人の出入りが激しく注意力の散漫になる昼間の時間帯を選ぶものだ。

「それともう一つ、盗まれた千二百万円は、この日の午後に、相沢社長が利用している証券会社から運ばれてきたものだったんです。ですから、社長個人のお金がたまたま金庫に入っていたわけなんです。今はどんな会社もだいたいそうでしょうけれど、『ハートフル・コーヒー』も取引はすべて銀行口座を通していましたから、普段は事務所にそんな大金を現金で置いておく必要はなかったんですね」

探偵事務所は未だに「その場で現金払い」だが——そんなものを払ったことさえ忘れてしまいたい、という依頼人がおおいからかもしれない——一般の会社ならそうであろう。

「だから、犯人は、その日金庫に千二百万円があることを知っていた人間である——そういうことですね？」

加代ちゃんの言葉に、友恵さんはうなずいた。

「ええ。しかも、このお金が事務所に置かれるとわかったのは、その日の朝のことだそうです。そうなると、やはり社員の人たちが疑われることになって……営業の男性が五人、事務の女性が二人、みんな可能性があります」

俺は首のあたりをかいて、加代ちゃんを見上げた。

「でもそうなると、これは計画的なものではなさそうですね」加代ちゃんはつぶやいた。

「はい。警察でもそう言っています。かなり場当たり的な犯行だろうって。だからこそ、敏彦が怪しいと」

加代ちゃんは首を倒して天井を仰ぎ、友恵さんに視線を戻すと、きいた。

「事件以来ずっと行方不明だからですね。でも、それだけですか？」

友恵さんは額《ひたい》に手をあて、疲れたように言った。

「敏彦は、お金に困っていました」

そこに千二百万円の誘惑というわけか。

「会社の人たちは、みんなそのことをよく知っていたそうです。それに、事件の起こる半月ほど前、敏彦は、社長さんとかなり激しい口論をしたそうで……」

「口論？」

「ええ。それもお金のことだったそうです。敏彦が借金を申し込んで、社長さんがそれをつっぱねていたそうです」

加代ちゃんが、鉛筆の先をくちびるにあてて質問した。

「どの程度お金に困っていたんでしょうね」

「サラ金から借金をしていました。昨年の、十月の末です」

「どのくらい？」

「二百万円ほど」

加代ちゃんは眉《まゆ》をあげ、友恵さんは小さく息をついた。

「銀行の口座も空っぽで、アパートの家賃も前月分を滞納していました。ローンを払い終わったばかりで、すごく大切にしていた車も、同じ時期に手放していました。間違いなく、敏彦はお金に困っていたんです」

友恵さんは肩を落とした。

「それに、ほかにも証拠があるそうです。社長さんは、事務所にあった灰皿で殴り殺されたんですが、その灰皿に、弟の指紋がはっきりとついていたんです」

ふん、と、俺は思った。それだけではちょっと心細くないか。

「事件の夜、営業の外廻りから一番最後に戻ってきた——つまり、最後に社長さんと会ったのも敏彦だとわかっているそうですし」

むふふ。警察がそういうのなら、裏はとれているのだろうね。

外廻りから戻った敏彦が、一人残っていた相沢社長とまた金の件で口論し、とうとう殺害に至り、金を持って逃走した——というのが、警察の考えている筋書きである。現段階では妥当な推測であると、俺も思う。

友恵さんが小さく言った。

「これだけ事実がそろうと、警察が敏彦を疑うのも無理はない、と思います。冷たい肉親ですね」

「弟さんが犯人だと思われますか?」

ややあって、友恵さんは答えた。

「絶対に違うと言いきる自信はありません。言いきってあげられるほど、わたしは弟を理解してなかったんです」

正直な人だ――俺は柄にもなく感動していた。

百の事実を積み上げられても、「うちの子に限って」と否定するのが肉親だと、たいていの人間はいう。

だが、友恵さんは違う。事実の上に立って、その事実を生んだ闇の中を透かして見ようとしているのだ。そこで自分の無力を責めている。

けっして冷たいのではないと、俺は思う。

加代ちゃんは、しばらくのあいだ、メモを見つめて考えていたが、やがてきいた。それは俺もききたいと思ったことだった。

「さっきおっしゃったのは、〈事実〉ですよね。敏彦さんは経済的に苦しんでいたらしい……でも、その〈理由〉は何だったんでしょうね」

そうなのだ。ちゃんと働いている人間が、普通に暮らしていてそんなに金に窮《きゆう》するはずがない。

おきまりのギャンブルかねえ……と思っていると、友恵さんは肩をすぼめた。

「それが、わたしにもわからないんです」

「まったく見当もつきませんか?」

「それが恥ずかしいんです。申し訳ないんです。わたしたち、両親ももう亡くなっていて、たった二人きりの姉弟なんですよ。それなのに、その弟がサラ金から借金をするほど困っていることさえ知らなかったんですから」

「だって、一緒に生活されていたわけではないんでしょう?」

うつむいたまま、友恵さんがうなずく。加代ちゃんは優しく言った。

「大人になれば、肉親でも、それぞれの事情で言えないことの一つや二つは出てくるものですよ」

そのとおり。心配する「情」はわかるが、友恵さん、そこまで自分を責めることはないよ――と、俺は言ってやりたかった。

しばらく間をおいて、友恵さんが落ちついてから、加代ちゃんは言った。

「それで、わたしどもへのご依頼は、手配中の弟さんを探してほしいということなんですね?」

残酷なようだが、友恵さん、それは無理だよと俺は思った。そういうことなら警察の方が専門家なのだ。

ところが意外にも、彼女は首を横に振った。

「結果的にはそうなります。でも、直接弟を探してほしいわけじゃありません。それなら警察がしています。ひょっとして敏彦が連絡してくるんじゃないかって、わたしの周囲にも張り込みの刑事さんがいるくらいですし。こんな冷たい姉を、あの子が今さら頼ってくるはずもないのに」と、自嘲《じちょう》的に言う。

じゃ、あなたは誰を探してほしいんだね？

「わたし、敏彦がどうしてあんなにお金に困っていたのか、その理由を知りたいんです」

身を乗り出す。その目は真剣だった。

「警察の人たちは、理由はいろいろ考えられる、まあ女かギャンブルでしょうと言います。敏彦を捕まえればわかることだとも言います。でも、今のところ、あの子がそれほどまで熱をあげていた女性は見つかっていないし、ギャンブルが原因ではないということは誓って言えます。わたしがそれを一番よく知っているんです」

なぜですか、と尋《たず》ねる加代ちゃんは、かすかに悲しげだ。肉親の「誓って――」が裏切られるケースを、あまた見てきているから。

だが、友恵さんは断言した。

「わたしたちの父はギャンブルで身をもちくずした人でした。母も、敏彦もわたしも、それでどんなにか辛い思いをしてきたんです。だもの、その敏彦がギャンブルに手を出すなんて、ありえません。絶対にありえません」

加代ちゃんは黙っている。

「だからこそ、敏彦があんな借金をつくるには、何か抜き差しならない理由があったはずなんです。どうしてもそうしなければならなかった理由が。でもわたしにはそれが見当もつかなくて……それが悔しくて、情けなくて……」

そんなに困っていたなら、どうして知らせてくれなかったのよ。そう言ってやりたいのだ。

「だからそれを、警察より先に知りたいんです」

「でも知ってどうなります?」

「あの子が切実にお金を必要としていたその理由がわかったら、たとえば新聞広告を出すことだってできます。事情はわかったたって言ってやりたいんです。だから戻っておいでって。今どこでどんな暮らしをしているにしろ、いいことなんかあるはずがありません。早く解放してやりたいんです」

「自首させたいと?」

友恵さんは大きくうなずいた。

俺はしっぽで床をぽんと打った。加代ちゃんがにっこりした。

「マサが『引き受けた』と申しました。わたしのパートナーなんですよ」

友恵さんが見おろしたので、俺は耳をピンと立てた。

そのとき、うしろで小さな足音がした。振り向いてみると、糸ちゃんがのぞきこんでいる。

「お話、済んだ?」

「ええ。済んだわ」加代ちゃんが答えると糸ちゃんは窓の外を指して言った。

「すごい降りになっちゃった。道にも、もう五センチは積もってるよ」

そのとおりだった。降りしきる雪に、窓の外は明るい。

糸ちゃんは、ねえさんと友恵さんの顔をかわるがわるながめて言った。

「すごく寒そうよ。宇野さん、なにかあったかいものちょっとおなかに入れてから帰りません？　そしたらおねえちゃんが駅まで送っていくわ。ね？」

あわてて辞退する友恵さんに、蓮見姉妹は口をそろえてそう勧めた。これだから、俺は加代ちゃんと糸ちゃんが好きなのだ。

「あたし――ごめんなさい。ありがとう」と、友恵さんが不意にべそをかいた。

探偵稼業をしていると、依頼人の気持ちなど全部わかったような気でいる。だが、友恵さんが泣き出して初めて、俺たちは、彼女がどんな孤独を背負ってここへやってきたのか、身にしみて理解したのだった。

4

加代ちゃんは、まずちょっとした「秘策」を使った。

外国では探偵にもちゃんと逮捕権があり、警察と肩を並べて捜査に参加することもできるらしいが、悲しいかなわが国では、まだそこまで探偵の存在が認知されていない。いきおい、刑事事件がらみの調査は微妙なものになる。特に日本警察は自他ともに「優秀である」と認める組織であるので、機嫌をそこねるとなかなかやっかいなのだ。「できる上司」の扱いがむずかしいのと似たようなものである。

そこで、警察とどううまくコンタクトをとっているかということが、良い探偵事務所を見分ける重要な指標になってくる。

加代ちゃんがしたことは、つい半年前まで警視庁の捜査一課にいて、凶悪犯罪捜査班を率《ひき》いていたある警察ＯＢに電話をかけて、「ハートフル・コーヒー」の強盗殺人事件の捜査本部に渡りをつけてもらうことだった。

といっても、それで何から何まで捜査の内容を教えてもらえるわけではない。とりあえず、「怪しい者ではないよ、ちょっと時間を割《さ》いて会ってやってください」という紹介状をもらうという感じである。

さて、警察ＯＢのはからいのおかげで、加代ちゃんは、「ハートフル・コーヒー」事件の担当刑事と話し、友恵さんから聞いた説明の裏付けをとることができた。彼女を疑っているわけではないが、細かい点で記憶違いや勘違いがないとも限らない。

さらに、事件関係者の現状についても情報を仕入れて、足どり軽く警察署を出てきた。警察が親切と言っていい応対ぶりをしてくれたのは、こちらで調べようとしているのが直接捜査に関わる問題ではないから。そして、加代ちゃんの人当たりが良いからだろう。警察官だって人間なのだ。

駐車場で待っていた俺は、こちらに向かってくる加代ちゃんの後を、さりげないふうを装って尾《つ》けてくる男がいることに気がついた。長身、細面《ほそおもて》、仕立てのいいトレンチ・コート。若いくせに目付きが悪い――と言ってはかわいそうなら、目が鋭い。ということはデカかヤクザか新聞記者に決まっているが、刑事はあんないいコートは着ないし、ヤクザはあんなに地味じゃない。

ブン屋さんである。俺はひと声吠えて加代ちゃんに注意を促し、それから男に向かってうなってやった。相手が俺たち犬族の言語を解することができるなら、

「おい、にいさん。なんの用だね？」と聞こえるはずである。

加代ちゃんが振り向くと、若いブン屋さんはいともあっけなく陥落した。愛想笑いをして、

「やあ、いい犬ですね」と言ったものである。

「それはどうも」と答えて、加代ちゃんはじっと相手を見た。トレンチ・コートはもじもじする。

「実はその、あなたの話をちょっと小耳にはさみまして」

これだから警察《サツ》廻りは油断がならない。俺の知っているある部長刑事は、でかい事件の入ったときにいつも同じネクタイをしめる癖を見抜かれていて、何度か手痛いスッパ抜きにあったものだ。

「僕、こういう者です」

差し出された名刺を受け取り、加代ちゃんは音読した。もちろん、ボディガードの俺に聞かせるためである。

「東京日報《にっぽう》新聞社　社会部　奥村孝《おくむらたかし》」

「初めまして。蓮見探偵事務所の加代子さんですね」

なれなれしい野郎である。

「宇野敏彦の事件を調べているんでしょう？　実は僕もあの事件にはひっかかるものを感じまして……」

加代ちゃんは車の運転席のドアを開けた。

「どうです？　情報交換しませんか？　どっちみち同じ線を追いかけるような気もするし」と言って、奥村は助手席のドアを指した。「いいでしょう？」という顔である。加代ちゃんは案内嬢のように背後の道路を指し示した。

「タクシー」と、ひとこと言って車に乗り込み、エンジンをかける。

今日は昨日とうって変わった好天だ。溶けた雪がつくった黒い水たまりを、タイヤがばしゃばしゃと跳ね飛ばす。目指すはまず、「ハートフル・コーヒー」本社である。

社長の死後、「ハートフル・コーヒー」は開店休業の状態になっている。会社は空っぽだ。俺たちは現場を見、管理人に会うために来たのである。

車を停め、通用口の方に向かう。

ひと目見て、俺は嫌な感じを覚えた。

友恵さんは「わかりづらい場所にある通用口」といっていたが、それどころではない。初めて来た人間には、まずわからないだろう。ドアが建物の真裏にあるのはまだよしとしても、そこから表に出ようと思ったら、ビルの隣にある大きな駐車場を通り抜けなければならないのだ。

さらに、通用口の扉を開けて中をのぞくと、人ひとりやっと通り抜けられる程度の細い通路がのびている。油臭く、暗い。突き当たりの防火扉が正面玄関に、その手前の扉が階段室に通じている。

「マサ、どう思う？」

加代ちゃんは重い扉を閉めて、つぶやいた。

「人目にたたずに出入りできるのは確かよね……わたしがこのビルの中に勤めている女子社員だったら、夜一人でここを抜けるのは気が進まないな。誰かに待ち伏せされたってわからないし——」

表に出て、このビルと背中合わせに立っている隣の倉庫の、のっぺりとした窓のない壁面を見上げる。ここはまったくの日陰で、昨日の雪がかちんかちんの氷と化して残っている。

「ちょっとぐらい声をたてても聞こえないものね」

俺もそう思う。ここは危険だ。

「『ハートフル・コーヒー』の営業用の車は、全部隣の駐車場に停めることになっていたそうですよ」

声に振り向くと、奥村が追いついてきていた。すべらないようにゆっくりと歩いてくる。

「つまり、夜会社に帰ってくると、車を停めて、そのまま通用口へ直行するというわけです。外廻りはいつも、夜は七時半から八時までのあいだに帰ることになっていた」

「ハートフル・コーヒー」は、喫茶店にコーヒー豆を卸したり、業務用機器のメンテナンスを請け負ったりしていたのである。

「最近は深夜営業の喫茶店も多いので、サービスに徹しようと思うとどうしても遅くなるんですよ。ところで、運転がうまいね。ついてくるのが大変だったよ。女性にしては大したもんだ」

にやっとする。歯は白いが、やはりなれなれしいヤツである。

「どうもありがとう」

加代ちゃんはそっけなく言って、俺を連れ、正面玄関へ歩き出した。奥村はついてくる。

「この事件がどうも割り切れないのは、偶発的に起こったように見える割に、舞台装置が揃いすぎていることなんだ。この通用口にしろ、問題の金にしろね」

俺はあたりをくんくんかぎながら進んでいたが、耳には奥村のおしゃべりが聞こえていた。俺と似たようなことを感じているな、とは思う。

管理人は五十がらみの小太りのおっさんで、まめそうな感じだった。かなり古いこのビルが清潔に保たれているのは、この人の功績だろう。

俺と加代ちゃんがひとにらみしたので、奥村は外でうろうろしている。

加代ちゃんは、宇野敏彦の学生時代の友人だと名乗った。つい最近まで事件のことを知らなくて（だって、自分の知り合いが強盗をやるなんて、まさかと思うもの）、びっくりしてやってきたんです。ここにくれば、その後どうなっているのかわかると思ったんですけど、会社は閉まってるんですね。

管理人は玄関のフロアにモップがけをしていたが、その手をとめて相手になってくれた。

「ワンマン会社だったからねえ。社長さんがあんなことになっちゃ、もうバンザイでしょうよ」

「社長さん、やり手でいい方だって聞いてたんですけど。宇野君、どうしちゃったのかしら」

「宇野さんねえ。おとなしそうな男だったよ。きょうびの若いもんはわからんわ」と、大きな掌《てのひら》をひらひらさせる。加代ちゃんは声をひそめた。

「借金があったとか」

「そうそう。人間ね、借りた金で遊び廻るようになっちゃおしまいだよ、お嬢さん」

「社長さんと、お金のことで喧嘩《けんか》したんですってね。昔の宇野君からは想像もできないわ」

「ひどい喧嘩だったよ。廊下にいる私にも聞こえたんだから」

「あらまあ」

「『おまえなんか、一二百万も出してやる筋合いはない！』ってね。まあ、厳しい社長だったから――」

おや、という顔で管理人は外を見る。自動ドアにへばりついている奥村に気がついたのだ。

「あんたもしつこいねえ」と彼に言って、管理人はとたんにうさんくさそうな目で加代ちゃんをながめだした。俺たちは早々に外に出た。

「ごめん」と、奥村は言った。

「しつこいって言われるほど、この事件を調べてるんですか?」

「かなり細かくね」

加代ちゃんは足をとめ、ちょっと考えた。すかさず奥村が言う。

「どう、連動しない?　損はさせないと思うよ」

二人同時に、

「なぜ調べているんですか?」

「何を調べているの?」と質問しあった。奥村は笑った。

「僕が先に答えるよ。納得がいかないからだ。社員の一人からこんなことを聞いたんだよ。『宇野君は確かに金に困っていた。でも、とても幸せそうに金に困っているという感じがした』ってね」

加代ちゃんは緊張した。俺も然《しか》り。やがて、彼女は言った。

「わたしたちは、宇野敏彦さんの借金の理由を調べてるんです」

奥村は真顔でうなずいた。

「そう。それもわかっていない。どうやら僕たち、意見があってるんじゃないかな」

俺たちは車のそばまで戻っていた。奥村はまた、「いい?」という顔で助手席のドアを指す。加代ちゃんはうなずいた。

だが、彼がドアを開けたとき、俺は一足先にさっと助手席にすべり込んだ。

おまえさんは後ろに乗りな、若いの。

加代ちゃんがくすくす笑った。

「マサという名前よ。わたしの相棒」

奥村は後部座席に乗り込んで、言った。

「嫉妬深い相棒だね」

大きなお世話だ。

5

さすがにブン屋さんで、奥村はこの事件についてかなり突っ込んだ調べをしていた。相沢社長の自宅へ向かう道々、詳しいレクチャーをしてくれた。

「七人の社員たちの中で、はっきりしたアリバイのないのが、敏彦のほかにも二人いるんだ」

一人は敏彦と同期の若い営業マンで、宇田川達郎《うだがわたつろう》。もう一人は営業と経理の責任者の秋末《あきすえ》次郎《じろう》。こちらは相沢社長と同年輩の男で、社長とのつきあいも二十年ごしのものになるベテラン社員であるという。

「特にこの宇田川という男がね、敏彦よりほんの少し前に社を出ているんだ。僕がちょっとつついてみた範囲内でも、金遣いの荒いプレイボーイだと噂されているやつでね。クサイという気がする」

ハンドルを切りながら、加代ちゃんは言った。

「誤解があるようですけど、わたしは真犯人が別にいるなんて思っているわけじゃないの。ただ、なぜ敏彦さんがお金に困っていたのか、その理由を知りたいだけ」

「宇野敏彦犯人説は動かせないと思う？」

「今の段階ではね」

奥村は黙り込んだ。加代ちゃんはちらりとルームミラーの中の彼の顔をのぞき、続けた。

「奥村さんには、彼が犯人ではないと思う根拠があるんですか」

「物証も状況証拠も彼に不利なものばかりだよね」

「ええ。さっき警察で聞いてきたんだけど、彼が生きている相沢社長に会った最後の人物である、ということは動かせないようだし」

推定死亡時刻の少し前、相沢社長は夫人に電話をかけていた。株を売却した金を持ち帰るということ（それで子供に新車を買ってやる予定があったのだという）、営業マンがまだ一人だけ戻ってこないので、その帰りを待って事務所を出るということ。

まだ戻っていない営業マンというのが、敏彦だった。そして、その電話の最中に社長はこう言ったという。

「ああ、来た来た。今、宇野が帰ってきたよ。じゃあな」

電話はそこで切れた。それきり、遺体が発見されるまで、社長と言葉を交わした者も、姿を見た者もいないというのだ。

「その話なら僕も知っている」

「そう。それで？　敏彦さんが犯人ではないと思う理由は？　勘かしら」

　窓の外に目をやっていた奥村が、ミラーの中の加代ちゃんを見た。

「彼にはねえさんが一人いるんだ。知ってるかい？」

　加代ちゃんも俺も、突然友恵が出てきたことに驚いた。

「知ってます。友恵さんですね」

「足が不自由な人でね」と言って、奥村は目をそらした。

　それでも俺は、彼の目がふっと陰ったのを見ていた。どこか身体の奥が痛んでいるかのような表情を浮かべている。

「そのねえさんの結婚話が、先方の両親の反対にあって壊れたことがある。つまり、彼女の足が問題になったそうなんだけど」

　なんという胸くそ悪い話だ。

「そのときの敏彦さんの荒れ方が尋常ではなかったそうでね。相手の男に何度も談判をして――」

「それは友恵さんには内緒で？」

「そうだと思う。それで最後には、うるさい敏彦を追い払おうと向こうの両親が持ってきた手切れ金を叩き返したそうだよ。二百万円だ」

　再び、ルームミラーのなかで二人の目があった。

「それが、事件の起こるひと月ほど前のことだ。敏彦が親しくしていた友達から聞き込んで、友恵さんの相手の男にも会って確かめたことだから、間違いないよ」

奥村はシートから起きあがった。

「その時点では、彼はもうサラ金から借金していた。金に困っていたことにおいては、事件の当時と同じだ。それなのに、おかしいじゃないか。なぜ、その金を受け取らなかった？それを考えると、僕には彼が犯人だとは思えないんだよ」

相沢社長の夫人には、まだ奥村も面が割れていないという。二人そろって訪問する口実が要《い》る、というと、彼は即座に提案した。

「僕は昔、社長にお世話になったことのある男だ。君は僕の恋人。正式に結婚が決まったので、二人で霊前に報告に来た。完璧だろ？」

「仕方ないみたいね」

大きな門構えの家だった。ぐるりを囲む塀は、現代では文化財に近い価値のある総檜《ひのき》づくりである。

塀に片寄せて車を停める。すぐそばに、メタリック・グレーの車が一台、同じように塀ぎわに駐《と》めてあるのが見えた。

「来客かな」と奥村が言う。

俺は車内で待機した。残念ながら、俺にはこういうハンデがある。どう言い訳をこさえても、ずかずか入っていけない場所もあるのだ。

加代ちゃんと奥村がおとないを入れ、うちの中に通されていく。正直、面白くない。運転席の窓から首をのばし、俺の目の届く範囲内に二人が出てこないものかと見回した。

そのとき、メタリック・グレーの車の中にも、誰かいることに気がついた。

それまで横になっていたのが、起きあがったのだろう。頭がひょいとのぞき、顔が見えた。まだ若い男だ。学生かもしれない。

ドアを開け、外に出てくる。不機嫌そうな顔で相沢家の門の方へ歩き出し、こちらの車のそばを通り過ぎるとき、俺の存在に気がつくと、汚いものをよけるような動作をした。

だが、俺は腹を立てなかった。それどころではなかったからだ。

俺は麻薬犬ではない。だが、その匂いをかぎわけることはできる。

俺をよけていったあの学生風の男は、間違いようのないヤク中だ。所長が昔ながらに「ヒロポン」と称する、覚醒剤の匂いがプンプンしていた。

何者だ？　と目を見張っていると、男は戻ってきて、自分のいた車の窓から手を突っ込み、たたきつけるようにしてクラクションを鳴らし始めた。

なんて野郎だ。デリケートな耳をかばいながら様子を見ていると、相沢邸から人が走り出てきた。和服姿の中年の女性と、がっちりした体格のやはり中年の男。そして奥村と加代ちゃんである。

「雅史《まさし》！」と呼びながら、中年の男が駆け寄ってくると、雅史と呼ばれた青年の腕を押さえた。

「遅いんだよ！」と、雅史は腕をふりまわす。まるで子供である。

「すまん、もう用は済んだから。帰ろう、な？　待たせた父さんが悪かった」

そのあとのやりとりを聞いていると、この中年の男が、秋末次郎だとわかった。「ハートフル・コーヒー」のベテラン社員である。和服姿の女性が相沢社長夫人で、渋い顔をして秋末父子をながめている。

当然だろう。俺だって呆《あき》れてしまった。

秋末氏が何をしにきていたのかは、加代ちゃんたちが戻ってくるとすぐにわかった。「ハートフル・コーヒー」の今後の経営について相談していたのだ。

「あの息子、変わってるね」

また後部座席に落ちついて、奥村が言った。

「相沢夫人の話じゃ、留学までして絵画の勉強をしているそうだけれど、それ以前に、一般社会人としての躾《しつけ》をされなおした方がいいんじゃないかな」

車を出しながら、加代ちゃんが言った。

「なんだか病人のようね。普通じゃないわ」

「神経質なんだろうよ」

そうじゃない。ヤクのせいなんだよ。

「相沢夫人は、秋末さんは息子さんを天才だと思いこんでいるんだって笑っていたけれど」

奥村は苦笑している。

「彼氏、大学もずっと留年しているって言ってたね。どうするのかな」

加代ちゃんは考え込んだような目をしている。ヤク漬けの芸術家のタマゴか……と、俺も気分が悪くなってきた。

その晩、加代ちゃんは糸ちゃんにこんな質問をした。

「ねえ糸子。『白い騎士』と言われたら、あんたなら何を思い浮かべる？」

ぼんやりテレビを観ていた糸ちゃんは、すぐに答えた。

「鏡の国のアリス」

「童話の？」

「童話じゃないよ。あれはファンタジー。大人が読んでこそ面白いんです」

加代ちゃんは「降参」と両手をあげた。

「わかったわ。でも、わたしは『不思議の国のアリス』しか知らないなあ」

「では教えてしんぜよう」と、糸ちゃんは座りなおした。

「『鏡の国――』は、『不思議の国――』の次に書かれたものなの。アリスはね、チェスの世界に入っていっちゃって、最後には白の女王《クイーン》になるんだけど、彼女をそこまでエスコートしていくのが白の騎士《ナイト》なわけよ」

「ははあ」と、加代ちゃん。「そうすると、キャラクターとしては善なのね？」

「そうよ。『鏡の国――』の中ではいちばんアリスに優しくて、紳士ね。あの話の登場人物だから、もちろん変わっているけど。しょっちゅう馬からおっこちて、自分の兜《かぶと》の中にはまっちゃうこともあるの。ちょっと待ってて」

糸ちゃんは、身軽に立って自分の部屋から本をとってきた。

「『騎士《ナイト》はすずのよろいを着けていましたが、それはいっこう、からだに合わないようでした』」と、読み上げる。

「ここはとってもいい場面なのよ。白の騎士は歌をうたうの。『——騎士《ナイト》は馬をとめ、たづなを首に落としました。そして片手でゆっくりと拍子を取りながら、かすかにほおえんで、おとなしい、間の抜けた顔を明るくしながら、始めたのでした』」

歌い終えた騎士は、アリスを森のはずれまで送るから、そこで拙者を見送ってくれと頼む。

「『長くはかからない。しばらく待って、拙者があの曲がり角まで行ったら、ハンカチをふってくれ、そうすれば拙者は元気づけられる』」

加代ちゃんはじっと聞き入っていたが、ちょっと笑った。

「それ、わたしに貸してくれる？　今夜読んでみるわ」

「いいよ。挿し絵もよく見て。テニエルの絵で、とってもすてきよ」

糸ちゃんは言って、首をかしげた。

「でもどうして急に『白い騎士』のことなんかきくの？」

加代ちゃんは説明した。相沢夫人の話だが、敏彦が一度、「僕は白い騎士なんです」と言ったことがあるというのである。

彼が車を手放したときのことだそうだ。もともと夫人の紹介してくれたディーラーから買ったものだそうで、売るときもそこに頼んだのだという。

「もったいないわね。どうしたの？」と夫人がきくと、敏彦は笑って答えた。

「僕は白い騎士なんです——」

「なんだろうね、それ」

「不思議でしょう。わたしには見当もつかないわ」

「でもね、特に『白い騎士』って言葉を選んで使ったのだとしたら、それはやっぱり『アリス』のこの騎士のことだと思うよ。たとえば、このあいだ新聞で読んだんだけど、ほら、今『企業買収』ってあるでしょ」

「ええ。株を買い占めてね」

「買い占められた会社が、相手に抵抗するために、資金援助をしてくれる別の企業を探すことがあるんだって。そんなとき、『○○社は白い騎士を求めている』って表現をするそうよ。それもつまり、『鏡の国のアリス』の善良な騎士から来ている言葉なんだって。それくらい一般的なのよ」

そんなわけで、加代ちゃんはその夜遅くまで「鏡の国のアリス」を読んでいた。俺はその足元で丸くなり、窓をたたく木枯らしの音を聞いていた。

そして、ふと思った。「白い騎士」とは雪のことかな、と。

雪を連れてこの事務所にやってきた友恵さんの白い顔が、そんな連想を呼んだのかもしれない。

6

白い騎士はさておき、それから一週間ほど、加代ちゃんはよく動いた。敏彦の友人や同僚たちに、彼の借金の理由に心当たりがないかどうか、辛抱強く聞き込んで歩いたのだ。

だが、みんな首をひねり、不思議がっている。敏彦には、よほど秘密にしたい理由があったのだろうか。

いちばん多弁だったのは、奥村に疑われている宇田川達郎だった。

よく日焼けして、なかなかハンサムな青年である。頭もいい。隙をみては加代ちゃんを口説こうとさえしなければ、満点をやってもいいと思った。

「いいやつだったよ。ちょっと暗かったけど、真面目だったし」

「無謀な借金をするようなタイプではなかったんですね」

「そうですよ。あいつ、クレジット・カードも持ってなかったんじゃないかな。今時めずらしいでしょう。ところで、今夜、暇？　横浜ベイブリッジの夜景を見にドライブなんてどうかな」

「わたし、仕事でよくあそこを走っているの。相沢社長さんはどんな方でした？　たとえばお給料の前借りなんかさせてくれることは？」

「全然。厳しいじじいだったよ」

「厳しい？　お金に？」

「万事に。前に勤めていたやつが、一度酔っぱらい運転で捕まったときなんか凄かったな。即座にクビだったんだから」

「……それは凄いわね」

「潔癖症だったんですよ。『法律を守れんやつは、社会生活をする資格はない！』ってのが口癖でね。ねえ、しゃれたワイン・バーはどう？」

「ごめんなさい、ワインは苦手なの。社員の人たちはみなさん、相沢社長のそういう厳しい点をよく知っていたわけね？」

「知ってましたとも。とにかくうるさい社長だったな。宇野と喧嘩になったのも、あいつあてにサラ金から電話がかかってきて、社長に借金の件がバレちゃったのがきっかけだったんだよ」

「そのうえに、敏彦さんが社長からの借金を申し出たりしたからね……」

（おまえなんか、二百万円もうんぬん）のくだりである。

「でも、特に大変だったのは、やっぱり秋末さんだろうな」

「秋末さん。社長とのつきあいが長いから？」

「それもあるけど、あの人の息子がね」

俺たちを呆れさせた雅史のことだ。

「画家になるとかで、パリに行ったりしてるけど、ひどいヤツでさ。本当に才能があるかどうかも怪しいもんだと思うけど、秋末さんも親バカで、一度個展まで開いてやったことがあるんですよ。俺も招待されたから仕方なしに行ってはみたけど、ガラガラだし、絵はちっともよくないし、あいつは不愉快な野郎だし」

「そうね、問題のありそうな人だけど……」

雅史の奇行と、それをものともしない秋末氏の盲愛ぶりは、「ハートフル・コーヒー」では有名な話だという。

「秋末さん自身、若い頃は画家になりたかったらしいんだよね。だから、自分の果たせなかった夢を子供に託してるんだろうけど、あそこまでいくと、滑稽《こっけい》を通り越して気の毒になってくるよ」

「ただの甘やかしすぎのような気はするけど」

「だから、社長も怒っていたわけですよ。『秋末はせがれの教育を間違っとる』って、よく言ってたな。あの二人、社長と社員という以前に、友達でもありましたからね、かなり突っ込んで意見したこともあるみたいですよ。ま、秋末さんにすれば余計なお世話だったから、時々こぼしてたな」

「最近、秋末さんの息子さんに会いました？」

「いいや。なんか、家にアトリエを建て増すとかで、こもりっきりになってるらしいから。ねえ、映画はどう？　気分転換になるよ」

「この質問に答えてくれたら考えてもいいわ。事件当日の午後八時から十時まで、あなた、どこにいました？」

「ちぇ！」

「どこにいましたよ？」

「うちにいましたよ。一人でね。隣の部屋の女の子にきいてくれたっていいよ。俺のこと、よく知ってるから」

加代ちゃんはにっこりした。

「そう、じゃ、映画はその女の子と行ってね。ご協力ありがとう」


その秋末氏にも、俺たちは会いに行った。

あの事件のことで探偵事務所の人間が来たとなれば、最初はみんなある程度警戒するものだ。話してみて、我々の調査の目的がわかると（このケースではその方がいいと判断して、加代ちゃんは、依頼者が友恵さんであることも話すようにしていた）、安心したり同情したりしてうちとけてくる、という経過をたどるのが普通である。

秋末氏もそうだった。最初のうちはけげんそうな顔をしていたのだが、友恵さんの名前が出ると、にわかに態度がやわらいだのだ。

「そうですか……気の毒に。それであのとき、あなたが社長のお宅に来たんですね」

「その節はどうも」

「いえ、こちらこそ、雅史がちょっと身体の具合が悪くて、恥ずかしいところをお見せしました」

恐縮している。一応、あれがみっともない常識はずれなことだったとは認識しているのだろう。元来は真面目で、ほかの社員たちからの評判も悪くない人物なのだから。

これも親の闇というやつかねえと、俺はちょっとばかり気が重くなった。話がなかなか本題へと進まないのだ。秋末氏は雅史のことばかりしゃべりたがる。

訪問して初めてわかったのだが、彼は男やもめだった。奥さんは一年前に亡くなったばかりだそうで、今は雅史と二人暮らしなのである。

家そのものはこぢんまりとしているが、敷地は広い。宇田川青年も言っていた雅史のアトリエを、その一角に建設中だった。

「女房が生きているうちに、雅史の作品を世に出してやりたかったんですが……雅史も母親を亡くしてこたえているところです」

だから覚醒剤かねと、俺は皮肉に考えた。

じれったいなあ。しゃべればなあと思うのは、こんなときである。秋末氏の親バカぶりは好きではないが、気持ちはわかる。だからこそ、ねえあんた、まず息子さんを医者に連れていくのが先だよ、と忠告してやりたい。

「これは全部、息子さんの描かれたものですか」

部屋の中を見回して、加代ちゃんがきいた。さして広いともいえないこの居間だけでも、絵が二つ飾られている。廊下にも、もちろん玄関にもあった。

「そうです。色使いが独特でしょう。一度見たら忘れられない作品だと言われます」

そうかねえ――という感じだった。ちょっとシュールに崩してみた風景画です、という程度のもので、そんなに印象的とも思えない。

そして、少しばかりぞっとした。覚醒剤に限らず、芸術家とヤク、というのはよくあるケースだ。雅史が、自負心と親の期待を満足させるため、その才能をかきたてようとして薬を使っているのだとしたら。……そしてそれが、結果的には彼本来の才能を消耗させてしまっているとしたら。

「すてきですね」と、加代ちゃんは秋末氏に調子をあわせた。「留学もされたことがあるとか」

秋末氏は笑みくずれた。

「はい。やはり、絵画の勉強には本場に行きませんとね。大きな展覧会を控えていますので、しばらくは日本にいますが、それが終わったらまたしばらく向こうに行く予定です」

子供一人丸抱えで留学させてやるのは――それも、芸術というただでさえ金のかかる分野だ――経済的にも大変な負担であるはずだ。警察もその点を気にして、事件のあと、かなり詳しく調べていた。

それによると、秋末氏は相沢社長と同じように株式投資をやっていて、それが非常に手堅く、かつ、好調であるという。一見そんなふうには見えないが、氏は裕福なのだ。

奥村は以前、秋末氏のアリバイもはっきりしていないと言っていたが、氏には千二百万円のために社長を殺さねばならない理由はない。

　小一時間も雅史の作品の話をしたあと、ようやく敏彦の話題に切り替えることができた。が、そうなると、秋末氏の口が重くなった。

　敏彦の借金の理由など、思い当たることはない、という。

「それにねえ、彼のおねえさんの気持ちはよくわかりますが、そんなこと調べてもなんにもならないという気がしますなあ」

「そうでしょうか」

「ええ。今の若い人たちは誘惑に弱いし、『借金』というものの性質自体が昔とは変わってきているでしょう？　気軽にできますから、これという目的もないままにパッと使って、また借りて——悪循環ですわな。気がついたときには身動きがとれなくなっていた、というところじゃありませんかなあ」

　確かに、そういうケースは増えている。所長と親しい弁護士さんが、若者のクレジット破産が多すぎて、裁判所の破産部がてんてこまいをしていると話していたこともある。

「でも、『宇野さんはお金に困ってはいたけれど、幸せそうにしていた』と言う人もいるんです」

　秋末氏は、ハハと笑った。

「それこそ、いよいよとなるまでは、借金を軽く考えていたという証拠じゃないですか」

　加代ちゃんは黙ってしまった。

別れ際に、玄関で、加代ちゃんがお愛想にもう一度絵を褒め、「わたしにも画家志望の妹がいるんです」と言うと、秋末氏はわざわざ戻っていって、小さなデッサンを持ってきた。

「妹さんにさしあげてください。模写に使えますよ。雅史がパリのオペラ座を描いた作品です」

なんとなく釈然としない顔で、加代ちゃんはそのデッサンを持ち帰った。糸ちゃんに見せると、彼女はあっさりと言った。

「なーんか不健康な絵ね」

そう。糸ちゃんの鑑識眼は確かだ。

「それに、あたしはパリよりニューヨークへ行きたいな」

というわけで、雅史のデッサンはしまいこまれてしまった。

それから十日後、加代ちゃんはジャックポットを当てた。きっかけとなるものは、敏彦の所持品の中に眠っていた。

彼の暮らしていたアパートは、事件の発生と彼の失踪から一カ月ほどして契約解除となり、所持品はすべて、姉の友恵さんのもとへ引き取られている。

加代ちゃんはそれを丹念に調べた。特に注意をはらったのは、店の名入りマッチや領収書、いろいろな店で出しているサービス券や顧客カードのたぐいだ。それらのものは、場所が特定できるし、利用日時が記入されていることもあるからである。敏彦がどこに行き、誰と会い、何をしていたかということを追跡するのに、格好の材料となる。

加代ちゃんは、そのなかから、敏彦がサラ金から金を借りた昨年の十月末前後のものをピックアップして、一つ一つ洗っていった。美容院や歯医者、書店のようなところもあった。

大当たりとなったのは、あるレストラン・パブのサービス・カードだった。

「次回ご来店の際にこのカードをご提示ください。お好みの小皿料理を一点サービスいたします」とある。ゴム印で押されている発行日は、昨年の十一月の第一土曜日。敏彦がサラ金から借金した後のことである。

加代ちゃんはこの店を訪ねたが、もう三カ月以上も前のことで、残念ながら店員の記憶は当てにならなかった。だが、このサービス・カードはボトル・キープした客だけに配るものだという。

「こちらでは、ボトルを入れたお客さんの名前を控えたりなさいますか？」

「ええ、しますよ。特に断わられないかぎりは、顧客カードにお名前と住所を書いてもらいます。クリスマスやバレンタイン・デーみたいな時に、招待状を出しますんでね」

その顧客カードを見せてもらうと、十一月四日分に「宇野敏彦」の名前はなかった。

ということは、可能性はふたつ。
1　敏彦が誰かとここに来て、その「誰か」がボトルを入れ、サービス券を敏彦にくれた。
2　その日ここに来てボトルを入れた「誰か」が、その後どこかで敏彦と会ったときに、このサービス券を敏彦にくれた。
どちらにしろ、その「誰か」は敏彦と会ったことがあるはずだ。親しい人間である可能性も高い。ということで、加代ちゃんは顧客カードの写しをとり、それを敏彦の同僚、友人たち、学生時代のクラスメートたちの名簿とクロスチェックした。

そして、その「誰か」を見つけだしたのだ。彼は敏彦の高校時代の友人で、問題の土曜日の午後、敏彦とばったり出会い、久しぶりだったので一緒に飲みに行ったのだという。そのときボトルを入れたのだ。

彼は商事会社に勤めるサラリーマンで、加代ちゃんと会うために、昼休みの時間を割いてくれた。もちろん事件のことを知っており、敏彦の身を案じていた。

「人殺しなんか、死んでもできそうにないヤツだったんですけどね……」と、顔を曇らせる。

「宇野さんと会ったときのことは覚えていらっしゃいますか?」

加代ちゃんの質問に、胸ポケットから手帳を取り出してぱらぱらやりながら、うなずいた。

「彼と会ったのは、四谷《よつや》の『ピエロ』って喫茶店の中でした。三時頃だったかな」

「一人でした?」

「僕はね。彼は人と会ってましたよ。なんか書類みたいなものを受け渡ししてたな……。それが済んで、二人一緒に店を出ていこうとしたんで、僕は宇野に声をかけてみたんです。そしたら、こっちにきてくれて」

「相手の人はそのまま出ていったんですか?」

「ええ。『じゃあ、これは確かに』とか言って、受け取ったものを持ってね。宇野のやつ、あの日はすごく明るかったなあ」

そしてこの時も、敏彦は「俺は白い騎士なんだ」と言ったのだそうだ。

「なんのことだってきいても、笑ってるだけでしたけどね」

「敏彦さんが会っていたのはどんな人でした?」

「どんなって……ごく普通のサラリーマンて感じですよ。ちゃんとスーツを着てネクタイしめて。誰だいって、宇野にきいてみたんですけどね」

「なんて言ってました?」

「ちょっと病院のね、って」

「病院――」

「彼のねえさん、足が悪いでしょう。そのことかなと思ったし、『誰か病気かい?』ってきいたら、『いや、違うんだ。これからどんどんよくなるんだ』って言って……あとは口をにごしてしゃべらなかったけど、とにかく、うれしそうでしたよ」

最後に、彼は大事なことを思い出してくれた。

「そういえば、その人、背広は着ていたのに、足はサンダルばきだったなぁ」

このときは奥村も一緒だった。手がかりだ、と喜びはしたものの、

「しかし、敏彦の会っていた相手を探すのはむずかしそうだな。材料がなさすぎるよ」なんて言っている。俺は足ばらいをかけてやろうかと思ったし、加代ちゃんは彼の背中をどんとたたいた。

「しっかりしてよ。手がかりならあるわ」

「どんな?」

「あなただってやるでしょ? 背広にサンダルばき。敏彦さんの相手は、『ピエロ』の近くにある『病院』の人なのよ。近くだから、上着は着ても、靴は履きかえないで、職場で履いているサンダルのまま出てきたのよ」

喫茶店『ピエロ』から半径一キロ以内にある「病院」をリストアップして、敏彦の顔写真を手に尋ね歩き、とうとうその人物を探し当てることができたのは、それから四日後のことだった。

7

正確には、そこは「病院」ではなかった。

「戸山《とやま》メンタルクリニック」という。情緒障害児や神経症患者、そして重度の薬物中毒患者専用の治療機関なのである。

薬物中毒者。俺の耳はロックフェラー・センタービルのようにつったった。

例のごとく、俺は医療機関には立ち入ることができない。以下の話は、あとで聞いたことを要約したものだ。

問題の人物は山田《やまだ》さんといい、そこで事務の責任者をしている人だった。りゅうとした紳士で、「すごくいい声の人だった」という。

彼は敏彦の顔を覚えていた。彼と会ったことも記憶していた。顔写真を見せるとすぐにわかった。

だが、名前が違うという。

加代ちゃんも、同行していた奥村も、どうしても一緒に行きたいと言ってついてきた友恵さんも、みんな驚いた。山田氏も驚いていた。書類を持ってきてページを繰る。

「顔はこの人です。ですが名前は――宇田川敏彦さんですね」

「入院同意書」の「保証人欄」にそのサインがある。敏彦の筆跡だった。

「宇田川というのは、会社の同僚の名前です。宇野さんは偽名を使ってたんだわ」

加代ちゃんは心臓がどきどきしたという。

「でも、どうして？」と、友恵さんはつぶやく。

山田氏はこわばった顔を隠そうともしなかった。相沢社長の事件のことは、今初めて耳にしたと言うのである。

「私はめったに三面記事は読みませんし、見たとしても、新聞の顔写真は小さいですからね。名前が違っていたら、まず気がつきません。彼がこんな事件を起こしていたなんて――私の失態でした。やはり無理だったんだ」

「無理？」

食いつくような奥村の質問に答えて、山田氏は語った。

「去年の十月頃でしたか。宇田川さんが――つまりこの宇野敏彦さんですね――我々を訪ねてこられました。ここで知人を治療してもらいたいのだが、費用はどのくらいかかるだろうか、とね」

その知人の名は「伊東《いとう》あけみ」。入院同意書に記載されている患者である。

彼女は覚醒剤中毒患者だった。

「はっきり申し上げて、ここでは非常に費用がかかります。通い治療やカウンセリングもしてはいますが、重症者は原則として入院治療ですから。特に薬物中毒者の治療は、単に薬への依存を絶つだけでなく、二度と同じことを繰り返さないように、完全に社会復帰できるところまで面倒をみることになっていますから、なおさらなのです」

それでもいい、お願いしますと敏彦は言ったそうだ。

「前金で、二百五十万円です。宇野さんは一週間としないうちに即金で払いにきて、我々は伊東あけみさんを預かりました」

ただし、それには条件がついていた。

「我々のクリニックには、その性質上、身元を隠して入院してくる患者が多いのです。時には芸能人がくることもあります。ですから、奇妙な申し出にも慣れていますが、宇野さんの出してきた条件は特に変わっていました」

伊東あけみという患者には、ここは公立病院だから費用は国が払ってくれる。安心していいと言ってやってくれ。自分が費用を払ったことは、彼女には言わないでくれと言ったのだという。

「それだから、必要な書類や費用の受け渡しも、伊東さんの目に触れる心配のない場所でしたのです。宇野さんはあくまでも、その嘘をつらぬきとおしたい様子でした。伊東さんにも、心配することはないと何度も言い聞かせていましたね」

あの二人は、それほど親しいようにも見えなかった。なにか事情がありそうだとは思ったと、山田氏はくちびるを噛んだという。

「しかし、入院費用を払うために強盗をしたとは……」

「いいえ、費用は彼が借金をしたりして工面《くめん》したんです。強盗事件はそれよりずっとあとのことなんですよ」

加代ちゃんはきっぱりと言った。友恵さんがきいた。

「伊東あけみさんは、敏彦の事件のことは知らないんですね？」

山田氏はうなずいた。

「知ってるはずがありません。クリニックの中では新聞を読むことはできませんし、テレビもありませんので。ただ――」

「ただ？」

「もうずっと宇田川さん、つまり宇野さんが顔を見せてくれないので、寂しがっていますし、心配しています」

友恵さんは、励ましを求めるような目で加代ちゃんを見つめてから、こう言った。

「彼女に会わせていただけませんか」

きれいな娘だったわと、あとで加代ちゃんは言っていた。すっかりよくなってた、と。

面会の場所は、クリニックの中庭だった。伊東あけみは芝生の中に据えられたベンチに腰をおろし、セーターを編んでいたという。

「こちらは宇田川さんのお姉さんの友恵さん。そして、友恵さんの友達の蓮見さんと奥村さんだ」と、山田氏は加代ちゃんたちを紹介した。

彼女に会うために、加代ちゃんと友恵さんで、小さな嘘を考えだした。

「初めまして。敏彦の姉の友恵です」と前置きしてから、友恵さんはその嘘を語った。

「敏彦は今、仕事で海外に行ってるんです。最初は、ほんのひと月ぐらいで戻れるはずだったんだけれど、それが長引いてしまって、まだ帰ってこられないでいるの。それでね、つい先週、電話をかけてきて、友達がこのクリニックに入院しているから、ちょっとお見舞いに行ってくれないかって頼んできたというわけなんです。びっくりさせてごめんなさいね」

伊東あけみ——まだ十八歳だというから、糸ちゃんと一歳違うだけだ。俺は心中、彼女を「あけみちゃん」と呼ぶことに決めた——は、まじまじと友恵さんの顔を見つめた。それから花が咲いたようにほほえんだ、という。

「そうだったんですか。よかった。あたし、宇田川さんに忘れられちゃったのかと思って……ホントはそんなふうに思うの、図々《ずうずう》しいんだけど、あたしなんかそもそも相手にしてもらったことの方がおかしいくらいなんだけど、でもやっぱり悲しくて……そうなの、外国に出張してるんですか。元気なんですか？」

友恵さんは答えられなかった。代わりに、加代ちゃんが言った。

「ええ。あなたのこと、心配してるそうよ」

「彼も水臭いよな。恋人がいるならいるって、早く言ってくれりゃいいのに」と、奥村があとを引き取ると、あけみちゃんは首を振った。

「とんでもないわ。あたし、宇田川さんの恋人なんかじゃありません。あたしには、そんな資格、ないんだもの」

そして友恵さんを見上げ、

「あたしのこと、宇田川さんから聞いてないんですか？」

「ええ、詳しいことはなにも。お名前だけでした」

すると、あけみちゃんは話してくれた。

「ここにいるってことだけで、見当はつくでしょう？　あたし、覚醒剤中毒だったんです」

敏彦とは新宿《しんじゅく》で知り合ったのだという。と言えば聞こえはいいが、要するに彼女が彼の袖を引いたのだ。

売春、それもいわゆる「立ちんぼう」の街娼である。もちろん、薬代欲しさにしていたことだ。

「もともとあたし、家出娘なんです。十五の時に飛び出しちゃって——それから転々。そういう娘が覚醒剤なんか覚えちゃった理由、だいたいわかるでしょ」

たいていは、男のせいなのだ。きらびやかだが冷たい都会で、優しそうな顔で近づいてきた男。ひと月もすれば、牙が見えてくる。

話しているうちに、あけみちゃんは敏彦のことを、「あの人」と呼び始めた。加代ちゃんは、「あの人」という言葉を口にするときの彼女の口調を、こうたとえている。

「小さい子が、『お月様』って言うときみたいだったわ」

話している間も、あけみちゃんは何度か、膝の上に乗せた編み掛けのセーターをなでていたという。

「あの人、最初っから変わってた。新宿であたしが声をかけたとき、しげしげって顔を見て、こう言ったの。『最後にちゃんと飯を食ったの、いつ？』だって」

敏彦だって、都会の若者である。この街のこんな女たちと遊んだことだってあるだろうし、免疫だってあったろう。それがとりわけ、あけみに心を動かされたのは、彼女があまりに若くて、痛々しくて、そして――

「思い過ごしじゃないと思うわ。あけみちゃんて、雰囲気や顔立ちが友恵さんに似てるのよ……」と、加代ちゃんは言う。

その日は敏彦と食事をして、別れたという。ヘンなお客、と思っていたら、彼は翌日もやってきた。

「食事させてくれて、ホテルに泊めてくれて……あたし一人でね。ちゃんとしたシティ・ホテルだったわ」

そんなことが何度か続くうちに、敏彦は彼女がヤク中であることを知った。

「薬を絶って、こんな商売から足を洗えって言われたわ。できるわけないじゃない、あたし一人じゃないのよ、逃げようとしたら殺されちゃうって言った。そしたら、いい病院がある、そこに入って時間をかけて治して、ほとぼりが冷めるまで隠れていればいいよ、って」

（そんなお金ないわよ）

（金はかからないんだ。公立の施設だから。得意先の店で聞いたんだよ。とてもいい病院らしい。なんとか入れるように手配しておくから、こっそりこの街を抜け出そう。な？）

そうやって、敏彦は彼女を戸山メンタルクリニックに連れて行った。ただし、費用は自腹を切って。

それが借金の理由だったのだ。敢《あ》えて偽名を使ったのも、万が一「公立病院」の嘘がばれても、あけみが彼を探し出すことができないようにするためだろう。

彼はあくまで、陰の人になりきるつもりだったのだ。

「あの人、時々会いに来るって約束してくれたのに、もうずっと来てないから、心配だったの……」

加代ちゃんは、笑ってごまかすのが精いっぱいだった。

「彼、あなたにはいつも優しかった？」

「とっても」

「白い騎士だったのね」と言うと、あけみは驚いた。

「どうしてそれを知ってるの？　あたしがつけたあだ名なのに」

家出してきたくらいだから、彼女の家庭状況は推して知るべしだが、たった一つ、大事にしている思い出の品があるという。

表紙の擦り切れた「鏡の国のアリス」だ。

「あたしを可愛がってくれてた近所のおばさんが、クリスマスにくれたの。これに出てくる『白い騎士』よ。あたし、東京に行けばこんな白い騎士にめぐりあえると思ってた。でも、会ったのは恐い白い粉の騎士だけだったって言ったら、あの人、『じゃ、僕が本当の白い騎士になろうか』って。アリスの白い騎士みたいに、あたしがちゃんと女王になるところまで送り届けてくれるって。どうしてそんなに親切にしてくれるのよってきいたら――」

「なんて答えた？」

「あたしが元気になれば、それで僕も解放されるんだって。よくわからなかったけど、あとは何をきいても笑ってるだけだったわ」

加代ちゃんたちと別れるとき、あけみちゃんは、八割がた編み上がっているセーターをかざして、笑った。

「これ、宇田川さんにプレゼントしようと思って編んでるんです。着てくれるかな」

友恵さんが、それに答えた。

「きっと喜ぶと思うわ。弟の好きな色だし」

そのセーターは、淡いブルーだったという。

「あんな人間が強盗をすると思うかい？」

クリニックを出て車に戻ると、奥村が怒ったように言った。

「宇野敏彦は、金目当てで人を殺すような男じゃない」

待っていた俺は、戻ってきた友恵さんの真っ赤になった目と、血の気の失せた顔に驚いていた。

これまでの話だけでも、彼女の涙には納得がいく。充分すぎるほどだ。だが、今の動揺の激しさには、もう一つ重なる理由があるように思えた。

加代ちゃんもそれを察している。

「あけみちゃんが更生《こうせい》すれば、それで僕も元気になれる。その言葉の意味が気になるの。彼があんなにも彼女に尽くしてあげた理由はなんなのか、友恵さん、わかりますか？」

彼女が答えるまで、しばらくかかった。やっと聞こえてきた声は、消え入りそうに細かった。

「わたしのせいなの」

悪い方の足に、そっと手を置く。

「この足、子供の時の交通事故が原因なんです。自転車に乗る練習をしていて――わたし、鈍かったのね。なかなかうまく乗れなくて、事故に遭ったときも、敏彦が荷台を押さえてくれていたんです」

その光景が、目に見えた。

「──気がついたら、トラックが目の前に来ていました。

責任という言葉を、俺は思っていた。自分のせいで姉さんの足を不自由にしてしまったと感じて育った青年のことを。

「敏彦のせいじゃなかった。誰が悪かったわけでもないんです。不運だっただけ。でも、あの子はずっと苦しんでて、それを見ているわたしも辛くて。言葉じゃどうしてもわかりあえなかった。気にしなくていいのよって言うたびに、敏彦が自分を追い込んでいくのがわかりました。だからわたしたち、離れて暮らしてきたんです」

敏彦にしてみれば、永遠に続く執行猶予《しっこうゆうよ》のような気持ちだったのだろう。どんなに悔やんでも、元には戻せない。

「敏彦さんは敏彦さんなりに、自分を助ける方法を探していたのかもしれない」

加代ちゃんがつぶやいた。

「そこに、あけみちゃんに会った。手をさしのべなければ、彼女がどうなるのかは目に見えている。だから助けようとした。無償で彼女を助けることで、彼はあなたへの重荷を少しでも軽くできると思ったんじゃないかしら」

ある意味では、あけみちゃんという娘は身代わりだったのだ。

(あたしが元気になれば、僕も救われるんだって)

あなたを送り届けたら、そこで拙者を見送ってくれ。そうすれば拙者は元気づけられる。

「だからこそ、彼は幸せそうに金に困っていたんだ。苦しんで、それで楽になれるはずだった。そんな彼が、どんなに金に困ったからといって強盗なんかすると思うか？」

奥村の言葉に加代ちゃんも友恵さんも目をあげた。その目がおびえていた。

言葉を出したのは、友恵さんが先だった。

「じゃ、本当の犯人は誰？　そして、敏彦は今どこにいるんです？」

8

その晩、俺は日本一うるさい犬だった。

糸ちゃんが雅史のスケッチをしまいこんだ物入れの前で、俺は吠えに吠えた。知っているのは俺だけなんだから、喉が破れるまで吠えるつもりだった。

「マサ、様子が変だよ」

糸ちゃんがまずそう言い出してくれた。が、ピントがはずれている。

「地震でもくるのかな」

違うよ、糸ちゃん、そりゃ確かに、俺は地震の前に騒ぐことがあるけどね。

「外に出たいんじゃないかしら」と、加代ちゃんもボケている。

彼女は眉間《みけん》にしわを寄せて、憔悴《しょうすい》の色が濃い。敏彦以外に、社長を殺す動機を持っていた人間がいるかどうか、ずっと考え込んでいるのだ。

金か？　社長が死んで得をするのは誰だ？　女か？　怨恨《えんこん》か？　敏彦は、そこにどう関わってくるのか？　さっきから加代ちゃんは、そんな自問をぶつぶつと繰り返しながら頭を抱えているのだ。

俺はその手がかりを知ってるんだよ、加代ちゃん！

「おねえちゃんたら、大丈夫？　コーヒーでもいれてあげようか？」

糸ちゃんが声をかけると、加代ちゃんは資料をにらんだまま軽く片手を上げた。

「オーケイ。胃に穴があいちゃうような濃いのをいれてあげる」

などと言って、糸ちゃんは台所に行ってしまう。俺は鼻を鳴らした。

「でもさ、おねえちゃん。宇野さんが最後に事務所に戻ってきたことは確かなんでしょ？　そうすると、真犯人はどこにいたんだろ。隠れてたの？」

加代ちゃんは乙女らしからぬ手付きで頭をかきむしり、大きくため息をついた。

「隠れてたんでしょうね。あのビル、危険なのよ。伏魔殿《ふくまでん》だわ」

「じゃ、どうして社長が一人になるまで待たなかったのかな」

「そこなの。ありがと」と、加代ちゃんはコーヒーカップを受け取った。

「本当の犯人は、相沢社長と敏彦さんを二人とも消してしまいたかったのか。それとも、単に警察の目をくらませるために、敏彦さんを利用しただけなのか」

「ひどい話だわ」と、糸ちゃんがふくれる。

俺は決心して後足で立ち上がり、物入れの扉をガリガリひっかき始めた。家財を傷めるこのような行為は極力避けていたのだが、もう仕方がない。

「こら、マサ！　あんた、いい歳して子猫の真似なんかするんじゃありません！」

カップを置いて、糸ちゃんがとんできた。俺はすかさず鼻をならし、吠え、糸ちゃんの足にまとわりついた。

「おかしいね……」と、ようやく彼女は物入れに視線を向けてくれた。

「最近ここに新しくしまったもの、あるかしら」

俺の首を叩きながら、糸ちゃんは考えている。思い出してくれよ、早く！

「事件に関係のあるものかな」

大ありだよ！　と、俺は吠えた。糸ちゃんの目が晴れた。

「あの不健康なスケッチじゃない？」

彼女がスケッチを取り出すと、俺は雄たけびをあげた。加代ちゃんが驚く。

「いやね、これがいったいどうしたって——」

はっとする。そうそう、それだよ！

「糸子」

「なあに」

「ね、絵描きさんは麻薬に頼ることがある？」

糸ちゃんは鼻にしわを寄せた。

「はいと答えたら、大ヒンシュクよ。そんなことないわ」

でも、秋末雅史はそうなんだ。

「だけど、なかにはいるかもしれないわね。麻薬で芸術的インスピレーションが得られるという、不幸な誤解をしている人が」

加代ちゃんは、手にしたスケッチを、そこに答えが描いてあるかもしれないという表情でにらみつけている。両肩がこわばっている。

「もし——もし秋末雅史も覚醒剤中毒患者だったとしたら——」

加代ちゃんのつぶやきに、糸ちゃんはぱっちりした目を大きく見開いた。

「それがバレちゃ困るというので、人殺しをするかもしれないわね？　殺された社長さんて、すごく厳しい人だったんでしょ？　長いこと自分の部下として働いてきた秋末さんの息子のことでも、ううん、長いつきあいだからこそ、黙って見過ごしはしなかったんじゃない？　刑務所へ行けって怒鳴る。でも、息子を溺愛《できあい》している秋末さんは、そうはさせじと——」

「駄目よ。だって、雅史さんは刑務所に行くことにはならないもの」

加代ちゃんはスケッチを持った手をおろし、首を振った。

「へ？　だって、覚醒剤所持は立派な犯罪でしょ」

「そうだけど、初犯でいきなり刑務所行きにはならないのよ。まず間違いなく執行猶予がつくわ。保護観察処分にはなるけれど、事実上は自由の身よ。その程度のことを避けるために殺人をするのは、ちょっと危険すぎ——」

言いかけて、加代ちゃんはまばたきをした。

「バカね――なにも初犯とは限らないんだわ」

「誰が？　秋末雅史さん？」

「そうよ」

　加代ちゃんはスケッチを置き、書棚に近寄って、「最新版　刑事事件の判例」という本を取り出した。ページをめくり、目的の場所を探し当てると、立ったまま熟読する。そして、そのページに指をはさんだまま、糸ちゃんを振り返った。

「初犯の場合は執行猶予がつく。でも、その執行猶予期間中に再犯をおかした場合は、ほとんどの場合実刑だわ。初犯の罪の執行猶予ももちろん取消になるから、一年や二年じゃ絶対に出てこられない」

「それよ」と、糸ちゃんが指を鳴らした。「でも、雅史に犯歴があるかどうか、どうやって調べる？」

　翌日、加代ちゃんはもう一度相沢社長夫人を訪ねた。今度ははっきりと身分を名乗り、詳しく用向きを説明して、協力を請うたのだ。

「社長夫人ならきっと知ってる。いちかばちか、当たってみるわ」

「頑張って、おねえちゃん」

　外でじっと待機していた俺の元に戻ってくるまで、一時間以上かかった。だが、帰ってくる加代ちゃんが、まるでサムソンのように力強く地面を踏みしめているのを見ると、成果があったのだとわかった。

加代ちゃんの考えはこうだった。

「これはあくまでも推測だけど、雅史さんはまた薬を使い始めていたんじゃないかしら。秋末さんはそれに気づき、治療のために、ひそかに彼を戸山メンタルクリニックに連れていった。そしてそこで偶然、あけみちゃんを見舞いに来ていた敏彦さんに会った――」

相沢夫人の話では、確かに、一年ほど前、雅史は一度覚醒剤で逮捕され、執行猶予付きの有罪判決を受けているという。そのとき秋末氏に弁護士を紹介したのは相沢社長だった。そしてその当時、秋末雅史は、治療のために半年間、戸山メンタルクリニックに通ったというのだ。

「相沢社長が、『きちんとした病院にかからんと、治るものも治らん』って、秋末さんを説得したんだって、夫人は話してたわ」

雅史がひどく入院を嫌がったので、通いで治療とカウンセリングを受けた。それも、雅史一人で行かせると、約束をすっぽかしたりするので、いつも秋末氏が一緒について行ったのだそうだ。

「そのかいあって、その時は、すっかりよくなったように見えたんですって」

となれば、雅史が再発――再耽溺《たんでき》を始めたとき、秋末氏がまた戸山メンタルクリニックを頼ったとしてもうなずける。

ただ、こればかりは、直接戸山メンタルクリニックから聞き出すことはできない。医者には守秘《しゆひ》義務というものがあるので、たとえ警察にきかれようとも、患者のことは話さないのだ。

「そこまでは仮説をたてるとして、じゃ、その場合、社長さんは雅史さんの再発のこと、気づいてなかったわけね」と、糸ちゃん。

「ええ。ただ、疑ってはいたそうよ。根拠があるわけじゃないけれど、ああいうものはなかなか断ち切れないものだから、うっかりするともとのもくあみになるんじゃないか、という意味での疑いね」

（徹底的に治すためには、いっそしばらくぶちこまれた方がいいんだ。秋末は息子を甘やかしているから、そんなことを言ったら真っ赤になって怒るだろうがな）と、夫人に話していたことがあるという。

「それだもの、誰にも知られないうちに雅史さんを治したかった秋末さんとしては、毎日が綱渡りの心境だったんじゃないかしら。そこで敏彦さんに会ってしまったら——」

当然、口止めはしただろう。だが、不安で仕方なかったはずだ。いつばれるか、いつ敏彦が社長に話してしまわないか、と。

「わたしね、一つ考えたのよ。ほら、事件の半月ぐらい前、相沢社長と敏彦さんが言い合いをしたでしょう?」

おまえなんか、二百万も出してやる筋合いはない！　という怒鳴り声が聞こえたときのことだ。

「あれはひょっとしたら、こういう意味だったんじゃないかしら。敏彦よ、赤の他人に、それも自分の自堕落《じだらく》で覚醒剤中毒になった女のために、なんでおまえが二百万も出してやる必要がある！」

「じゃ、相沢社長は敏彦さんの秘密を知ってたっていうこと？」

加代ちゃんはうなずいて、苦笑した。

「ええ。むしろ、なんにも気づかなかったら不自然だと思うわ。敏彦さんが経済的に苦しそうだということは、周囲のみんなが知っていた。社長だって例外じゃないでしょう。そしたら、うるさくて厳しい社長としては、どうしてそんなに金に困っているのか、敏彦さんを問いつめてみるのが自然なんじゃない？」

「そうね……で、言い合いになったわけだ」

ただ、周囲の人間はそれを金の貸し借りをめぐる争いだと聞いてしまった。

一人、秋末氏をのぞいて。

「敏彦さんの秘密が社長に知られてしまったとき、秋末さんは震え上がったと思うわ。そこまできたら、雅史さんのことも、どんなきっかけで社長の耳に入るかわからない。宇野敏彦がしゃべってしまうんじゃないか、そればかり考えていたでしょう。敏彦さんは、そんな言いつけ口をする人じゃないと思うけど」

糸ちゃんは顔をしかめた。

「そういう常識的な見方は、秋末さんの頭から消えてなくなってたんじゃない？　弱みのある人間て、疑り深くなっちゃうもん」

そして、もし社長に知られたら――黙って見逃してくれるはずがない。しかるべき方法で警察に知らせるだろう。今度こそ、雅史は刑務所行きになる――

どうしよう、しゃべられたらまずい、どうしよう。その繰り返しの中で、追いつめられたような気持ちで、秋末氏は計画を立て、実行した――

「あの方法で強盗に見せかけて社長を殺し、敏彦さんを犯人として失踪させてしまえば、一挙にすべて解決よ」と、加代ちゃんは言った。ぎゅっとくちびるを噛みしめる。

失踪させる、か。

加代ちゃんの頭にある推測が、俺にも見える。おそらく、敏彦は殺されているだろう。遺体は――

「時間がなかった。社長の遺体はいつ発見されるかわからないから、遠くまで運んでいる余裕はないわ。近くで、絶対に発見される心配がなく、楽に埋められる場所は――どこだと思う？」

俺の心に浮かんだ答えを、糸ちゃんが言葉にしてくれた。

「建築中のアトリエの下だわ」

9

仕掛けはやさしかった。奥村が取材を申し込んだのだ。

「僕は文芸部の人間じゃないけど、ちょっとした特集記事のねたを探しているんです。『家族の肖像』というテーマでして。そこへ、蓮見さんから秋末さんと息子さんのことを聞きましてね。お二人の、絵画にかける情熱というのをとりあげたいんですが」

秋末氏は喜んだ。「取材のとき、わたしもおじゃましてよろしいですか?」という加代ちゃんの申し出にも、にこにこしてOKしてくれた。

俺たちはカメラマンも同道して秋末家に入った。俺はうまいこと行動して、広い庭に出た。

辛い仕事だが、俺はがんばった。

見つからなければいい。推測がはずれていればいい。そうも思った。もう二度と経験したくない捜索だった。

だが、俺の鼻は裏切らなかった。

腐臭のするシートの端を土中から引きずり出して、俺は吠えた。

それに答えるように、足音がする。大声がする。近所の人たちも顔を出し、秋末家の方でフラッシュが光り始める。

振り返ると、呆然としている秋末氏の顔が見えた。凍ったような奥村がいた。

加代ちゃんは、ほの白い顔で悲しそうに俺を見つめていた。

「どうしたんだよ、うるさいな」

雅史の声がする。

事件の大筋は、加代ちゃんが考えたとおりだった。

「相沢社長とは、以前から雅史のことで意見が対立していました。わたしは甘すぎる、そんなことじゃいかんというのです」

最初に覚醒剤で逮捕されたときも、「本当なら、執行猶予なんかでごまかさないで、少し、くらいこませればいいんだよ。いっぺんで目が醒《さ》める」と言われたのだそうだ。

秋末氏の肩を持つわけではないが、それはやっぱり残酷だろうと、俺も思う。だからといって、秋末氏のしたことを許せるわけではないが。

「社長は、雅史のような繊細な人間を刑務所なんかに送ったらどんなことになるか、まるでわかろうとしていなかったんですよ」

ぽつりとそう言っていた。

金庫の中には金がある。昼間の打ち合わせで、今夜最後に戻ってくるのが敏彦であることもわかっている。彼が社長を殺し、金を持ち逃げしたように見せかけることができる。チャンスだ、と思ったという。

「それまでも、もし宇野君に、雅史のことをしゃべられてしまったらどうしようかと思い悩んでいましたから、夢中でした」

子供の顔しか見えなかったのか。

「一度帰ったふりをして、残って様子を見ていました。社長は電話しながら窓から外を見ていた。宇野君の車が戻ってくるのに気づいて、『ああ、今宇野君が帰ってきたよ』と言ったので、そっと近づいていって頭を殴ったんです。金庫は開いていました。そして、宇野君が事務所に戻ってくるのを待ち伏せて、背後からネクタイで絞め殺したんです」

灰皿に敏彦の指紋をつけ、金と、彼の死体を自分の自家用車に運び込んだ。管理人の目さえ気をつければ、危険はなかったという。

「そのまま家に帰り、深夜になるのを待って宇野君の死体と千二百万円を一緒にアトリエの床下に埋めたのです」

あの暗い通用口と、その夜の瞑《くら》さを、俺は思い浮かべていた。

友恵さんは、事件からひと月ほどして、敏彦を抱いて故郷に帰った。緑豊かな場所に、両親と一緒に葬ってやるのだという。

「奥村さんが駅まで送りに来てたわ」

見送りに行った加代ちゃんが言った。事件後初めて、明るい目をしている。

「一緒に行きたそうな顔をしてた」

糸ちゃんが優しく言った。

「今度は、あの人が友恵さんの白い騎士になってくれるんじゃない?」

あけみちゃんはまだクリニックにいる。退院するまで、彼女には真相を話さないでおこうと、蓮見探偵事務所の面々は決めた。すっかり立ち直るまで、そうした方が彼女のためだと、俺も思う。

それとも、彼女の夢の中には敏彦が現われているだろうか。夢の中で、彼女が編み上げたセーターを着ているだろうか。

そうであってくれてほしい。前脚に鼻を乗せて、俺は考える。

そして、頭の中に流れる白い騎士の歌を聴く。


本文中の「鏡の国のアリス」は、岡田忠軒訳（角川文庫版）から引用しました。　著者

アリス
殺人事件

DYING MESSAGE《Y》

篠田真由美

1

『運命』なんてぼくは嫌いだ。そんなものの存在は絶対に認めない。そう、絶対にだ。『シンクロニシティ』なんてことばも、意味がありそうで実はなにもいってない。そんなことばでなにかを誤魔化《ごまか》すくらいなら、すべてはただの偶然。それでいい。この世界で起きることはいつでも不条理で、意味なんかなくて、ぼくたちはひたすらそれに耐えるしかないんだから。

ぼくがあのとき坂本広尾《さかもとひろお》の頼みを断っていさえすれば、ぼくは君と会うこともなかった。彼が電話してきたときぼくが留守だったら、その頼みを聞くこともなかった。ぼくと彼が高校で同じクラスでなかったなら――

すべては意味があるはずもない、偶然の連鎖だ。だがそんな偶然の連なりの果てに、ぼくは君と出会った。

そしてその二年後、再び奇妙な偶然に導かれて、気がつかされてしまったのだ。君の死の理由に。なにが君の命を奪ったのかということに。

一九九九年の、三月だった。

ぼくはその前日、第一志望大学の合格発表で無事自分の受験番号を見つけ、嬉しいというよりほっとした気分で、散らかった部屋の片づけをしていた。一年の浪人は失敗というよりは、自分で望んだ休暇ではあったのだけれど、無事次のステップに上がれた安堵《あんど》はやはり大きかった。

本の山の中に紛れ込んでいた五ヵ月前の古新聞を、捨てようとして偶然ひとつの記事に気づいた。埼玉県の大学病院で、国内では初めて公式の承認の下に、ある種画期的な手術が行われたという。だがそれに目を留めたぼくが思い出していたのは、君のことではなかった。そのときもまだぼくは、なにもわかっていなかったから。その記事と解説までを読み終えて、それだけならぼくはなんとも思わずに、またすぐ忘れてしまったかもしれない。

けれどその翌日、人と待ち合わせをしていた区立図書館のロビーで、時間潰しにいつもは見ない新聞を開いた。そこでまたひとつ、ある記事を見つけたのだ。偶然に。一段の大きくもない記事だった。東京地方版の真ん中あたりに、五センチ角ばかりの写真と、『明治の宣教師館解体へ』の見出しがある。こちらは必ずしも、まったく無関心な話題というわけではない。

ひとつ屋根の下に暮らしてはいなくとも、ぼくにとっては誰より身近な人間、桜井京介《さくらいきょうすけ》が近代建築の研究をしているせいで、この手の記事には自然と目が行くということはあった。

だがそのときはなによりも、その粗い網点《あみてん》で刷られた写真が、ぼくの記憶をちくちくと刺激したのだ。

(これ、もしかして……)

それは記事を読み出したとき、確信に変わった。そこに書かれていた宣教師館とは、ぼくが一度だけ足を踏み入れたことのある建物に相違なかった。

その記事の要旨《ようし》を引用すれば――

港区白金台《みなとくしろかねだい》にある学校法人私立聖ルカ学院のキャンパスに建っている、明治二十年代建造の木造二階建て住宅、ヨークシャー館は、学院が女学校として創立された当時、イギリスから英語教師として招請されたウィリアム・ヨークシャーの住まいとするために作られた。その後随時改築されながら、学長の公邸やクラブハウスなどに使用されていたが、老朽化が進んだために数年前から封鎖され、修復か、撤去か、移築保存かといった議論がされてきた。しかしこのほど、新体育館の建設にともない、将来の復元も可能なかたちで解体、部材と記録を保存するということが決定した――

二年前、ぼくはクラスメートの坂本広尾に連れられて、聖ルカ学院を訪れた。彼がミステリファンのサイトで知り合った、Ｅｍｉという子と会うのにつきあって。なんの予感も、ましてや覚悟もあるわけがなかった。

けれどその夜に、Ｅｍｉはヨークシャー館で死んだ。ぼくたちは窓のガラス越しに見た。頭を窓の方に向け、床の上に横たわるＥｍｉの姿を。仰向いて目を閉じた顔は白く、眠っているように静かで、長い髪が床の上に櫛《くし》で梳《と》かしたみたいにきれいな線を描いて広がっていた。

記憶をたどるうちに、その映像がありありと目の中によみがえってくる。少し横を向いた顔、肘《ひじ》を曲げ、手のひらを上にして投げ出された右手の脇、剝き出しの床の上に、マジックで黒々と書かれていた文字。

――《Yが殺す》

そして――

ふいにぼくは理解したのだ。そこに書かれていたことばの意味、Ｅｍｉが死ななければならなかった理由、その夜に起こったこと、そのすべてを。あのときには不明だったことが、いまになってようやくわかった。偶然目にすることになった、ふたつの新聞記事のおかげで。

壁のカレンダーに目をやる。あれは一九九七年の三月十八日だった。今日はその二年後、九九年の三月十六日だ。

（間に合った……）

なぜかそう思う。

そしてぼくは自分が、もう決めてしまっていることに気づく。

明後日、Ｅｍｉが死んだ日、聖ルカ学院に行こう。ヨークシャー館が取り壊される前に、あの床に記された文字が消滅してしまう前に、もう一度あそこに行って、どこへも告げるつもりはない真相を、少なくともぼくはわかったよと、誰よりもＥｍｉに対していわなくてはならない。

それは所詮《しょせん》ぼくの自己満足、自分のための、自分を納得させる儀式でしかないだろう。死者の魂がいまもそこにとどまっているなどと、本気で信じているわけでもない。それでも、あの文字が誰かにその意味を理解してもらうことを求めて記された以上、ぼくがそこに行くことは無意味じゃないはずだ。いや、無意味だとしたってかまいやしない。ぼくはＥｍｉの運命の相手なんかじゃなかった。偶然その場に居合わせた、その他大勢の通行人みたいなものだった。

それでもとにかくぼくは、わかってしまったんだから。たぶん、ぼくだけが。

Ｅｍｉ、君は鏡の中からやってきたアリスだったんだ。

2

二年前、つまり一九九七年の三月、ぼくは都内にある某私立高校の二年生だった。前の年に編入試験を受けて、四月から二年のクラスに加わり、ちょうど一年経っていた。事情があって長いこと学校には行っていなかったので、歳は他のクラスメートより一歳上だった。けれどぼくは自分でも嫌になるほどの童顔だったから、少なくとも外見の点では、誰も違和感を持つことはなかったに違いない。違和感を持っていたのは、たぶん一方的にぼくの方だった。

現代の平均的日本人は、小学校中学高校と丸々十二年は自分と同年の子供と集団生活を送る。だがぼくは全然自分が望んだ結果ではなく、やむを得ざる事情とでもいったことで、そういう平均的生活からはみ出したまま成長し、十六歳になった。勉強については充分フォローしてもらっていたから心配はしていなかったけれど、やっぱりこのままではまずいんじゃないかな、と自覚して自分からその集団生活に入っていったのだが、ある程度覚悟していたとはいえ、それは容易《たやす》いことじゃなかった。

その場に入ってみて初めてわかったことだけれど、日本語こそしゃべっていたが、ぼくは知識も経験も普通の高校生とはほとんど共通するものを持たない、文字通りの異邦人だったのだ。

それでぼく自身、ずいぶん悩んだり落ち込んだりもしたが、過去になったいま思えば、それもちょっと笑えてしまう程度のことだ。しかしそのあたりのことは、いまはこれ以上触れないで置こう。Ｅｍｉとはなんの関わりもない話だから。

そしてぼくの周囲にいた、ぼくの個人的事情なんてなにも知らないクラスメートたちは、こちらが気に病んでいたほどぼくを異物とは思っていなかったらしい。確かにかなりずれた、変なやつではあったろうけれど、人間そんなに他人のことを熱心に詮索したりするものじゃない。ぼくの主観を別にすれば、一年経ってぼくはとっくにそのクラスの一員になっていたのだ。そうでなければ坂本が、ぼくを誘うようなこともなかったろう。

坂本広尾、というより当時の呼び方でいくならヒロは、クラスにふたりしかいない、ぼくより背の低い生徒のひとりだった。顔も丸顔の童顔タイプで、そのへんは少し似ていたかもしれない。といっても似ていたのはそこまでだ。その先は正反対というくらい、ぼくとは違っていた。

彼の性格は、端的にいってしまえば陽気な道化のお調子屋。おまけにすごいおしゃべりで、私設広報室なんてあだ名もあるくらい。それでも陰険《いんけん》さは微塵《みじん》もなくて、なにより自分の失敗やドジを率先してネタにする方だから女子にも人気があった。もてたというのとは、微妙に違うんだけどね。

彼が前の年の秋からインターネットにはまって、そのおもしろさを吹きまくったおかげで、ぼくたちのクラスは電脳ブームとでもいいたい有様だった。比較的高所得の家の子供が集まる高校だったからだろう、自分用のパソコンを持っている生徒も少なくはなかった。学校でも選択制のパソコン授業があったが、担当教師は授業中の内職ならぬ、ネットサーフィンに目をひからせねばならなかった。

だがクラスのネット熱は、ヒロが某ミステリ愛好者のサイトで彼女を見つけたという話になってから、いささか奇妙な色合いを帯び始めた。そのサイトの掲示板でお互いの書き込みにレスを付け合う内に、話が合うなと思い始めて、いまや直にメールをやりとりし、ときにはチャットまでするようになったという。

「歳は俺よりひとつ下でさ、ミッション系の私立校にいるらしいんだ。なにせ頭いいし、カワイイし、もう俺夢中！」

はしゃぎまくるヒロに、当然冷たいつっこみが入る。

「カワイイったっておまえさ、相手の顔も見てないじゃん」

「ばあか。これだから女を知らないやつはなー。ほんとにカワイイ子ってのは、ことばづかいだけでわかるのッ」

「ことばづかいねえ。だけどそれだって実際にしゃべってるんじゃないだろ。キーボードに打ってるだけだろうが」

たぶんやっかみ半分だろう、他の連中からもそうだそうだと声が上がる。

「可愛いぶったしゃべり方の真似くらい、誰だってできるよ」

「真似したってすぐボロが出るさ」

「だっていくらヒロがそういっても、本名も学校の名前も教えてくれないんじゃ確かめようがない」

「そういうこと」

「ヒロ、おまえ『ネットおかま』って知ってる?」

嫌なことばだなあ、とぼくは思った。口は挟まなかったけれど、なにせ彼らの声が大きいので、始業前の教室でしている話のやりとりは全部聞こえていたのだ。

「『ネットおかま』?」

さすがにヒロもぎょっとした顔になっている。

「キーボード打つだけなら、変装の必要もないもんな。中年のおっさんが『十九歳の女子大生デース』なんて書くと、おまえみたいな馬鹿やスケベがわんさか寄ってくるのさ」

「あ、俺もそれやったことある」

「ええ、マジで?」

「冗談に決まってるだろー。だけどほんとに来るんだよ。『オフで会いませんか』なんてレスが、毎日。気味悪くなったから、あわてて逃げ出しちゃったよ」

「気味悪いのはむこうだろー」

どっと笑いが弾ける。

「笑ってろよ、てめーら!」

ヒロがわめいた。

「Ｅｍｉは絶対そんなんじゃないんだ。あとで悔しがっても、おまえらにゃぜえったい見せてやらねーからなあッ!」

ヒロの彼女の話は、一ヵ月経ってもまだクラスの男子の話題をさらっていた。そのうち当のヒロにないしょで、「Ｅｍｉは女か否か」の賭が始まる始末だった。

年明けには彼女からヒロに画像データで送られてきたというＥｍｉの写真が、クラス中を回覧されて、好き勝手なことをいわれていた。ぼくのところにもちゃんと回ってきて、まさか目を逸《そ》らすわけにもいかない。長いさらさらの黒髪に囲まれた小さな顔が、白いハイネックセーターの肩をすくめてはにかんだように笑っている。確かにかわいい子だった。ぼくは口に出すことはしなかったけれど、そのとき思ったものだった。

（なんだか、痛いのをこらえて笑ってるみたいな顔だ……）

まさかそんなはずはないけれど、この子は自分がこんなふうに、見ず知らずの人間の好奇の目の前で晒《さら》し者《もの》にされていることを、感じているみたいに思える。実際知ってしまったら、さぞ嫌な気がするだろう。ただうわさされているだけじゃなく、賭の対象にまでされてるなんて。ヒロにしてもいまさら後には引けないのだろうけど、いい加減止せばいいのに。会ったこともないＥｍｉのために、ぼくはヒロをふくめたクラスの連中に、少しだけ腹を立てていた。

この写真公開で、例の賭は一気に「女」へ傾いたらしい。だが否定派は、「写真だけなら誰のでも送れる」と主張してなお信じることを拒否していた。もちろんぼくは誘われても、そんな賭につきあいはしなかったけれど。

期末試験が終われば三月。終業式と二週間の春休み。そして月が変わればいよいよ三年生で、進路のことも考えなくてはならない。二年生からの編入だったから、なんだかあっという間に終わりの高校生活だ。

この高校のパンフレットを開くと真っ先に『生徒の個性と自主性を重んずるゆとりの教育』ということばが出てくるけど、それでも三年生になれば国立私立理系文系、志望大学によってクラス分けがされる。受験校じゃないって建前のくせに、学校のパンフレットには名門大学現役合格率が麗々しく印刷されているんだから、本音はやっぱりそっちなんだろう。進路希望の書類はとっくに出してあったが、いまならまだ変更できなくはない。

とはいっても別に、変更したい当てがあるわけでもなかった。私立文系、第一志望はW大一文で決まったようなものだけど、一年高校生をやってなんだか身も心もくたびれている。いますぐなにかを決断したい気分じゃない。志望できるものならいっそ、浪人志望とでもいってみたい気分。ぼくの年上の友人というか、知人というか、親代わり兄貴代わりというか、そんなふたり、桜井京介と栗山深春《くりやまみはる》は、ふたりしてアルバイトで外国（それもベトナムだってさ。ほんとにバイトなのかな？）に行っていた。一週間して彼らが帰ってきたら、そのあたりの相談もしてみようか。

だけど浪人志望、なんていったら怒られるだろうなあ。ふたりとも世間のスタンダードな人生コースとはおよそ無縁な生き方をしてるくせに、ぼくのこととなると口を揃えてやけにまっとうな意見ばかりいいたがるんだから。まあいいや。ふたりが戻ってきてから考えよう。結果的に浪人するってことだってあり得るし。だから、いまはもう少しだらだら……

日向に寝そべる年寄り猫みたいに、そんなことを思いながら春休みを自堕落《じだらく》に過ごしていたところに電話がかかってきた。ヒロだった。自宅に電話をかけ合うほど親しいわけではなかったので、ちょっと驚いた。近くまで来ているので、寄っていいかという。断る理由もないので、いいよと答えた。ひとり暮らしのマンションは、こういうときは気楽だ。ほんとに一分でヒロはやってきた。すぐ近くで、携帯からかけてきたらしい。

「――相談ていうか、頼みがあってさ」

そういった顔は少し緊張してるようだ。そんなヒロの表情は初めて見る。

「カズミも、俺とＥｍｉのことって、知ってるよな」

「うん、聞こえてくるくらいのことはね」

「おまえはどう思ってる？　やっぱり俺が、だまされてるって思うか？」

どうしてわざわざぼくにそんなことを聞くのか、とぼくは尋ねた。だがヒロは怒ったような顔で、繰り返すだけだった。

「いいからいってくれよ。おまえが思った通り。なにいってもいいからさ」

そんなふうに問われるのは、正直いって苦手だった。クラスメートとしゃべっているとき意見を求められて、ぼくが真面目に考えて答えるといきなり笑われたり、場がしらけたりというのがしょっちゅうあったからだ。別に彼らに悪意があるわけではなく、ぼくがとんでもなくずれたことをいってしまったんだろう。大抵の場合人間は、相手の答えを予測しながら質問するものだっていうから。だけど、たとえ期待されているのがもっと違った答えだったとしても、それはぼくにはわからないし、無責任なことだけはいいたくなかった。

「悪いけどそれって、ぼくには答えようがないよ。たとえ君たちが交わしたメールの内容とか、全部見せてもらったとしても、推測はどこまでも推測でしかないから。でも、これはあくまでぼくの考えだけど、具体的な理由もないのに相手を疑うのって、嫌だな。それで結局だまされることになっても、ぼくなら信じる方がいい」

ヒロは真面目な顔でじっとぼくを見つめた。ジョークばっかりいって騒いでいる、剽軽者《ひょうきんもの》の表情はそこにはない。それからふっと息を吐き出して、

「おまえならそういうと思った」

少し安心したのかもしれない。口元がようやく笑いのかたちになっていた。

「勝手なことばっかいってるクラスのやつらとは、やっぱおまえは違うな。面白ずくで話に乗ったり、適当に調子合わせたりはしない。なにはしてよくてなにはよくないか、ちゃんとわかってる人間だ」

買い被りだよ、といおうとしたが、ヒロは続けている。

「だから他の誰でもなくて、おまえに相談したかったんだ。話しても、いいか？」

そこまでいわれて嫌だなんてどうしていえるだろう。だからぼくはうなずいた。

「――いいよ。君の役に立てるかどうかなんて、全然わからないけどね」

それからヒロはぼくに、Ｅｍｉと知り合うようになったきっかけから話し始めた。そのあたりのことも長くなりすぎるから省略しよう。ただヒロは最初からただの一度も、Ｅｍｉが『ネットおかま』だなんて疑ったことはなかったという。

「俺んちの家族はさ、親父と俺のほかは女ばっかりなんだ。祖母さんにおふくろに姉貴がふたりに妹がひとり」

「いいねえ、賑《にぎ》やかで」

「馬ァ鹿、なにがいいもんかよ。うるさくてうるさくて頭が痛くなるぜ」

ヒロはほんとうに嫌そうに顔をしかめる。

「俺の口数が多いのは、あいつらと闘うための適応だよ。親父なんざとっくにあきらめて、影が薄ーくなっちまってるけどな」

「へえ――」

「だいたいおまえ、想像できるか？　健全なる高校男子十七歳の目の前をな、風呂上がりや寝起きだと透けた下着一枚でうろうろ歩き回るんだぞ、うちの女どもは。八十のばあちゃんや中年太りのおふくろはともかく、妹なんざ十四歳だぞ。恥じらいはないのか恥じらいはっ！」

そこまでいわれてぼくもようやく、ヒロの生活環境に同情する気になった。

「とにかく俺はな、おかげで若い女の素顔がどんなものかなんてのは、嫌ってほどわかってるんだよ。特に中三の妹ときたら、話しことば聞いてるだけじゃそれこそ男か女かわかりゃしない」

「ふーん……」

「だけどＥｍｉは全然違うんだ。ほんとに女らしい女の子だよ。いくらキーボード叩くだけだって、うちの姉貴や妹が芝居したって、あんなふうにいくわけないさ。それくらい俺にだってわかるよ」

「うん」

ここはともかく彼のことばを信用して、うなずいておくしかない。

「そりゃ、本名や住所はまだ教えてくれないとか、そのへんは気になるけどさ、向こうだって俺がほんとの高校生かどうかもわからないんだし、女の子の方が警戒したって無理ないだろ?」

「そうだね」

「で、あの写真送ってもらった後に、俺の方から打ち明けたんだ。学校の名前も、住所も全部。で、ついでに告《コク》っちまった。君のことが好きだって」

「わお、やったあ」

「まあーな」

照れたようにニヤッと笑って、ヒロはことばを継いだ。

「そしたら彼女の方もいろいろ教えてくれるようになったんだ。白金台の聖ルカ学院て、共学で中高いっしょの私立の、わりと名門らしいんだけど、いまそこの高等部の一年で、双子の兄貴がいるとか、両親は演劇関係者で、ふたりとも中等部から演劇部に入っていて、やっぱりそっちに進もうとしてる、とか。演劇部は伝統があって全国的に名も知られているけど、先輩がいばってて下級生の意見は全然通らないとか。

それで俺も調べてみたら、聖ルカ学院の演劇部ってほんとに学校演劇の方じゃかなり有名なんだってさ。全国大会で優勝の常連だとか、卒業生も国内だけじゃなくて、イギリスのなんとかってシェークスピア劇団とか、有名なとこに入ってるのがたくさんいるんだって」

「ふうん。それじゃ彼女のいってたこと、本当だってわかったんじゃない」

「ああ——」

そう答えたヒロは、しかしなぜだろう、浮かない顔になっている。

「どうしたの？」

「うん。実はさ――」

聖ルカ学院では毎年三月に、卒業生を送る歓送会が一日催される。小規模な文化祭のようなもので、ブラスバンド部の演奏、合唱部のコーラス、クラス単位の出し物などが組まれて、生徒と父母だけでなく校外からの見物客も多数訪れる。当然メインは演劇部の新作公演で、演劇関係に進んだ校友やプロの劇団関係者などもそれを目当てにやって来る。ここで好評を博した舞台が、そのまま全国高校演劇大会の参加作品になることも多いらしい。その公演にＥｍｉの双子の兄が書いた戯曲が採用された。

『Ｙの悲劇』というミステリ劇だという。

「クイーンが書いた同じ題の小説の、本歌取りみたいな趣向なんだと。Ｅｍｉもその劇にちょい役で出るっていうんだ。良かったらお友達と見に来てねっていわれて、俺喜んで他のやつらに声かけちゃったんだよな。ざまあみろ、ちゃんと彼女はほんものだったろって。そうしたら……」

春休みになってからのメールで、Ｅｍｉが告げた。演出をやる演劇部の先輩が兄の戯曲に勝手に手を入れ、プログラムに載せる彼の名前を自分のものにしてしまったのだという。兄は当然盗作だと怒った。それでなくとも先輩の演出が納得できず、腹を立てることが多かったのだ。

しかしいくら訴えても、顧問の教師は取り合ってくれない。以前から部の運営に不満を抱いていた兄は演劇部を辞め、それについてＥｍｉも辞めた。だから歓送会の日に来てもらっても、自分の舞台姿を見せることはできなくなった——

「驚いたけど、俺はむしろＥｍｉのために怒ったさ。下級生の作品取り上げて、自分の手柄にする先輩もめちゃめちゃ汚いけど、そういうやつを放っとく教師も教師だって。名門が聞いてあきれるよなあ。だけどそのことをクラスの誘ったやつらに連絡したら、みんながみんなそれ見ろって笑うんだ。やっぱりおまえはだまされてるんだ、顔を見せられるわけがない、そいつは絶対『ネットおかま』だって」

「ああ……」

当然そうなるだろうな、と、口には出さないままぼくは思う。でも責任の一端はヒロにもある。みんな悪気があってというより、ただ彼のことがうらやましいのだ。そうやってからかわれるのが嫌なら、あんなに吹聴《ふいちょう》しなければよかったろうに。

「で、さ。聞いてる、カズミ？」

「うん」

「さっきまたメールが来てたんだ。これ、プリントアウト」

ヒロはブルゾンの内ポケットから取り出した紙を出してテーブルに広げた。

　Ｈｉｒｏ君へ
この前はごめんなさい。ずいぶん心配させちゃったみたい。でも、心配してくれたのはとっても嬉しかったです。

私よりも落胆して、腹を立てていたのは兄です。それくらい今度の劇には熱を入れていたんです。兄はあれから三日で新しい脚本を書きました。私のひとり芝居で、それも講堂のステージじゃなく、うちの学校の裏手にある旧い西洋館の中で演じるんです。『鏡の中のアリス』っていう、幻想っぽいミステリ劇です。

もちろん学校から許可はもらっていません。届けを出してもきっと演劇部顧問が反対して、つぶされてしまうでしょう。その教師は兄の戯曲を取った先輩をひいきにしているから。だから歓送会の当日こっそり少しだけチラシを配って、観客は五人でも十人でもいいから、演劇部の公演と同じ時間に強行することにしました。

私はすごくドキドキ。でも、兄は頑固でいい出したら聞かないの。私たち、性格はちっとも似ていないから。許可ももらわずそんなことをしたら停学になるかもしれない、ひょっとしたら学校を辞めることになるかもしれないけれど、そんなのかまわないっていいます。

いつもの私だったら、絶対反対したでしょう。でも今度は私も、思いきって賛成しました。兄の悔しさはとてもよくわかるし、できた脚本も魅力的だし、でもそれだけではないのです。こんな勇気が出たのもヒロ君のおかげ。あなたが私のことを好きだっていってくれたからです。――Thanks a lot!

ありがとうの後にお願いがあります。歓送会の当日じゃなく、その前の晩に学校に来てもらえませんか。そして私の演技を見て欲しいの。スタッフなしでふたりだけで、それも大急ぎで作ったお芝居なので、考えた通りに出来ているか私も兄も不安なんです。観客の反応を見ながら、アドリブでやる部分もあるし。

もしも来てもらえるならお返事下さい。そして明後日の夜九時、学校の正門のところまで来て下さい。地図はお返事がもらえたら送りますから。どうかお願い。

Emi

「ヒロは行くんだね」

「ああ。それで、おまえもいっしょに来てくれないか、と思ってさ。俺、芝居のことなんてからっきしわかんないし、うまくできてるかどうか、なんていわれても自信ないし」

「でも、ぼくだって劇のことなんか全然知らないよ？」

「それでもさ、どうせならひとりよりふたりの方が、向こうだっていいだろ」

たぶん彼がそういうつもりだ、というのは途中から予想がついていた。

「駄目かな？」

ヒロの口元に浮かんでいるのは、いやに気弱な笑いだ。

「いいよ」

「ほんとかッ？」

ぱっと明るくなった彼の顔に、

「でもさ、ひとつだけ教えてくれない。どうしてぼく？」

「えー、だからー、さっきいったろう?」

ヒロは横を向いて、がりがり頭を掻《か》く。照れていたのかもしれない。

「おまえだけは笑わなかったじゃん。Ｅｍｉの写真見せたりしたときもさ」

「うん――」

「俺、そんなこと全然考えないでいままで来たけど、『ネットおかま』だなんて騒いでる連中連れて行ったら、それでＥｍｉがそんなことチラッとでも聞いたりしたら、絶対やな気がするよな。だから、あいつら連れていかないことになったのは、かえってラッキーだったかもしれないって思ってんだ」

同感だ、とぼくは答えた。

「だからヒロ、彼女の前に出ても、クラスで君がそんな話をしていることはぼくはいわないし、君もいわない方がいい」

ヒロは嬉しそうにうなずいた。

「もしかして、カズミ、そのへんも予想してた?」

「まあ、ね」

「やっぱりおまえって大人な」

「え、そう?」

「うん。見かけは全然そうじゃないけどさ」

ほめられたと思っておくよ、とだけぼくは答えておいた。

3

　そうしてその日の明後日、三月十八日の夜八時にぼくと坂本広尾はJR目黒《めぐろ》駅の改札で待ち合わせ、幅の広いわりには車の少ない目黒通りを延々と歩いて聖ルカ学院に向かった。

　二年後の同じ日、同じ時間、ぼくはひとりその同じ道をたどる。ヒロに声をかけようか、少なくともヨークシャー館取り壊しの記事を読んだかどうか、それだけは確かめてみようかと、迷ったけれど結局止めた。

　もしもヒロがＥｍｉのことをいまも思っていたら、彼の古傷を掻きむしることになりかねない。けれどぼくが恐れたのはむしろその逆の方だった。笑いながら、「なんだっけ、それ」とでもいわれたら、不快に思わずにはおれないだろう。そのことで彼を非難するのは見当違いだと、いくら理性ではわかっていてもだ。

　実をいうとぼくとヒロは、あの後なんとなく疎遠になった。三年になっても同じ私立文系だったから、クラスもいっしょだったのだけれど、彼がぼくのマンションへ遊びに来ることはもちろん、学校で話すこともまるでなかった。避けられているように感じたのは、ぼくの気のせいではなかったはずだ。当然卒業してからは一度も顔を合わせていない。だから彼があの事件と、Ｅｍｉのことをあの後どう考えていたか、ぼくにはまるでわからないのだ。

　偶然がぼくをふたたび聖ルカ学院に向かわせているというなら、ヒロにも同じ偶然は訪れているかもしれない。真相に気がついてそのことをＥｍｉに告げに行くのは、本当ならぼくよりはヒロの方がふさわしい。それならぼくたちはそこで再会するだろう。それも偶然にまかせることにしよう。

だがこうしてそっくり過去をなぞるというのは、なにか奇妙な気分のする体験だ。たった二年前でも、というよりたった二年だからこそ、なおさらそう感じるのかもしれない。目にする風景も大して変化していないし、そこを歩く自分自身もそうだ。二歳年齢が増えて、身長が数センチ高くなって、頭の中はほとんど同じ。だからなんとなく、あれは二年前じゃない、つい昨日のことだったかも知れない。そんなおかしな気分さえしてきてしまう。

ただ、ふたりでしゃべりながら歩いて確か三十分以上かかった道のりは、ひとりで歩けばなおのこと遠い。それが一番の違いだ。ようやく通りの右手に、記憶のある塀を巡らせた高台が見えてきた。目黒通りを折れてその高台をぐるりと回り込み、ゆるいスロープを登り詰めたところに聖ルカ学院の正門がある。門の脇にぽつんとひとつ立った街灯の光が、門前のからっぽの空間を照らし出す、その眺めも覚えているのと少しも違わない。鉄棒を並べた塀、石の門柱に挟まれた鋳鉄《いもの》細工の門。明かりが辛うじて届くのは、門の中に続くアスファルトのほんの手前だけだ。大きな門には当然ながら、かんぬきが差されて南京錠《なんきんじょう》もかけられている。だが門柱の陰に隠れるように、小さな通用門がある。

あの晩は門の中に人影があった。近づいていくぼくたちに、中からそれを開いて覗いた顔。

「――ヒロ君？」

影になって表情まではわからない。だがやわらかなアルトの声だった。ヒロが、ごくっと大きな音を立てて唾を呑み込む。

「あの、エミ、さん?」

「そうよ。嬉しい。来てくれたのね」

近づいたぼくたちの目に映ったのは、たぶんそれが劇の扮装なのだろう、頭に蝶のようなリボンを飾って、長めのスカートがふわりと広がった服を着たシルエットだ。まだ顔は影になって見えなかったけれど、ほっそりとした体つきはわかる。聞こえた声の調子も、少なくとも男とは思えない。ヒロはぼくの脇腹を肘でつついて、耳元にささやく。

「なっ、ほんとだったろ?」

いま騒いだらまずいということだけは自覚しているらしいが、さもなかったら飛び上がってキャッホーとでも叫んでいたかもしれない。嬉しくて仕方ないという顔だ。目尻が下がって鼻の下がベロンと伸びている。あんまりにやけていると嫌われるぞ、とぼくは彼の脇腹をつつき返してやった。

おっと、いまはそんなことをしている場合じゃない。差し伸ばされた手が、早く早くというように招いている。

「遠いところごめんなさい。でも、見つかると大変だから、急いで」

だがその口調はどちらかといえば、茶目っ気を含んで弾んでいた。おっかなびっくりというよりは、規則破りの冒険を楽しんでいるというふうだ。そうしてぼくたちはヒロのネットの恋人、Ｅｍｉと顔を合わせたのだ。

写真で見たのとそっくりそのままの小さな顔。肩にかかる金髪の鬘《かつら》とリボンは、いかにもアリスのイメージで、ただし衣装の方はパフ・スリーブにエプロンではなく、首を包み込むような高い襟《えり》と袖口に白いレエスをつけた長袖の紺のワンピース。どちらかというと小公女風だった。

Ｅｍｉが携帯で、中で待っているという兄に連絡を入れる。高い糸杉の並木が続く下を、足を急がせながらぼくたちは簡単な自己紹介を済ませた。古い歴史のある学校らしく、煉瓦《れんが》造りの校舎や教会が夜目にもいかめしい。古い建築の好きな京介なんか見るだけで嬉しいかもしれないが、使い心地はどうだろう。ホラー映画の舞台になら向いていそうだ。

もっともそんなことを考えていたのは、ぼくだけだったろう。ヒロは完全に舞い上がっていた。だけどそれも無理もないかもしれない。期待と不安の長い時間を我慢して、ようやく会うことのできた幻の君は、いかにもミッション系名門学校にふさわしい上品な『美少女』だったのだから。ヒロのところに送られてきた写真の、痛みをこらえているような笑顔を思い出しながら、ぼくは思っていた。やっぱり写真の印象なんて、全然当てにならないんだ、と。実物のＥｍｉは最初に声を聞いたときに思った通り、どちらかといえば、快活で活発なタイプらしい。

ヒロとふたり、まるでずっと前からの知り合いみたいに、――ネットでのつき合いはもちろん前からなわけだけど――顔を寄せ合っておしゃべりしている。

「その、歓送会って明日なんだよね」

「そうなの。演劇部のメンバーはまだ講堂で最後の通し稽古《とおしげいこ》をしているから、見つからないように気をつけないと」

そういわれても広いキャンパスはシーンと静まり返って、人の気配など少しも感じられない。ぼくがそういうとＥｍｉは、講堂があるのはこっちとは逆の方だから、と答えた。

「だけどいま開いている門はここだけだから、やっぱり気をつけないといけないの」

「歓送会って、来るのはここの生徒の父母とかだけじゃないんだよな？」

「ええ、一般の人もたくさんいるわ。キャンパスが公開されるのって、明日と秋の文化祭のときだけだから」

「だったら明日も俺、来ていいかな。本番はまた違うだろうし」

「ほんとに？　来てくれるなら嬉しいわ。あの、あなたも」

一度だけ聞いたぼくの姓は、たちまち頭から消えてしまったのかもしれない。暗さなんかかけらも感じられない明るい笑顔を向けてＥｍｉはそういった。

いま、一九九九年のぼくはふたたび聖ルカ学院の門に近づいている。二年前と同じく、門柱の陰にある通用門に。だがぼくはその前まで来て目を見張った。鍵が外れている。しかしそれは別に、驚くほどのことでもないかもしれない。今年も明日が歓送会なら、やはり演劇部は講堂で最後の稽古をしているのかもしれないから。

ためらいを振り切って、ぼくは扉を押してその中にすべりこむ。二年前のときも、少し頭をかがめて通った小さな門。かがめ足りなかった頭が鉄の枠にひっかかり、思わず、

「イテッ……」

声がもれる。それはたぶんぼくの伸びた分の背丈だ。体が記憶している二年前の感覚と、そこからはみ出す二年分の時間。カレンダーの数字だけじゃなく、時間は確実に流れている。自分がそれと意識していなくても、やっぱり人間は変わる。ぼくは二年前のぼくじゃない。

(でも、死んでしまった人間に時間は流れない。ここにＥｍｉはいない――)

胸のあたりをぎゅっと、摑まれるような感じがした。あのときその場にいながら、なにもできなかったことのやましさ、無念さ。いまさら取り返しようのない時間、人の命。

Ｅｍｉはあんなに明るく笑っていたのに。あともう少しがんばれば、新しい希望をもって生きていけただろうに。

下を向いた視線の先に靴が見えた。もちろん靴だけじゃない、スニーカーを履いた足、ブルージン、ダッフルコート。ぼくは視線を上げる。二年前にはＥｍｉが立っていた場所に、足を止めてこちらを見ている顔。Ｅｍｉに似ていて、でも似ていない。眉をけわしく寄せて、こちらを睨み付けている。

「君は」

いいかけることばに押し被せて、

「こんばんは。やっぱり君も来ていたんだね。いるんじゃないかって思ってたんだ。ぼくのこと、覚えてるよね？」

「――なにしにきた」

覚えてはいるらしい。だが彼にしてみれば、ぼくは邪魔者以外のなにものでもないだろう。吐き捨てるような口調だ。でもぼくは、それくらいで引き下がるつもりはない。

「ヨークシャー館へ行きたくて。君もそうでしょう？」

彼、鷺沼蓉《さぎぬまよう》は無言でぼくを睨み返した。暗い目だった。

4

ぽつんぽつんと古風な街灯みたいな明かりが立つだけのキャンパスを、ぼくと鷺沼蓉は黙々と歩いた。彼はひとことも口をきかない。表情も動かさない。口をきつく引き結び、眉を怒らせ、目をまっすぐ前に向けている。

やっぱり、と口ではいってしまったが、彼がここに現れることをぼくは、それほど期待していたわけではない。むしろ彼こそあれが取り壊されることを、誰より喜んでいるだろうと思った。だがそれと、今晩、彼の双子のかたわれが命を失った夜、その場を訪れることは矛盾しないかもしれない。追悼《ついとう》の思いを抱いて。

ぼくはＥｍｉに対して語るためにここに来た。しかしその他にぼくのことばを聞く権利があるのは、ヒロ以上に彼だろう。もっともそのことを、彼が歓迎するとは思えなかったが。

二年前、ぼくとヒロはＥｍｉに導かれて、聖ルカ学院キャンパスの北隅に建つヨークシャー館まで歩いた。

三角の破風をこちらに向けた、こぢんまりとした二階建て。暗くてはっきりとはわからなかったけれど、外壁の下見板は何色ともわからないペンキが、ぼろぼろに剝げ落ちている。お化け屋敷にしか見えない。昼間見ても不気味だろうけど、夜の暗さの中で、水銀灯にかすかに照らされたところならなおさらだ。

「うわー、なんかすげえ家」

ヒロがつぶやく。振り向いたＥｍｉは小声で、明治時代にイギリス人の先生が、と、あの新聞記事に書いてあったのと同じような、建物の来歴を教えてくれた。

「古い建物だから普段は使われていなくて、それでよけい汚れているの。中はずいぶん掃除したんだけど、外は見つかるとまずいからそのままにしておくしかなかったのよ」

「ヨークシャー館ていうなら、いっそ『Ｙの悲劇』、ここでやればぴったりなのに」

「ええ、蓉も元々そのつもりだったの。そのために選んだタイトルだったのよ。でもうちの演劇部ってすごく保守的だから、公演は講堂でやるものだって、検討もしてもらえないでそのプランはボツにされたわ。蓉はそのへんも不満だったの」

「蓉って、君の兄さん？」

「ええ。ちょっと気難し屋だけど驚かないでね」

うなずきながらＥｍｉは軽やかに玄関のポーチに上がる。両開きのドアの取っ手には南京錠で繋《つな》いだチェーンがかかっていたが、

「これ、見せかけなの」

輪になったチェーンを、ひょいと外してみせる。ぱっと見には開けられないようだが、その実取っ手の出っ張りにひっかけてあるだけなのだ。ドアを両手で押すと、蝶番《ちょうつがい》がきしんで、ギイ、と嫌な音がする。

「どうぞ、入って」

見つかってはまずいからだろう。建物の中には明かりひとつなく、外よりさらに暗い。黴《かび》と埃の臭いの中に、かすかに甘いお菓子みたいな匂いが感じられた。

「――うわ、真っ暗。なんにも見えないじゃん」

ぼやいたヒロを、

「静かにしろ！」

突然低く押し殺した声がさえぎった。

奥のドアをくぐって、懐中電灯の黄色い光が現れている。顔は見えなかったけれど、まるで怒っているような声で、ぼくたちはぎょっとしてしまった。だがＥｍｉはまるで屈託《くったく》ない口調で、

「兄さん、お客様。ヒロ君とお友達。せっかく来てくれたんだから、早く始めましょうよ」

そういってからこちらを振り返り、

「このお芝居はね、最初一階の奥の応接間で始まって、それから二階に上がるの。お客様は私についてきて、いっしょに部屋を回るのよ。『Ｙの悲劇』もそんなふうだったの。『鏡の中のアリス』はひとり芝居だから、ミステリっていうよりファンタジーだけど」

「明かりはどうするの？」

尋ねたぼくに、

「明日はもちろん電気をつけるけど、今夜はアウトドア用のランプと懐中電灯だけ。暗くて見づらいかもしれないけど、別のスリルはあるかも」

「――始めるぞ」

「はあい。それじゃふたりはここの部屋で待っていて。はい、懐中電灯。窓にはできるだけ向けないようにして。そしてドアをノックする音が聞こえたら、開けてこちらに入ってきて欲しいの。それが開幕の合図よ」

そうしてぼくらが見た一時間足らずの不思議なひとり芝居『鏡の中のアリス』のことは、やはり頭から思い出さずにはおれない。もしかしたらすばらしい女優になったかもしれないＥｍｉの、それがぼくたちが見られた最初で最後の舞台だった。その記念のためにも。

五分ばかり空っぽの部屋で待たされた。玄関ホールの右手にある、かなり大きな部屋だ。奥に縦長の窓がふたつ並んでいるが、カーテンはない。寄せ木の床は埃だらけ、壊れた暖炉に壊れた飾り棚。よく見ればたぶんいろいろ興味深いところのある建物なのだろうが、そんなことを考えるには暗すぎる。

落ち着かなげに肩を揺すりながら、ヒロがぼくの耳元にささやいた。

「なんかさ、あの兄貴って感じ悪くねえ？」

「妹の彼氏と顔を合わせるのが、照れ臭いんじゃない？」

フォローのつもりでそう答えておいたが、口に出さなかった実感は照れ臭いというより、もう少し険悪《けんあく》な感じではあった。

「ちぇっ、シスコンかよ——」

そのときコンコンというノックの音が響いて、ヒロはあわてて口を押さえたのだった。

玄関ホールに戻らずに、奥の部屋に続くドアを開けた。その途端ぼくたちは危うく大声を上げそうになった。なによりまぶしかったのだ。いつかすっかり暗さになじんでいた目に、明るい金色の光が痛いほど突き刺さる。といっても別に、それほど明るい電灯が点《とも》されていたわけじゃない。床にコールマンのランプがひとつ、置かれていただけだ。

まぶしさが薄らいでくると、部屋の様子が見えてくる。荒れ果てたお化け屋敷にふさわしい向こうとは、なにもかもが違っていた。窓には分厚い赤いカーテンがかかっている。飾り簞笥や長椅子、テーブルの上には造花を活けた花瓶と、調度も整えられている。暖炉に火が入っていないのが残念、というくらいだ。

だがいきなりヒロがアッと叫んだ。床の上に仰向けにＥｍｉが横たわっている。目を閉じた白い顔が見える。ハンカチを広げた胸の上にナイフの柄が突っ立って、ハンカチは真っ赤に染まっている。

「エ、エミ——」

跳びだそうとするヒロの腕を、摑んで止めた。

「落ち着けよ。お芝居だろ」

「えっ、でも……」

くすっと、笑い声がした。投げ出された手が上がって、ナイフを摑む。そしてＥｍｉは床の上から、むっくり起き上がった。柄だけのナイフと赤く血糊《ちのり》をつけたハンカチを左右の手に持ち、膝を折って優雅にひとつ礼。さっと顔を上げる。踊りのふりみたいに、ひとつひとつの動きがきれいだ。

「アリスの館にようこそ、皆様。けれどごらんの通り、アリスは殺されてしまいました。そこでひとつお願いがございます。賢明な皆様の手で、アリスの死の真相を解き明かしていただきたいのです。犯人はどこにいるのでしょう。そしてなぜアリスは殺されたのでしょう。お願いできますか？」

視線を向けられてヒロは、あわててうなずいてしまっている。

「う、うん。だけど、どうやって」

「それはご心配なく。私が皆様のご先導役を務めさせていただきます。私はもうひとりのアリス、鏡の向こうからやってきた裏返しのアリスです。ではどうぞこちらへ。容疑者たちの顔をまず見ていただくことにしましょう」

（うまいなあ――）

ぼくは内心で感嘆していた。普通の劇なら舞台と客席は、完全に分離されている。客席は暗くて舞台は明るく、客の視線は嫌でも舞台上に惹きつけられる。

だがこうして客も演技者も同じ空間を共有していると、臨場感はすごく強くなる分、ボロも出やすいし客の注意も逸れやすい。そのときそのときで臨機応変の対応が必要になる。メールに書いてあった、客の反応を見ながらアドリブでやる、というのはそのへんのことを指していたのだろう。ヒロは他のことを忘れて、すっかり劇の参加者になりきっている、のりやすいやつだ。こういう客を掴まえれば他の観客も、自然とその中に巻き込まれていくのじゃないだろうか。

容疑者といってもひとり芝居だから、他の人間を出すわけにはいかない。アリスが示したのはテーブルの上に並べた、トランプの絵札だった。

普通のトランプの四倍くらいある大きな札に、クラシックな絵柄でそれぞれのキング、クイーン、ジャックが描かれている。見やすくするためだろうか、人物の服装は、ハートとダイヤは赤一色、クラブとスペードは黒一色だ。アリスはその札を一枚ずつ顔の脇に掲げて見せては、ひとりひとりに解説を加えていく。

ハートのキングは以前から、恋愛問題でトラブルを起こしていた。そのためにハートのクイーンは病気になって死んでしまい、独身になったハートのキングはいよいよ御乱行。最近スペードのクイーンからダイヤのクイーンに乗り換えて、それだけでなくアリスにもしきりと迫っていたけれど、アリスは見向きもしなかった。

「無礼者の小娘め、予がかけてやった情けを無にしおって……」

老いたハートのキングの声色《こわいろ》を使ったＥｍｉは、すぐまたアリスに戻って、

「だからハートのキングは、アリスを憎んでいたかもしれない」

スペードのクイーンは未亡人。美人でお高くてプライドの塊。一度は彼女と恋仲になったハートのキングは、そんな性格に嫌気がさして別れた。スペードのクイーンはハートのキングを愛していなかったかもしれないが、彼に去られたことで自分が侮辱されたと感じている。それもアリスのせいだと、彼女は思っているらしい。

「わらわの誇りを傷つけたあばずれ娘、なんと憎いアリス……だからスペードのクイーンは、間違いなくアリスを憎んでいた」

クラブのクイーンは賢夫人。やはり未亡人だけど、恋の火遊びに興味はない。トランプ世界の風紀の乱れを、かねて苦々しく思っている。ところがクラブのジャックがアリスに恋をした。目をかけていた家臣が堕落《だらく》したのは、アリスのせいだと考えているようだ。

「おぼこな乙女の顔をして男を誘惑するなんて、まるで魔女だわ、あの娘は！——だからクラブのクイーンも、アリスを取り除きたいと思っている」

こうしてアリスは次々と、トランプ世界の人間を槍玉《やりだま》に上げていく。

守銭奴で宝石に目がないダイヤのキング。そんな夫にうんざりしているダイヤのクイーン。主の財産を付け狙うダイヤのジャック。彼は盗みがばれそうになって、その罪をアリスになすりつけた。真に受けたダイヤのキングはアリスを問いつめたが、身に覚えのないアリスは知らぬ存ぜぬ。ダイヤのキングは怒り、クイーンは疑い、ジャックは嘘がばれるのを恐れる。

さて、財産に興味のない残りのジャックたちは、ひそかに道ならぬ恋に身を焦がしている。ハートのジャックはクラブのジャックが好き。スペードのジャックもクラブのジャックが好きで、報われない片思いのふたりがそろって恨むのはやはりアリス。あの小娘が悪い。可愛らしげな顔をして、真面目なクラブのジャックをたぶらかしたのはあの娘だ。

「無礼者——あばずれ——魔女——盗人——かわいそうにアリスは、こんなにいろんな人から憎まれて、殺してやりたいと思われていたのです」

ただせりふを読み上げているだけなら退屈でしかなかったろうその場面を、Ｅｍｉは男と女の声色を使い分け、ユーモラスでありながらスリリングに演じて見せた。軽く首を傾《かし》げたり、ぐいと胸をそらせたり、そんなちょっとした仕草と声の調子だけで、何人もの登場人物がちっとも混乱することなくぼくたちの前に現れる。

ぼくはその一年前に、間近く見たひとりの歌い手のことを思い出していた。彼女は神名備《かんなび》芙蓉《ふよう》という芸名を持つ著名な女優でシャンソン歌手だったが、その歌を聞くことはひとつの凝縮されたドラマを見るに等しかった。もちろんＥｍｉの演技は、彼女と較べてははるかに荒削りなものだったが、将来はすばらしい女優になれるのじゃないだろうか。ぼくは本気でそう信じ始めていた。

Ｅｍｉはカードをテーブルに伏せると、ぱっと正面に向き直って顔を上げる。その晴れやかな表情はアリスそのものだ。

「動機のある容疑者は、こんなにいるということがわかりました。誰が殺しても不思議ではない、といえるのかもしれません。それでは今度は証拠調べです。アリス殺害の現場にはなにが残されていたか、それを探ってみることにしましょう」

アリスはヒロを誘って部屋の中を回り、窓枠に残された足跡や、倒れた花瓶、そしてなにより凶器のナイフとハンカチを確認させる。ナイフにはダイヤ家の紋章がついていて、ハンカチにはスペード家のしるしがあった。

「さあお客様、これをなんと解きます？　アリスを殺したのはダイヤ家の者でしょうか。それともスペード家の者でしょうか」

「どっちも違う！」

ヒロは自信たっぷりに断言する。

「それは容疑をそちらに向けさせるための偽の証拠だ」

アリスはにっこり笑って顔を傾ける。

「では犯人はクラブ、それともハート？」

「クラブのクイーンだ」

「当てずっぽうでは駄目ですよ、探偵さん。推理の根拠は？」

「アリスにハンカチを当てて刺したのは、返り血がかかるのを避けるためだ」

「ええ、そうかもしれない。で？」

「ハートなら赤い服を着ているから、血がついても目立たないはずだ。だから答えは黒い服を着ていて、ハンカチのしるしと違うクラブだ。そして動機のあるのはクラブのクイーン。どう？」

「ブラボー、すばらしいわ！」

アリスは両手を上げて拍手し、それからスカートを摘んで優雅に礼をしてみせる。

「でも、もう少し捜査を進めてみましょう。そうすればまた違う事実が浮かび上がってくるかもしれません。これから二階に行きます。二階には四つの部屋があって、それぞれのトランプ家が住んでいます。さあ、どうぞこちらへ」

それからぼくたちは懐中電灯を片手に、玄関ホールからぎしぎし鳴る階段を上がった。四つの部屋は二階ホールの周囲に配置されていて、アリスに導かれるままに順にその部屋を巡り、捜査をした。

アリスはそれぞれの部屋に入ると、そこに用意されているキングやクイーン、ジャックの指人形をはめて、警察の訪問を受けた容疑者たちといった芝居をする。ぼくたち、つまり観客が、容疑者に質問をしたければしていい。それから家宅捜索。どこの部屋も残されている家具はほんのわずかだが、そこにいわくありげな品がひとつふたつ置かれていて、アリスと観客はそれを調べていくことになる。

ちょっとおもしろかったのは、そこにクイーンの『Yの悲劇』がもじられていたことだ。ダイヤ家の家宝はぼろぼろの弦が切れたマンドリンだったし、クラブのクイーンの化粧台にはタルカム・パウダーの缶が置かれていた。スペード家の部屋の隅には白い布靴が置かれていて、ハート家の戸棚には黒く塗られた薬瓶が入っていたが、二重蓋を開けて匂いを嗅ぐとそれはヴァニラの香料だった。

どれもこれもあの古典的名作ミステリを読んだことのある人なら、――あれだ。と思い当たるものだ。これはたぶん、自分の脚本を先輩に盗《と》られたというＥｍｉの兄の腹いせだな、とぼくは思う。

　容疑者がトランプでクイーンが入っていることも、『Ｙの悲劇』との関連をほのめかしている。彼はこの劇を強行することで、観客に自分のこうむった不正を告発するつもりかもしれない。その気持ちは理解できないじゃない。

　だけど、とぼくは唇を噛んでいた。そうして彼は満足かもしれないが、Ｅｍｉはどうだろう。アリスの演技は仕返しの道具にしてしまうには、もったいないくらい素晴らしいのに、そんなことのために正当な評価も与えられずに非難されるようなことになったら、可哀想すぎる。とはいってもＥｍｉが承知の上なら、ぼくなんかが口出しをすべきことでもないのは百も承知だが——

　ヒロはすっかり夢中でＥｍｉの観客に、というか『アリス殺害事件』の探偵役になりきっている。折角のカップルを邪魔するのは悪いから、ぼくは一歩退いてその後からついて歩いた。それでも充分ぼくはその劇を楽しんでいた。

　脚本家兼演出家の鷺沼蓉は、裏方も兼任というわけだろう、アリスが入る部屋に先回りしてランプの明かりを動かしたりしている。たぶん本番では音響とか、そういうこともするのだろう。いくらＥｍｉの演技がすばらしくても、ふたりだけというのはやはり苦しいな、とぼくは思った。裏方を手伝ってくれる人間くらいいないのだろうか。もう少し早く教えてもらえたら、ぼくが手伝いたいくらいだ。

二階を一巡してふたたび一階の広間に下りると、アリスが再度観客に推理を求める。ヒロはうーん、と腕を組んで苦悶。Ｅｍｉは、あなたは？ というようにこちらを向いて微笑む。ぼくは黙って首を振った。

ほんとうのことをいうと、一種の予想がなかったわけじゃない。探偵クイズ的に考えて解ける答えとは違うのじゃないかな。元々タイトルがあんなふうだし、ファンタジーだってさっきもいってたし。でも、そんなことをいうのは野暮《やぼ》だ。ここで客の口から真相が指摘されてしまったら、たぶんクライマックスが台無しになってしまう。ここまでミステリ・ゲームのような手順を踏んできたのも、結末の意外性を際立たせるためじゃないか。

そうして劇の最後の一場が始まった。鏡の中から来た探偵アリスは、刺されて死んだ被害者アリスを起こし、その証言を聞く。真っ暗でなにも見えなかった。でもヴァニラの香りがしたわ。そして、手を伸ばすとすべすべした頰が……

「また『Ｙ』だ」

ヒロが声をひそめてくすくす笑う。ぼくもちょっとしつこいな、と思う。これまた『Ｙの悲劇』屈指の名場面のもじりなのだから。折角のクライマックスだろうに、関係ないことに気が散るのはよくない、というかそれこそもったいない。

Ｅｍｉは大きな姿見の前に立っている。といってもそれはセットとして作られたらしい、枠だけの鏡だ。その鏡を挟んで、ふたりのアリスがやりとりしているというふうな演技。殺されたアリスは鏡の中から来たアリスの無能を責め、責められたアリスは腹を立て、ふたりの会話は次第に険悪なものになってくる。

　鏡を越えてつかみ合うふたり。もちろん演技しているのはＥｍｉひとりだが、とてもそんなふうには思えない。緊迫したせりふや身のこなしが幻影を生み、ぼくたち観客はふたりのアリスをありありと見てしまう。

「あんたの頬、この手触り！」

　アリスが叫んだ。

「それにこの匂い、午後に食べたママのヴァニラ・アイスクリームの匂い！」

「それがなによ」

「あんただわ、あんたが私を刺したんだわ。あのハンカチとナイフは、あんたが二階から持ち出したのよ。そして私を刺したのよ。鏡の中から外に出て、自分が本物のアリスになりたくて！」

　突然ガッシャーン！……という、鏡の割れる音。テープの効果音だとわかってはいても、思わずはっと息を呑む。同時にアリスもその場に凍りついている。

「私が、犯人？……」

　恐怖に見開かれた目。わななく唇。手が震えながら顔に触れる。

「私が、私を、殺した？――」

「ころしたころしたころした――」

　エコーのようにささやいた、それも無論Ｅｍｉの口から出ているのだろうが、とてもそうは見えなかった。

「アリスが、アリスを、殺した――」

「ころしたころしたころした――」

「馬鹿なアリス」

「あんたは鏡の中のアリス、本体を消せばあんたも消えるだけ、あとにはなにも残らない……」

凍りついていた顔がひび割れるように、恐怖にゆがむ。

大きく開かれた口が、悲鳴を放つ瞬間に固定されて、その体がゆらっと後ろに倒れかかる。ゆっくりと、フィルムを逆廻しするように床に沈んで、初め見たときのまま仰向けに倒れたアリスになった。

その胸の上には手品のように、ふたたび血に染まったハンカチとナイフが載っている。ただささっきは静かに眠っているようだった顔が、いまはかっと目を開いたまま、別人としか思えない恐ろしい死に顔だ。

そして突然、明かりが消えた。

5

「あの、『鏡の中のアリス』はすごかったね」

話しかけたぼくを、鷺沼蓉は聞こえないように黙殺する。こちらに背を向けて大股に、真っ暗なキャンパスを歩いていく。ぼくは無視されてもかまわず足を速め、彼の隣に並んだ。歩調を合わせて歩いていく。きつく口を引き結んだ横顔に、ときおり目をやりながら。

二年前から双子といっても、それほど似てはいないと思った。だがいまの彼は、大急ぎで歳を取ったとでもいったふうだ。日に焼けた頬は削《そ》げ、寄せた眉間には縦皺が刻まれ、顎に無精髭が数本、伸びかけた髪には若白髪まで見える。

やはり彼は苦しんでいるのだろうか。失った分身の記憶に、いまもさいなまれているのだろうか。自分で自分を殺してしまった、あの劇の中のアリスのように。だからこうしてやってきたのか。ここに。

あの晩から二年後の同じ日、同じ夜、ふたたび訪れたヨークシャー館は、すでに周囲を足場で囲まれ、青い工事用シートに覆われていた。この夜が明ければすぐにも、解体工事が始まるようだ。玄関のドアに片手をかけて、門で出会ったときから初めて、彼は振り向いた。ぼくを見た。

「入るのか」

「ああ、入るよ。そのために来たんだから」

うなずいたぼくを一瞬驚いたような目で見て、すぐまた視線を逸らせてしまう。ギイィ……嫌な音で扉がきしんだ。見かけだけのチェーン・ロックはもうかかっていない。敷居をまたいで中に入ると、闇と埃と黴臭さがぼくたちを押し包む。靴底で床がじゃりじゃり鳴って、天井からは蜘蛛の巣が幕みたいに垂れ下がっている。荒廃は、あのときとは較べものにならないほど進んでいた。

「覚えている、鷺沼君？」

ぼくはそこで彼に顔を向けた。

「あのとき劇が終わってから、君はぼくらに感想を聞いたね。もちろん、すごく面白かったというのが真っ先に口から出たことばだった。それは正直なところだったからね。ヒロもいっていたけれど、効果音なんかも全部入った本番を、ぜひ見たいとぼくだって思った。舞台ではなく本当の西洋館を使っているのも効果的だし、ああいうふうに、観客の反応を見ながらアドリブを入れていく劇の場合、そのたびに変わってくる部分も興味深いって。

君はそんなぼくたちの感想を、けっこう喜んでくれたみたいで、雰囲気はずいぶんなごやかになった。正直いってほっとしたよ。それまで顔を合わせて以来、君はにこりともしなくて、ぼくたちはかなり居心地の悪い思いをしていたから。

だけど、君は急に怒り出したっけ。ヒロが、裏方が他にいるなら君もアリスの衣装をつけて、最初と最後の場面に出演した方がいいっていったとき。ぼくもそれに賛成した。そうすれば殺された被害者役のアリスと、鏡の中から現れた探偵役のアリス、ふたりをちゃんと見せることができる。

ひとり芝居もおもしろいけれど、せっかく双子なんだから、君たちが鏡に映したみたいに息のあった演技をしたら、とても効果的だろうって。そうだったよね。まさか、忘れてはいないね？」

　彼は答えない。視線を足元に落としたままだ。ぼくはその、若白髪の混じった髪に目を当てて、続ける。

「君は顔色まで変えていた。俺は絶対そんなことはしない。女の格好なんて真っ平だ。俺は違う、そんなんじゃない。――ぼくたちがいくらごめんといっても、君は耳を貸さなかった。結局ぼくたちはどうしようもなくて、君たちを残してそのままヨークシャー館を出たんだ。君が腹を立てていることはわかったけど、そんなに怒るようなことをいったとは、ぼくもヒロも思えなかった。なのに君は赦《ゆる》してくれない。さっぱりわけがわからなかった。だから結局は君が、妹のボーイフレンドが気にくわなかったんだろうって、そんなふうにでも考えるしかなかった」

「それが――」

　年寄りみたいにしわがれた声が、鷺沼の口からもれた。

「それがどうした。いまさら、そんなことが――」

「どうもしない。ただあの晩に起こったことを、順番に話しているだけ」

「なんのために、そんなことをする」

「それなら君はなんのために、今晩、ここに来たの？」

　彼は答えず、ただぼくを睨みつける。

「もちろん追悼の権利は、誰よりも君にあるのかもしれない。それを邪魔したいわけじゃない。でもただの偶然でもあの晩に立ち会ってしまった人間として、ぼくはここに来た。もうすぐ消滅してしまうらしいこの建物の中で、忘れられない演技を見せてくれたアリスのことをもう一度思い出すために。そしてＥｍｉが残した遺言をぼくは理解したと、それだけいうために」

「遺言だって？——」

「そう。もちろん君は知っていることだよね。だから、これ以上聞きたくないというなら席を外してくれていい。ぼくは誰のことも、告発するつもりはないから。ぼくはただ、Ｅｍｉに向かって話したいだけだから」

彼は動かなかった。

「じゃあ続けるよ。ぼくたちは他にどうしようもなくて、ふたりだけでここを出た。目黒の駅へあともう少しのところまで来たとき、ヒロの携帯が鳴った。それはＥｍｉからだった。泣いて、ヒロに謝る電話だったんだ。ぼくが直接聞いたわけじゃないから、正確なところはわからないけど、『ごめんなさい。嘘をいうつもりはなかった。私にとっては本当のことしかあなたにはいわなかった』『だからもう会えなくても、今夜の私のことを覚えていてね』って。そして切れた。

折り返してもＥｍｉは出ない。大変だ、戻ろうってヒロが叫んだ。なにか起こったんだって。そしてぼくたちはまた、来た道を駆け戻った。息急《せ》き切って、それでももう一度ヨークシャー館の玄関までたどりつくのに、ここを後にしてから三十分以上はかかっていただろう。

チェーンは外れているのに、いくら押しても引いてもドアは開かなかった。ぎしぎしいってもう少しで開きそうになるんだけど、なにかひっかかっているのかもしれない。表のガラス窓を透かしてみても、中は真っ暗で静まり返っていた。

ここにはもういないのかもしれないと思ったけど、ヒロが携帯の番号を押すと、壁の向こうからかすかにコールの音が聞こえる。ぼくたちは建物の外壁にそって裏へ回り、ついさっき劇を見た奥の部屋の窓から光がもれているのを見つけた。中を覗いて見えたのは、さっきと同じように床に倒れているアリスだった――」


さっきと同じように、というのは、ほんとうのところあまり正確ではなかった。長い金髪の鬘やドレスはそのままだったし、仰向けに床に横たわる姿勢もあまり違ってはいなかったが、胸に血糊をつけたハンカチと、ナイフの柄はなかった。その代わり細い喉に、色褪《あ》せた赤い紐《ひも》が緩くかかっていた。

(死んでいる……)

ぼくは思った。顔にかかった髪が、見つめていてもふっとも動かない。だがそんなことよりも、一目見ただけでそれは感じられた。さっきまでの、生き生きと明るさに溢れていたEmi。いまそこに横たわっている命をなくした体。

そしてさっきなかったものは、それだけではなかった。倒れた額のそばには弦の切れたマンドリンが無雑作に置かれていた。周囲の床一面に小麦粉みたいな白い粉末が散っていて、その中に古ぼけた靴が一足と、蓋の開いた黒いガラスの薬瓶がころがっていた。そのどれもにぼくたちは見覚えがあった。それはさっき二階の四つの部屋で見せられた、『アリス殺害事件』の証拠物件だったのだから。

もしも窓が開いていたなら、部屋の中に垂れ込めるヴァニラの甘ったるい香りを、嗅ぐことができただろう。床に置かれたコールマン・ランプが、それらの上に黄色い光と影を投げかけていた。

そして最後にもうひとつ、床の上に残されていたもののことを忘れるわけにはいかない。黒のマジックインキがぽつんと立っていた。そのそばの床に、それで書かれた文字があった。

――《Yが殺す》

それもまた窓の外から、はっきりと見て取ることができたのだ。

マンドリンや白い粉がなにを意味するか、しないか。それはさっき『鏡の中のアリス』を見ていたときから気がついていたことだ。エラリイ・クイーンのミステリ『Yの悲劇』で、最初の殺人が犯されたとき、現場に残された証拠と犯行の痕跡。被害者はマンドリンで殴り殺され、床に散ったタルカム・パウダーの上には古靴の足跡が残され、目撃者はヴァニラの香りがしたと証言した。

それは『Yの悲劇』というミステリの中で、すべて意味ある細部として説明されていく。けれどこのとき目の前に出現した情景の中で、それらがなんらかの意味を持っているようには思えなかった。マンドリンは凶器ではなく、ただ床の上に置かれているだけだったし、靴は——

いや、話の後先を逆にしない方がいいだろう。ぼくがそのときしたのは、まずヒロを落ち着かせること。窓を破って中へ飛び込もうとする彼を押さえて、携帯で一一〇番通報させることだった。

彼があんまりびくびくしているので、先にひとりで帰ってもいいとぼくはいった。怯える方が当然だろう。確かにそのときのぼくたちの立場は、芳しいものじゃなかった。他校の生徒がこんな時間に、いるはずもない場所にいて、そのぼくたちを招待してくれたＥｍｉは、もうそのことを人に話してはくれないんだから。

ヒロはぼくの申し出を憤然として拒み、それからなんでぼくがそんなに落ち着いていられるのかと、半分嫌みのようなことをいった。——まるでなにが起こるか、最初からわかってたみたいだぜ。もちろんそれはとんでもなく見当違いなセリフだったけど、ぼくはなにもいい返さなかった。こんな場合でも冷静でいられる自分が、あんまり好きじゃないと思ったから。この後ヒロがぼくを避けるようになった、原因のひとつはこのへんにもあったかもしれないが、それはまだ先の話だ。

そして、警察がかけつけてからは、いま思い出すのもうんざりするような時間が続いた。ぼくたちはパトカーで警察へ連れて行かれ、まるで容疑者みたいな扱いを受けることになった。せめて鷺沼蓉がそこにいて、ぼくたちのことを説明してくれればよかったのだが。

「——君はあの後すぐ、家に帰っていたんだって？」

「ああ」

彼はそれだけいう。眉を険しく寄せて、もうぼくの方を見ようともしない。コートのポケットに両手を入れ、なにかに耐えるようにそこに立ち尽くしている。屋内の闇にも目は慣れた。ぼくは彼をそこに残し、かすかにきしむ床を踏んで、玄関ホールから奥の部屋に向かった。

空っぽの広間。窓を覆っていたカーテンはすでにない。外の水銀灯がおぼろに照らす床の上に、ぼくは見た。黒のマジックで書かれた《Ｙが殺す》の文字。それは床板に黒々と染み込んで、まだ消えずに残っていた。

埃まみれの床に膝をつく。消えないまま残っていたマジックの文字に、そっと指で触れた。背後で床のきしむ音がする。振り返らないまま、ぼくは口を開く。

「やっぱり、君がしたことだったんでしょう?」

二年前、結局警察はＥｍｉの死に自殺という結論を下したのだった。

喉に巻き付いていたのは、カーテンを開いたときにまとめて結ぶためのシルクの紐だった。それを輪に結んで首を入れ、余りを窓の脇にある金具にかける。床に膝をついたまま、勢いをつけて前に体を投げ出すようにすれば、全身が吊り下がらなくとも縊死《いし》はできるのだということを、ぼくはそのとき初めて知った。頚動脈と椎骨動脈がふさがれて、瞬時に意識を失うのだという。

そして息が絶えてから、体重ですべりやすい紐の結び目が解《ほど》けて床に倒れた。つまり床の文字や、周囲にまき散らされた奇妙なオブジェは、すべて自殺する前にＥｍｉ自身が二階から下ろして用意したものだということになる。

それはやはり演劇部との確執、奪われた兄の戯曲『Ｙの悲劇』を告発するためだったのだろう、というのが一応の結論らしかった。一応の、というのはそれが必ずしも、捜査陣や関係者を納得させる結論ではなかったかららしい。

少なくとも三十分前までは、翌日の劇のための稽古をしていた者が、なにがあったにせよ突然自らの命を断つのは唐突すぎた。それだけでなくぼくは、どこにも絶対にもらしてはいけないといわれた上で、聞かされていた。鷺沼蓉が、殺したのは自分だと、《Ｙが殺す》のＹは自分の頭文字だと繰り返し主張していたことを。

だがそれは結局取り上げられなかった。自分が殺したとはいいながら彼は殺人の動機を明かそうとはしなかったし、縊死は自殺の手段としては適当だが、体格のほとんど違わない相手を吊し上げて殺すことは困難だ。そして縊死の場合、瀕死の被害者が犯人の名を書き残すなどということは、不可能としかいいようがない。

もちろん床に書かれた文字の筆跡鑑定も、そばにあったマジックからの指紋採取もされた。少なくとも自殺という結論に、矛盾する証拠は出なかったと聞いた。

しかしこの事件でぼくたちに、もっとも大きな驚愕をもたらしたのは、それまで疑うこともしなかったひとつの事実だった。

Ｅｍｉの本名は英《えい》といった。鷺沼英。

蓉の双子の妹ではなく、弟だった。

6

「君がしたことだ。──この部屋を『Ｙの悲劇』のモチーフで飾り立てたのは」

蓉は答えない。そむけられた彼の顔は、影になっている。ぼくは続けた。

「ぼくたちが駆けつけてきたとき、君はまだヨークシャー館の中にいた。ちょうどここから出ようとしていたのかもしれない。ぼくらが押したり引いたりしたドアを、君が内から押さえていたから、鍵もなかったはずの扉が開かなかったんだ。そして君はぼくらが裏へ回ったすきに表戸から出ていった。今度はチェーン・ロックをきっちりドアの取っ手にかけて、番号も回して外れないようにして」

見えない顔からかすかに、違う、という声が聞こえた。ぼくはかまわず続けた。

「警察が来るまではずっと窓の外にいたから、そしてその後は大騒ぎになってしまって、ドアの鍵のことはずっと気がつかなかった。後で事情聴取されたときに初めてわかって、おかしいとは思ったけど、警察にはぼくらがチェーンがかかっているのを見落としただけだと決めつけられてしまったよ。

でも、絶対見落としはしていない。あのドアがきしみながら開かなかったのは、誰かが中で押さえていたからで、それができたのは君しかいない。いまとなってはなんの証拠もないけど」

「――それならなぜ俺は、そんなことをしたというんだ」

「それは君が弟を殺したからだ。いや、もちろん首をくくったのは彼自身だ。でもぼくたちの前であんなにほがらかだった英君に、その決心をさせたのは君だと思う」

答える声はない。激しい息づかいだけが影になった顔から聞こえてくる。

「ぼくらが帰った後で君たちは喧嘩した。君は英君を置いてヨークシャー館を出た。君が引き返したのは、彼から電話がかかったから？　それともなにか他の理由で？　だけど君が戻ったときには、彼はもうこの部屋で、カーテンの紐で首を吊って死んでいたんだ――この、遺書を残してね」

床にしゃがんだまま、振り返った。ドアの敷居に立ってこちらを向いている鷺沼蓉の顔を見上げた。黒いシルエットのほか、なにも見えはしなかったけど。

「無論君は驚いただろう。弟の首にからみついた紐をゆるめて、蘇生させようと努めただろう。でも、それがなんにもならないとわかったとき、君は別の心配を始めた。君は、この遺言の意味に気づかれたくなかった。

でもマジックで木に書かれたものを、痕が残らないほど消すだけの時間も道具もなかった。だから、誰も正解にたどりつけないように、煙幕《えんまく》を張ったんだ。『Yの悲劇』のY、マンドリンやタルカム・パウダーやヴァニラの香りで。君はそうすることで英君の、というよりＥｍｉの、最後の遺志を殺したんだ」

「ああ、そうだ。俺がやったんだ！」

突然彼はひびわれた声で叫んだ。握りしめたこぶしが震えて、大きく開かれた口から、剥き出された前歯が白く闇に浮かんでいた。

「あいつと俺はひどい喧嘩をして、俺はあいつを置き去りにして学校を出た。電話なんかなかった。それでもやっぱり気になって引っ返してきたら、あいつは自殺していた。俺の頭文字をそこに書き残して。俺を憎んで、俺に殺されたって。だからだよ、俺があいつのまわりに『Y』の飾りを並べ立てたのは。おまえのいうとおり、誰にも気づかれたくなかったから！」

ぼくは彼を見上げてかぶりを振った。彼がほんとうにそう信じているのか、それともぼくが気づいた遺書の真実の意味を否定したいからそういい張るのか、それはわからない。心臓が痛い。いま彼が感じているだろう苦痛が、ぼくの胸にも響いてくる。だけど、彼よりもっと苦しかったのはＥｍｉだ。

そしてその苦痛は、死んだ後も続いているのじゃないか。最後に残したことばの意味を、兄によって抹殺されたことで。

「違う、そうじゃない。英君は最後まで、君に殺されたなんて思ってはいなかったはずだ。そして、それは君だってわかっていることだ」

追いつめられた獣の息づかい。真実と向かい合うことは彼にとって、そんなにも苦痛なんだろうか。弟殺しの罪をかぶるよりも、まだ。

「なぜ、そんなことがわかる！」

蓉が叫んだ。

「わかるわけがないんだ、あいつの気持ちなんか。おまえがあいつと会ったのは、あのときが最初で最後じゃないか」

「ああ、そうだね。なぜそう思うんだろう。推理としたらこれほど脆弱《ぜいじゃく》で、説得力に欠ける話もないかもしれない。でもぼくは思うんだ。彼は最後まで君のことを憎みはしなかったのじゃないかな。彼が死ななければならなかったのは、なにも君への面当《つらあ》てなんかじゃない。ただ、きっと生きていく希望が持てなくなってしまったからだ。君はたぶん最後の引き金を引いた。でも、それをいうならぼくたちも同罪だ。なにも気がつかないまま拍手していた、ぼくたちもね」

もしも英が彼の兄を、ぼくたちを、それとも自分を取り巻くこの社会を憎むことができたら、その憎しみを力に闘っていくこともできたかもしれない。死を選んだりはせずに。でも、彼はそうはしなかった。ただワンセンテンスの遺書を残しただけで、すべてに別れを告げてしまったのだ。その遺書に表した真意すら兄の手で抹殺されたと知ったら、どれほど苦しいだろう。死んだ人間の苦痛を心配するなんて、変だろうか。

「――ぼくもずっと気がつかなかった。彼が、いやＥｍｉが、なにを苦しんでいたか。なにに耐えていたか。この新聞記事を見て初めて、ああそうだったのかって思えた。もしもあと一年半彼が生きていられたら、これを見て希望を取り戻して、もうしばらく我慢できただろうにって。蓉君、君の気持ちがわからないとはいわないけれど、君は彼の最後の願いまで、隠して葬《ほうむ》ってしまったんだよ」

ぼくはポケットに入れてきた切り抜きを出して、彼にも見えるように床の上に置いた。二年前、ここに横たわっていたＥｍｉに読ませるつもりで。

――性同一性障害患者に性転換手術　医療行為として公式に承認――

黒い見出しの文字が、ガラスを通した光に淡く浮かぶ。

「彼が書き残したYはY染色体のYだ。ＸＸを持つ胎児は女性に、ＸＹを持つ胎児は男性になるっていわれている。でもこの世界には、肉体と自分の感じる性別が一致しない人間がいる。君の弟はそうだった。男性の体を持って生まれたけれど、自分は女性だとしか思えなかった。

君はそれが許せなかったの？　君と同じ遺伝子を持って生まれてきた双子の弟が、自分は本当は女だと感じることが？　彼の最後の願いが、他人に知られることさえ許せないくらいに？」

「おまえに――」

それは悲鳴のような声だった。

「おまえになんか、わからないよ、絶対に、俺の気持ちは――」

鷺沼蓉は、それきり口を開こうとはしなかった。黙って立ち去る以外、なにができたろう。ぼくが彼に向かって、あんなふうにえらそうに、彼の罪を鳴らしたのは正しかっただろうか。まるで、死んだ彼の兄弟の代弁者みたいな口振りで。

自分になんの権利もないことに、土足で踏み込んでしまったという後味の悪さだけが、ぼくの胸に残された。

7

あれから一年以上経ったいまも、ぼくはときおり考える。彼らふたりの、ぼくらと出会うまでの生。英は、そして蓉は、どんなふうに成長してきたのだろうか。

トランスセクシュアルの人たちの多くは、子供のころから自分の肉体に強烈な違和感を覚えるようになるという。『女らしさ』『男らしさ』の規範は、むしろ子供時代こそ強力に人を拘束する。それがことごとく自分の感覚を逆撫でするとしたら、その苦痛はどれほどだろう。そして体が成長するにつれて、ますます自分の魂を裏切っていくことの苦しみは、ぼくには想像することもできない。

蓉はずっと弟をいじめたり、無理やり男の型にはめようとしたりはしなかったに違いない。むしろ彼は英を、あの日まで可能な限りかばい守ってきたのではないだろうか。そうでなければ英が兄について、演劇部を辞めたりしたわけはないと思う。

あのひとり芝居『鏡の中のアリス』は、そんな弟への贈り物だったのかもしれない。劇の中でなら英は女になれる。だからどうかそれだけで満足して欲しい。しかしそれは蓉にとっては、裏目に出てしまった心遣いだった。

ふたりの決裂を決定的にしたのはぼくたちだ。メールのやりとりを続け、チャットをし、ヒロはEmiを女の子と信じて疑わなかったし、直接顔を合わせても、ぼくたちのふたりがふたりともそうだった。英は自分が『女』であることに自信を持った。嘘をついているわけではない。自分の魂は生まれつき『女』で、男の肉体こそが間違いなのだ、と。

彼は自分がそんな存在であることを、外に向かって告白しようとし、だが蓉はそれを止めただろう。いままでは決していわなかった、弟を傷つけ、心を引き裂くようなことばさえ使って。同じ遺伝子を持って生まれてきた双子のひとりが、自分の肉体を否定するということは、彼自身が否定されるのと同様だとそんなふうに感じてしまったかもしれない。

Yが殺す――

Y染色体によって決定された男の体が、女である自分を殺す――

かつて自分の身体の性別と相反する性自認を持つ人間は、変態のひとことで切り捨てられた。性転換手術は日本では、行った医師に傷害罪が適用される非合法行為だった。だがぼくが見つけた新聞記事は、そうした状況がようやく大きく変化したことを告げている。

性転換手術が合法化されたということは、つまり精神の性と肉体の性の不一致は治療されるべき障害であり、精神の性別に肉体の性別を外科手術をもって一致させることは医療行為だと公式に承認された、ということだ。

では、性同一性障害を持つ人は、外科手術をして望む性の体を手に入れれば救われるのか。それが絶対の解決法なのか。いまのぼくは、この問題がそれほど単純なものではないことも知っている。

ぼくの質問に答えて、京介が教えてくれた。外科手術で肉体を変形させることは可能でも、生まれながらのその性と、完全に同等な体ができるわけではない。ホルモン治療を生涯続けねばならず、その副作用もあり、手術の症例が多いアメリカでは、術後に——こんなはずではなかった、といった訴えをする人や、自殺する人さえかなりの数いるという。

ならばそれは単に技術的な問題なのか、将来もっと完璧に体を変えることができるようになったら、そんなふうに苦しむ人はなくなるのだろうか、とぼくは京介に尋ね、彼は答えた。

「いや、そうとばかりはいえないだろう」

どうして？　とぼくが聞くと京介は軽く肩をすくめて、考えてごらんといった。

「人は誰でもいまの自分に、なにがしかの不満を持っている。完全に満足しているという人の方が、むしろ例外だろう。自分は男ではなく女のはずだ、と感じる人が病気と認められるなら、自分はこんな醜くなくもっと美人のはずだと主張する人も病気で、美容整形は治療行為だ、という考えも成り立つ。そんなふうにいう人もいる」

「えっ、でも……」

うまくいい返せなくてぼくは絶句し、京介は、そういうふうにいう人もいる、ということだよ、とつけ加えた。

「それはつまり、性同一性障害を治療すべき病気ととらえるのは間違いだ、という主張だ。かつては同性愛も、精神の病気として治療の対象とされた。それと同様、トランスセクシュアルは病気ではない、とね。どちらかといえば僕もそれに賛成なんだ。人間を男と女に二分するのは一種便宜的な方法に過ぎないし、誰の中にも女性性と男性性はそれぞれのパーセンテージで存在するものだと思うから」

「そうなの――」

「自分を見極めずに、ただ体さえ変えればすべての問題が解決するとでも思い詰めたら、手術後はまた別の不満が出てきて、こんなはずではなかったということになるだろうね。そのあたりは確かに、美容整形と似ているところがあるよ」

「だったら、やっぱり性同一性障害で手術するのはいけないこと？　間違ってるって思う？」

ぼくの質問に、

「いや、そうは思わない」

京介は頭を振った。

「肉体の性別に違和感を覚える人間たちの中には、性転換手術という方法によってしか救済されない、あるいはより良く救済される人も存在しているのだろう。リスクが伴うことは百も承知で、なおかつ当人がそれを選択するのだったら、それもまた否定されるべきじゃない」

「うん――」

ぼくは思う。あと一年半の後にこんな記事が新聞に載るようになるということを、もしも前もって知ることができたら、兄のことばにどれほど心を引き裂かれようと、鷺沼英は死なないで済んだのではないだろうか。彼が本当に手術を必要としていたかどうかは、いまとなっては知りようもないことだけど、でもそういう方法が残されていると知ることは、生きる希望にはなったろうから。

ぼくに蓉を責める権利はない。英に死なれて誰より苦しいのは彼だ。英の残した遺書をあんなふうにうやむやにしてしまったことに、苦いものを感じはするけれど、それを非難するのもぼくの役ではない。なにも気づけないまま、気づかないことで自殺の後押しをしてしまったのかもしれない、自分自身を責めるだけだ。

「死んでしまった人には、なにもしてあげられないもの？」

ぼくは京介に聞いた。脈絡もなく、唐突に。

「なにを考えても、全部手遅れなのかな」

京介は驚いたふうもなく、ぼくを見てゆっくりとまばたきすると、答えた。

「僕の好きな作家が日記に書き残したことばに、こんなのがある。

『死んだらどこへ行くか、やっと答えが見つかった』」

「え、どこ?」

「『死んだらひとの心の中へ行く』」

「心の中――」

「逝《い》ってしまった人を、僕たちは覚えていることができる。誰かが覚えている限り、その人は消えてしまったわけではない。記憶の中に生きている」

「うん」

「それだけはどんな無神論者にも、否定できない死後の生だ。そんなものになんの意味があるかといわれれば、答えようのないことだけどね……」

確かに意味はないかもしれない。でも、意味はあると信じることができれば、それは無意味ではないかもしれない。

だから、ぼくは覚えていよう。Ｅｍｉ、鏡の中からやってきた裏返しのアリス。君がどんなに、素晴らしい女優だったかということを。君という人間がこの地上に存在していた最後の数時間に、偶然居合わせたぼくにできる、それだけがただひとつのことだと思うから。

ぼくは運命なんて信じないけれど、君のためには祈りたい。もしもどこかにこの世界のすべてを見そなわす大いなる存在があるのなら、Ｅｍｉ、今度君が生まれてくるときは君が、君の魂にふさわしい体を備えておれるように、と。

でもそれまではぼくが覚えているＥｍｉとして、ぼくの心の中にいればいい。ぼくはぼくが生きている限り、君のことを忘れやしない。絶対に。

アリス殺人事件

言語と密室のコンポジション

柄刀一

「わたしの名まえはアリスですけど――」

「ばかげた名まえだ！」とハンプティ・ダンプティは、
がまんしきれぬというようにさえぎりました。

「それにどんな意味があるのだ？」

「名まえに意味がなくてはいけませんの？」

とアリスは怪しんで聞きました。

「むろん、そうだ」とハンプティ・ダンプティはちょっと笑って、

「おれの名まえはおれの形状を意味する――なんとまた、
申し分のない、品のいい形だろうが。

お前のような名まえだと、
どんな形をしてたっていいことになる」

1

木漏《こも》れ日のちらつくいつもの席に座り、宇佐見護《うさみまもる》博士は紅茶の葉を選ぼうとしていた。まさに至福の時、という満ち足りた微笑でそのほっそりとした顔は包まれている。

セイロン、アッサム、ダージリン……。

春の訪れを感じさせる明るく澄《す》んだ風に合わせ、ウバにしよう……。茶葉の等級はオレンジ・ペコー。

来客の予定はないので、茶はスプーン四杯。二杯は自分に、一杯はティーポットに、もう一杯は、風に乗せる香りのために。本来なら、高級茶に〝ポットのための一杯〟は必要ないのだが、宇佐見博士は、そう振る舞いたくなる自分の気持ちを優先させた。

いそいそと湯を沸騰《ふっとう》させ、リーフを蒸《む》らし、カップに注ぐ。

たちのぼる香り……。

その馥郁《ふくいく》とした鮮やかなフレーバーが、うっとりと半眼になった博士の鼻を押しあげる。

その鼻の上に載っている小さなメガネの丸いレンズも、さらに輝きを増したようだった。

赤味を秘めた琥珀《こはく》色の紅茶の上には、柔らかな光が、縁側《えんがわ》でまどろむ猫のように――

「わっ」

どうしたわけか、目の前にいきなり、真っ白な猫が横たわっていた。それどころか白い丸テーブルだったはずのものが、茶色い板張りになって廊下のように横に延びている。

博士が目をぱちくりさせていると、眠そうにしていた目の前の猫が――その猫は懐中《かいちゅう》時計をぶらさげていた――博士に向かって口をひらいた。

「すると、あなたが探偵役か」

「……失礼だが、何だって？」

「あなたに協力してもらわなければならないんだ」

そう言いつつ、猫はまるまっこい手で懐中時計を持ちあげた。

「ああ、遅刻する！　忙しい、忙しい」

「失礼だが」宇佐見博士は重ねて言った。「そういう台詞《せりふ》はウサギにこそ似合うのではないかな」

すると猫は、眉《まゆ》――どこが眉だかはっきりしないが――をひそめて不平を返した。

「あなたが『猫』と描写するからこうなってしまったのではないか。それを棚にあげて、不調法に」

「不調法と言うなら君もそうではないかな。ひとの紅茶の上に寝そべったりして。それに、懐中がないのに懐中時計というのも、どのようなものか」

そこで宇佐見博士は、ようやくわずかに尋常《じんじょう》な感覚を取り戻して軌道《きどう》を修正した。

「描写だって？　いや、そもそも、これはどういうことなんだい？　説明してくれないかな」

紅茶に蒸されていても熱くないのか、寝そべったままの猫は平然とした様子で頷《うなず》いた。ただ、言葉づかいは改めて、

「いいでしょう。つまり、あなたが地の文で思い描いたことがこうして実体化したわけです」

「地《じ》の文……」

「わたしは本来、光のような霊気としての存在なのですが、それが、縁側でまどろむ猫として形になってしまったのですよ」

博士にもどうにか呑《の》み込めてきた。それを受け入れるかどうかは別にしても。

「するとここは縁側なのだね？」椅子に座っている博士は、テーブルの上面《じょうめん》部分が化けてしまった板張りの廊下のようなものに沿って視線を左右に走らせた。「しかし、縁側というのは膝の下にあるものじゃないかな」

「それはあなたに、室内側からの感覚が染みついているからですよ。庭のほうに座って縁側に向けばこんな感じでしょう」

「うーむ、何とも珍妙な構図になってしまっているみたいだな。普通の人が見たら目を丸く

する。……まあ、この事態がすでに普通ではないが」

「落ち込むように言わないでくださいよ」

そこで奇妙な猫は、カップの上でようやく居住まいを正した。猫のくせにあぐらをかくという非常識さはそのままだったが。

「紹介が遅れました、わたしは〝字義《じぎ》原理・実存の猫〟と申します――今は。わたくしめが介在したために、このような現象が起こっているのですがね」

自己紹介した猫は顎《あご》に手を当て、独り言のように付け加えた。

「たぶん『半眼になった博士の鼻を』という〝は音〟の頭韻《とういん》の三つのつながりが、ここへのチャンネルをひらくきっかけになったのだな」

下を向いていたその猫は、短い両手をあげ、でっぷりとした自分の体を眺め回した。

「でも、どうして真っ白なんでしょう」

「それはおそらく、この紅茶のせいだろう」

宇佐見博士はそう言いつつ、ティーカップを猫の下から引っ張り出した。

「ペコーとはもともと、白い毛の意味でね。茶の若い芽や葉に、そうした産毛《うぶげ》が生《は》えていることから命名されているようだよ」

「なるほど」

博士の順応の早さに驚いた様子ながらも、今やソーサーに座っている猫は、首からぶら下がっている重たそうな懐中時計にまた目をやった。

「ああっ、遅刻する。急がなければ、急がなければ」

博士も心配そうに、

「どこへ行くんだね？」

「行くんだね、って、あなたも同行するのですよ、宇佐見博士。ミステリーの現場へね」

「ミステリーの現場」博士の瞳《ひとみ》がきらりと光る。

「そう、それも……」

猫は、あたりをはばかるように、

「密室殺人なのです」

息を呑んだ後、博士も小声になり、そっと顔を寄せた。

「〝雪〟かな、それとも〝三重〟？」

猫は周囲に目を配り、

「言語、です」

「ゲンゴ……？」

聞き間違いかと思った。ゲンゴロウだろうか？　しかしゲンゴロウの密集によって構成された密室というのもぞっとしないので、宇佐見博士はその想像を振り払った。

「いやだなぁ、博士」

と、猫は、豊かな肉球《にくきゅう》の手を振った。顔の前で振りたかったのだろうが、短くて顎の前で振っていた。

「言語ですよ、言語。そうでなければ〝字義原理・実存の猫〟としてのわたしが、ストーリーの中で浮いてしまうではありませんか。プロットの流れを考えてくださらなければ」

どこへ登場しても浮いてしまう存在だとは思ったが、根が紳士である宇佐見博士はそんなことは勿論《もちろん》おくびにも出さなかった。

それでも猫はじいっと博士を見つめ、

「地の文で思っていれば同じことですよ」

と、すねたように言った。

「いや、失敬。……しかし、〝字義原理・実存の猫〟だって？」

「そうですとも」猫は両手を後ろについてふんぞり返った。

「字句にこだわる原理主義と言えば……」博士が言う。「イスラム教の一派などの厳格な心酔者をすぐに思い浮かべてしまうが」

「信念と言いますか、狂熱と言いますか」猫が深く目をつぶる。「シャーロキアンにとってのホームズものの聖典。ユダヤ・キリスト教原理主義者にとっての聖書。彼らにとっては、記されている文字の一字一句が、現実と対応する真実なのです」

「そうだね」

博士は、創世記の一文を思い出す。その冒頭では、神を意味するヘブル語のエローヒームは複数形なのに、それが用いる動詞は単数形になっている。その変調はしかし、聖典信奉者にとっては、神の三位《さんみ》一体《いったい》説の証左《しょうさ》という輝きをもつ。

「うん、そうそう。他にも思い出したよ、ある聖書原理主義派が用いる面白いロジックをね」

と、独り言めいて言うと、博士はゆるやかに腕を組んだ。

「こんなものだね。聖書では、キリストは金曜に磔《はりつけ》にされ、日曜日に復活したとなっている。しかし一方で、三日三晩の後《のち》に復活したとも記述されている。これは明らかに矛盾《むじゅん》ではないかと異教の合理主義者は責める。金曜から日曜までは、二晩と二日しか経っていないわけだから。聖書には様々な不合理が記されているけれど、一般のキリスト教徒は、その辺の聖書の教えは、一種の象徴ととらえることで信仰としている」

「でも、原理主義派にとっては、一字たりともゆるがせにできない絶対のもの」

「そこで先程の問題にもこのような解釈を行なう。復活を行なうまでキリストが過ごした時間は二晩と一日だ。金曜から日曜までの間にあるのは一日と換算すればね。そしてこの間、地球の反対側では一晩と二日が過ぎている。合わせると三日三晩ということになる。つまりイエスは、地球の上のすべての人のために死んだのだということを、三日三晩という記述は教えてくれているというわけだね。限りなく字義のほうを尊重しようというロジックだ。外から見れば当然、歪《ゆが》みを内在しているわけだが……」

「でもね、博士」

内緒事《ないしょごと》のように〝字義原理・実存の猫〟が言う。

「これから行く所は、字義をロジックで守ろうとしているような甘い世界ではないのです。

字義が、文字どおりそのまま現存している。純粋原義の世界なのですから。でも、今の宗教思想による解釈問題のような、地球的なスケールや歴史的な重みなどは期待できません」

と、猫はまた手を振りつつ、

「密室殺人をほんの一つ解決してもらいたいだけですから」

猫はそして、懐中時計を慌《あわ》てて覗《のぞ》き込んだ。

「ああっ、本当に遅刻だ！　話し込んでのんびりし過ぎた。さっ、博士、急いで行きましょう！」

「行くって、どうやって？」

「常套句《じょうとうく》ですよ。別世界へ引き込まれるような、意識が遠のくシーンをくっきりと思い描くのです」

「うーん、そう言われても……」

それでも頼まれ事には真面目《まじめ》に応える博士は、地の文を懸命に思い描こうとした。暗闇に引きずり込まれるように……。地面がせりあがってくるかのように……。

そして結局博士の意識は、水流が渦《うず》を伴って奈落《ならく》へ落ちるように、暗黒の別世界へと溶け込んでいった……。

＊　＊　＊

2

意識が戻った時、自分がちゃんと地面に立っていたので宇佐見博士は驚いた。

ここは深い森の中のようだ。太い幹の木々は豊かに茂り、心地よく湿る大気には、無数の小鳥たちのさえずりが満ちている。高く澄み渡る青空を取り巻く真っ白な綿雲《わたぐも》も、目を奪う美しさだった。

しかし何よりも博士の視界を圧したのは、その巨大な建物だった。天を支えるかのように、石造りの塔がそびえ立っている。

「あそこが現場ですよ」

耳に馴染《なじ》みつつあるその声に引かれて足元へ目をやると、〝字義原理・実存の猫〟が博士のほうを振り向いていた。普通の猫のように前足も地面についている。

「ベテル……」と猫が言う。「神の家、という意味ですが、〝ベテルの塔〟と呼ばれています。言語の創始にかかわるこの世界の中心で、神の声を少しでも近くで聞くために高層化を進めているところです。完成間近《まぢか》なのですが……」

まさに天まで届こうとしている雲突く塔を、メガネを押さえながら見上げ、宇佐見博士は慎重な面持ちになった。

「〝バベルの塔〟の不吉は思い浮かばないかね？」

「……わたしだけがその予感を懐《いだ》くことを許されているんです」

猫は、塔をじっと見つめていた。

〝バベルの塔〟はここでも運命《さだめ》にしたがうしかないのだろうかと、宇佐見博士は複雑な心境になった。ここが何と呼ばれる地なのかは判らないが、宇佐見博士は、〝バベルの塔〟と奇妙なほどよく似た、インドシナにも伝わる伝説を思い返していた。

彼らは月の満ち欠けが自分達の生活に悪影響を与えていると考え、月を捕らえるために巨大な塔を建てようとする。しかしあまりに高い塔だったため、上り下りに時間がかかり過ぎる。そうした無駄な労力を避ける方策として、人々はその塔の各階に住むようになった。そして、それぞれの階で、独自の慣習や言葉が発達していくことになる。そんなある時、月が人間達の計画を知り、怒って塔を引き倒してしまう。こうして、違う言語習慣を持った人間達が地上に広まってしまったというわけだった。

「殺されたのは、監督官の一人のテレサ女史でして」猫が言った。

「監督官の一人？　そう呼ばれる人は何人いるんだね？」

「二人ですよ。でした、というのが正解ですが。書記のほうの監督官のテレサさんの他に、建築のほうの監督官がいます」

「いかんなあ、責任者が二人いるというのは」博士は懸念《けねん》の色を浮かべて首を振る。「事業崩壊のもとだよ」

「統一選挙を試みたこともあるのですが……」

すでにそこに混乱の兆しが読み取れる。こうした塔では、バラバラな方向性というものは厳に慎《つつし》まなければならないというのに……。並び立つ価値観は対立を生み、選挙といっても、皮肉なことに言語でもって言語調整従事者達が互いを解体しようとするわけだし、たちまち票は割れ――

「わあっ！」

いきなり体が落下したので宇佐見博士は悲鳴をあげた。穴に落ちた感じで、とにかく必死で、目の前の地面の縁《ふち》にしがみつく。何が起こったのか判らぬままに博士が辺りを見回すと、信じられないことに地面が大きく裂けていた。文字どおり、足元から大地が消え失せているのだ。

「ど、どうなっているんだ、これは？」

目を白黒させていると、

「困りますね、博士」

そう言って猫が地面の縁から顔を覗かせた。

「あなたが『たちまち票は割れ』なんて方向に思考を進めるからこんなことになるんですよ」

「何だって？」指の一本一本に力を込めつつ博士は聞き返していた。

「つまり今の文章は、『たちまち票は割れ』と判断されたんですよ。『ちひょうはわれ』。ね？『地表は割れ』たわけです。気を付けてください」

「き、気を付けてくれと言われても……。わっ、靴が脱げる！」

「ここはまだ前庭なので、このようなトンマなこともしてしまうのですがね。でも同時に、慣用句への寛容《かんよう》が施されているからこの程度で済んだとも言えるのですよ」困ったものだという顔で、猫は呑気《のんき》に頬杖《ほおづえ》を突いている。しかも、ブラブラと懐中時計を揺らして。「あやういところは他にもあったのです。真っ白な綿雲に目を奪われるところでしたし、今はその目が、交互に白黒するところでした」

「とにかく、た、助けてくれたまえ！　どうすればいいんだ？」

「そうですねぇ、わたしが手を貸しますから、これ以前の平穏な状況を思い返してください」

宇佐見博士はそうした。必死の思いで。

次の瞬間、大地は盤石《ばんじゃく》のものへと戻り、博士は正常に立って塔を見上げていた。

――やれやれ、大変な所へ来たようだ。

博士が冷や汗を拭《ぬぐ》っていると、

「ほら、ここから先の案内役が来ましたよ」

と足元で猫の声がした。猫は二本足で立ちあがり、片手を腰に当て、塔の入り口のほうを曖昧《あいまい》な人差し指で指差していた。

二人の人間がやって来る。白い布を巻き付けた、古代ローマのトーガめいた服装をしている。一人はかなり豊満な女性で、もう一人は中肉中背の男性だった。一般的な判断を下せば、共に、五十歳ぐらいの年齢に見える。

「よくいらしてくださいました。あなたが、〝良き名の人〟ですね」

と、男がにこやかに手を差し出してくる。

「〝良き名の人〟？」

戸惑う博士に、

「探偵のことだと了解しておけばいいですよ」

と猫が小声で注釈を加え、それから、

「こちらは宇佐見博士だ」

と紹介をした。

「私はシオン。〝ベテルの塔〟の案内役の一人です」

次に女性も温かな手を差し出す。

「わたしはボオン。同じく案内役です。よろしく、せんせい」

ふくよかで気持ちのいい微笑みだった。二人とも金髪碧眼《へきがん》の持ち主だ。シオンのほうの服の胸元には、dとpが横に並んだȡといった模様が、ボオンのほうの胸元には、æといった模様が縫《ぬ》い取られている。

「おっと、いかん。遅刻する遅刻する」

という声に宇佐見博士が振り返った時には、〝字義原理・実存の猫〟の姿は消えていた。

「このような事件の案内をしなければいけないというのは残念なことですけどね」

そう眉間《みけん》を曇らせるシオンに導かれて宇佐見博士は歩き出す。

「この世界で人殺しだなんて、ほんとに……」いたましいという顔でボオンはかぶりを振っていた。

神の声を聞こうとする神聖な塔での殺人事件。これはすでに神からの罰の始まりなのだろうか？

この塔が第三の塔として運命づけられているのかどうかも判らないまま、宇佐見博士は事件の渦中に足を踏み入れた。……渦に襲われなかったことにほっとしながら。

階段は螺旋《らせん》状ではなく、一階一階折り返していくようになっている。塔は七層に分かれ、三十二階まで造りあげられているところだという。その最上階が現場である。

「エレベーターなどはないのですな？」

「そのような無粋《ぶすい》なものは」と、シオンが笑う。

塔の内部であっても、こうした階段などの共用部分では、言語が実存となる力は働いていないという。それぞれの部屋で、特徴的な作用が発生するらしい。

〝女性名詞と男性名詞の手洗い〟や、〝変換ミスの娯楽室〟などの前を通り過ぎ、息を切らしながらも、博士は事件の概要《がいよう》を聞いていくことにした。

「容疑者はすでに選び出されているのですか？」

「いえ、これといっては」シオンが答える。「ただ、この塔の最上階へ入れる人間は極めて限られていますから」

「そうでしょうな。で、特に怪しげな人物などは？」

「人殺しとして疑われる人なんて……」と、階段のぼりに汗をかきながら、ボオンが憂うように呟《つぶや》く。

それでも、どこかに事件の動機となりそうなものはないかと博士がしつこく質《ただ》すと、シオンがようやく建築監督官の名前を挙げた。

「ニムロデさんが、職務に忠実なあまり、テレサさんと論争することもありましたがね。それに二人は、思想の中心とする言語体系も違っていました。テレサさんは自然説《ピュセイ》で、ニムロデさんは規約説《テセイ》だったりしまして」

それがどういう違いなのか博士には判らなかったが、やはり両者に、塔内の分裂を予感させる溝があったのは確からしい。

もう少し聞き込んでおきたいところだったが、あまり若くはない博士は階段に取り組むだけで精一杯になっていった。息があがり、足の筋肉が震えだす。月への塔を築きながらその中の住人となったインドシナの人達の気持ちも判ろうというものだ。それでも博士は、当人自身も大量の体脂肪《たいしぼう》をもてあまして大汗をかいているボオンの温かな笑顔に励まされて、どうにか最上階までたどり着くことができた。この塔の案内役でありながら、太ったままでいるボオンも、ある意味でたいしたものだった。

短い廊下の角を曲がると、恰幅《かっぷく》のいい男が待ち受けていた。

「おお〝良き名の人〟は男だったか」

声も太く、堂々としている。目鼻立ちの大きな髭面《ひげづら》で、中世の貴族のような豪華な衣装をまとっている。

「こちらは宇佐見博士です」と、シオンが間《あいだ》に立つ。「そしてこちらが、建築監督官のニムロデさんです。この塔の基礎である階段ピラミッド、ジグラートの頃から尽力《じんりょく》してくれている功労者ですよ」

政治家めいた笑顔でニムロデが右手を差し出すと、前に垂れかかっていた緋色《ひいろ》のマントがめくられ、胸に描かれた、左官《さかん》が持つ鏝《こて》をモチーフにした紋章が見えた。彼は団扇《うちわ》のような物を片手に持ってゆったりと自分を扇《あお》いでいたが、それはよく見ると三角定規がもとになっていた。

「最初にはっきりと確認しておきますが」ニムロデが強く言う。「調査料を払う必要はないはずでしたね？」

「え？　ええ、そうでしょう、たぶん」博士も別に、この世界での報酬をもらおうとは思わない。

そこへ、

「男の方ですって？」

と若い女性の声が聞こえてきた。戸口の内側からだ。半開きだった扉が軽く押し開けられ、白い簡素なドレスを着た妙齢《みょうれい》の婦人が顔を覗かせる。ブロンドの髪は可愛らしいカールを描き、好奇心に溢《あふ》れるような瞳は、草原の緑とも春の海の青ともつかない、不思議な色をたたえていた。しっかりとした気性を思わせながらも、少女の気配も残している、そんな風情……。

「よろしく。わたしはアリスです」静かな表情でその女性が言った。

挨拶《あいさつ》を返しながらも、短い袖《そで》から伸びる彼女の真っ白な腕に握られた小さな鞭《むち》に、宇佐見博士の注意力は奪われていた。脳裏《のうり》には、田舎《いなか》の小学校での、厳しかった女教師の面影が浮かんでいた。

「人を叩くわけではありませんのよ」アリスが微笑む。

「彼女は、馬車を御《ぎょ》するのが主な役割なのです」

というシオンの説明に博士は得心《とくしん》する。

「ああ、馬に使う鞭ですか」

「もちろんそれも、合図に用いる程度のものですわ」ボオンが慈悲深く言う。「どんな動物にしろ、叩くなんていけません。このアリスさんは、英雄達の凱旋車や、貴人や賓客《ひんきゃく》の馬車を扱うんですの」素晴らしいでしょう？　という満面の笑みで、まるで我が子の自慢である。

「この塔の建築においては、資材の運搬《うんぱん》なども手伝ってもらっているのですけどね」

「それに」

と、アリス自身が付け加える。

「若い方達の言語習得の指導も、やはり担当してはいるんですよ」

「なるほど」

宇佐見博士は言った。

「皆さんがお持ちの小物は、それぞれの持物《じもつ》というわけですな」

全員がにっこりと微笑む。

宗教絵画などで、描かれている人物を特定させるための象徴的なモチーフが持物である。聖母マリアは白百合や白薔薇、閉じた門などで表現されるし、時の翁《おきな》サトゥルヌスは、砂時計を持っていたりする。名札《なふだ》代わりとも言えるだろう。

「私達には印象的な伝説などもありませんのでね」と、シオンが残念そうに言っていた。「これという持物は与えられていないのですよ。それにここでの役割も、あまりにも基本的で漠然《ばくぜん》としたものですから」

「でも」と、アリスが内心をふと漏《も》らすように言う。「持物が足りなくなっちゃうんじゃないかと心配したり……修理に出すこともありますからね。それに、持物を忘れて外出すると恥ずかしいといった不便さもないのですから、義務づけられた持物がないのもいいと思いますわ」

三角定規の団扇といった持物を軽く一振りしたニムロデが、そこで、「さて」と言った。

「ではそろそろ、事件の概要を話しましょうかな。早く解決してもらわないと、それでなくても工期が遅れぎみなんですから」

3

「本来この階は三部屋になる予定なのですが、一部屋はまだ造られていませんから、二部屋だけを頭に置いてくだされば結構」

そう説明を始めたニムロデは、太い指で目の前の扉を示した。

「これがその中の一室で、殺人事件のあった部屋の前室になっています」

頑丈そうな木の扉であり、その上には、欄間《らんま》のように横に長いガラス窓が設置されている。そこに、二本の化粧格子に邪魔されない形で、

Room of the Surd

という文字が記されていた。

〝清音《せいおん》の部屋〟といったところか。

「この室内では、濁音《だくおん》や半濁音は存在できないのです」そう解説されても、外界の人間である宇佐見博士にはどういうことやらぴんとはこなかった。「会話体の中では別ですが。まあ、入ってみてくださいよ」

宇佐見博士は部屋の中へと進んだ。

上を見上けた宇佐見博士は、あまりの美しい光景に立ちすくんてしまった。てんしょうを、天使や妖精達か飛翔し、そこからおこそかなはかりの光か降り注いているのたった。

「こ、これはいったい……？」

「無論、これがこの部屋の天井というわけです」シオンかすく横て説明していた。「天井の〝じ〟の濁音が存在できませんので、天を飛翔する、天翔として現われているわけです」

「す、素晴らしい」博士の声はかんとうて震えていた。「このような明かりは、他に類を見ないでしょうな」

そのてんしょうの中央には吊り香炉かあり、そこから、得《え》も言われぬ高貴な香りかたたよってきている。室内のひたりてには木の柱や石《せき》さい、のこきりやハンマーといった建築とうくか集められている。みきてには机か並んでいた。鉄床《かなとこ》や滑車をはしめ、記録帳なとも大量に机に載っているのたか、奥のかへきわにある机の上の山のような褐色の固形ふつに、宇佐見博士は眉をひそめた。その特異なにおい……。

「あれはまさか、阿片《アヘン》ではありませんか？」

「さよう」へいせんとしてシオンか答える。「ですがあれは、筆記用具のペンとしてここにあるのです」

「ペンとして……？」

「つまりあれは、一本のペンの集合なのです。a Pen、であるわけなのですが、ここでは半濁音が認められず、アヘン、となります。つまり、阿片ですね」

うーん、と唸《うな》りつつ、博士は小《こ》こえて、

「ちょっとこじつけっぽいけど、家康《いえやす》の、大仏殿の鐘の〝国家《こっか》安康《あんこう》〟への言い掛かりも、この世界では現実的な危惧として成立するのかもしれないな」

「は？」

「いえ、こちらのことです」

「濁点がないことによって完全に他のものに変化できるものは変化して存在していますが、中途半端なものもあるでしょう。例えば、〝のこきり〟とか。こうしたものは不安定な状態で存在しています。ほら、あののこぎりの柄の部分は錐《きり》になっているでしょう？」

「本当ですね」

「元の状態を保とうとするのが基本ですが、どこか不安定になっているのです」

「しかし」と、宇佐見博士は奥にある机に目をもとした。「阿片のようないかがわしい品を、この神聖な場所に置いておいてもいいものなのでしょうか？」

「管理のほうは私がちゃんとやっているよ」

という声か机の下から聞こえてきて、博士はひっくりした。アヘンの載っている机の下から、のそのそと男か這いてできた。ひさのほこりを払って立ちあかる。

「そもそも、この部屋に入れるのはごく少数だ。その中には、阿片をやるような馬鹿はいないよ。や、どうも、私は蒼頡《そうけつ》。お見知りおきを」

博士も名乗りなから、蒼頡という名前の出典を思いたしていた。たしか中《ちゆう》こくのてんせつの中の神格の一人て、漢しを創りたす働きをしたはすた。

男は確かに東洋系の顔たちと服装をしている。黒い瞳に黒い髪。三しっ歳ほと。みことな細工のふてはこを腰おひに挟んでいる。そして黒いかんたいをしていた。とうわの中の海《かい》そくかよくしているようなかんたいた。それか彼のはあい、目てはなく、額《ひたい》のところにきているのたった。てんせつの蒼頡は額にたい三の目を持っていたということも思いたし、宇佐見博士は、男のかんたいをはすしてみたくなる誘惑をおほえたりした。

「それにここの阿片は、この部屋から外へ持ち出せば、元どおりのペンになってしまうだけだからね」

博士にそう説明する蒼頡に、まだ廊下にいるニムロデが問いかけた。

「ところでお前は、机の下で何をやってたんだ？」

「変な傷を見つけたんですよ、机の脚《あし》にね。ほら、ここ」

確かに、手前ひたりかわの脚の一ほんに、後ろかわから切れ込みか入れられている。

「大きな傷だ」とシオン。「なかなかの深手じゃないか」

「ふん、形あるものはいつか壊れるものさ」

そう吐き捨てるように言ったのかホオンたったので、またまた博士はひっくりした。声をひそめてアリスに訊いてみる。

「ボオンさんの性格が変わってませんか？」

アリスも小《こ》こえて、

「ここではボオンさんはホオンさんですから、多少、人が違っています。この部屋に入れない人も多いんですよ。ジョットさんなんか、いきなりテニスボールになって部屋中飛び回ったり、猟銃の暴発になったりしてしまいますから」

「…………」

これには博士も、さすがに唖《あ》然となる。そのあいだに、アリスがつづけていた。

「ですからニムロデさんも、この部屋へはなかなか入りたがらないのです」

「そうか」見ると彼だけが、また廊下に立ったままなのだった。「ニムロデがニムロテになると、人格が変わってしまうのですね」

「ですから、あの方は最短時間でこの部屋を通り抜けようとなさるのです」

「廊下にいるから、さっきの地の文でも、彼の名前と行動だけは濁音が残っているわけだ」

そして宇佐見博士は、興味に駆られて訊いた。「ニムロテになると、彼はどんな性格になるのです？」

アリスがいたずら少《しょう》しょうのように微笑む。

「ちょっと可憐《かれん》な性格になるのですよ」

「……なるほど」

あの男っぽい風《ふう》ぼうで可愛らしい性格になってしまうところなど、特によそ者には見せたくなかろうと、宇佐見博士は深い理解を示した。

「男性的な性格が、端正的な性格になってしまう、ということかもしれませんね」

あやしげな表《ひょう》けんでそんな推測を言うと、博士はシオンに質問を向けた。建築監督官が、しふんのつこうの悪い部屋を造ってしまうことか不思《ふし》ぎに思えたからだ。

「それぞれの部屋の性質は、ニムロデさんが決定するのではないのですか？」

「それは人間には不可能なことです。神の力の作用なのでしょうね」

「そのとおり」ニムロデが廊下から声を出してきた。「造りあげてみると、自然に不可思議な力が生まれている。その性質を読み解いて、おのおのの部屋に名称を与えるわけです」

判りました、とうなずいた博士は、机の前にしゃがみ込んだ。

「V字形の大きな切れ込み。人為的で真新しい。事件に関係している可能性は大きいですね」

博士はその観察を済ませて立ちあがった。

「ここにお集まりの皆様が、つまり事件関係者というわけでしょうか？」

「そうなりますな」

答えたニムロデは、三角定規の団扇をシオンに向け、説明を始めるようにと合図した。

「正午を少し過ぎた頃、私とボオンはこの塔の見回りに来たのです」

シオンが語りはしめる。

「一階の入り口で、アリスさんが資材を積んだ馬車を走らせてくるのが見えまして、ついでに手伝うことにしたのです。三人で持つと、ちょうど手頃な分量でした。ちなみに、塔の上り下りには、誰でも二十分ぐらいはかかります。そして私達は、塔の二十階ほどの所で、上から下りてきたニムロデさんと鉢合《はちあ》わせしました」

「私は、二十五階の〝鏡文字の部屋〟での用事を済ませて下りるところだったのだ」ニムロデが自ら述べた。

「そこで私達四人は、立ち話をしていました」

シオンかつつける。

「と、そこへ、血相を変えた蒼頡さんが階段を駆け下りてきたわけです。テレサさんが死んでいると言って」

宇佐見博士は蒼頡のほうへ顔を向けた。

「あなたが見つけられた？」

「はい……」

観念したかのように、蒼頡はうなたれている。そして、のかれられない罪を告白するように、

「私が第一発見者です」

何ともいえない、とうしょう的な重い空気かたたよった。そうした中、宇佐見博士か端的に問う。

「状況をお話しくださいますね」

神妙たかあっけらかんと、蒼頡は話しはしめた。

「テレサさんとは正午に約束があってね。仕事の打ち合わせだ。私はテレサさんの助手でもあるし、ニムロデさんの助手でもあるという立場でね。ま、それで、正午前にはここへ来ていた。しかし、奥の部屋に呼びかけても返事がない。しかも錠が掛かっている、そのこと自

体は、テレサさんは仕事をする時、いつも錠を掛けているからおかしなことではないんだが、応答がないのが変だ。あの部屋には、内側から操作する差込み錠しかないんだから、室内に絶対に誰かがいなければならないはず。それで胸騒ぎがして部屋を覗いてみることにした。扉の上に窓があるから、そこの脚立《きゃたつ》を持ってきた」

「あれを足場にしたわけだ」

その脚立は、今は奥の部屋へのとびらの脇に寄せられていた。

「足場や踏み台ではありませんよ」シオンが細かく注意を喚起する。「〝あしは〟や〝ふみたい〟などになると、不安定でしょうがないですからね。あくまでも、これは脚立として存在しているのです」

「よろしい、脚立ですね」と博士。「で、蒼頡さん、あなたはあの窓から、テレサさんの死体を発見した、と」

「そう。あの人ともう一人、男が倒れていた。二人とも死んでいると直感した。それで、変に慌てちゃって、知らせるべき責任者を捜して階段を駆け下りたんだ」

「駆けつけた我々も、ちゃんとそれを確認しましたよ、博士」ニムロデが断言する。「扉は間違いなく施錠《せじょう》されていたし、それを壊した後はなるべく冷静に接近して、室内の二人が事切れているのを確認したのです」

「テレサさんが……」つぶやくようにアリスが言う。「亡くなられていたのです……」

そのしんみりとした口調を、肉を揺らしてホオンが叱咤《しった》する。

「人が死んだからって、女がいちいち悲嘆にくれるんじゃないよ。死に神をたぶらかして打ち勝っていけるのは、女だけなんだよ」

宇佐見博士は、けんはのとひらに歩み寄っていた。男達かハンマーなとを使って室内かわの差込み錠を壊したというので、そのとひらの表面には幾つものへこみか付いていた。

いよいよ密室さつしんの部屋た。

4

はじめに言《ロゴス》ありき。多くの宗教や創世神話が、そのことを明示している。神が言葉を発した時にこの宇宙は始まった。神に与えられた言葉によって、あるいは、言語を言語として意識することによって、人類の自我は覚醒した。それは原罪ともなったが、一方で、神意に至ろうとする手掛かりでもあった。神意は言葉となって顕現《けんげん》し、言葉には偶然を超えた神の御霊《みたま》が宿っている……。聖典の字義崇拝、ヘブライの神言観、数秘術ゲマトリア、そして半ば無意識の信仰として今も受け継がれている言霊《ことだま》の、各種の研究……。

この塔の中で、神の声を最も聞き取りやすいのがこの部屋だという。そして、言語の女神ヴァーチュの化身とも言われた聖女テレサが、神の声を最も良く聞く者だったのだそうだ。

そのテレサが今、目の前で屍《しかばね》となって横たわっていた。

「なんておいたわしい！　テレサ様……！」

と身をよじってすすりあげているのはボオンだ。その彼女を、アリスがなだめるようにしている。

宇佐見博士はまず、室内の様子から観察することにした。天井の高い部屋だった。石を組みあげた壁や天井。床はレンガ色の、十センチ幅ほどのタイルで敷き詰められている。

入り口ドアは一ヵ所だけで、そこから見て正面に、天井に届くほどの祭壇がしつらえてある。その右側には、見事な風格の大きな机が置かれている。一抱えもある渾天儀《こんてんぎ》や六分儀《ろくぶんぎ》が机の脇にあり、祭壇の左手には、細々《こまごま》と大工道具などが寄せ集められている。窓は机のやや左側にあるが、外には十センチ間隔で鉄格子がはまっているし、窓自体にも室内側の錠が下りていた。

宇佐見博士は振り返り、肝心の扉を改めることにした。

扉の上の欄間《らんま》状の窓には、

Room of the substantial Spirit of Word

とペイントされており、今はそれが裏側から見えている。意訳すれば、〝言霊実存の部屋〟といったところか。ガラスははめ殺しで、前室の窓と同様、化粧格子も通っている。

この塔の中で最も神聖なこの部屋に穢《けが》れを入れないことを教示するために、前室では濁音が存在できないようになっているのかもしれないな、と宇佐見博士は考えていた。

「博士」

と、シオンが声をかけてくる。

「この塔の周りでも経験なさったでしょうけど、字義どおりのことが現象化するということは、この部屋では実にシャープに起こりますから、充分気を付けてくださいね」

一応頷いても、どうやって気を付ければいいのか、まだ良く判ってはいない博士なのだった。

扉は木製とはいえ、実に頑丈でしっかりしたものだ。しかも、四囲のどこにもまったく隙《すき》間《ま》がない。一分の隙もない造りだ。そして、横にスライドさせる閂《かんぬき》タイプの木製の差込み錠も、太く丈夫な物だった。聖ペテロの紋章が描かれ、壁の金属枠に差し込むようになっている。その差込み錠は、今は生々しい折れ口を見せている。ブラブラに折れてはいるが、二つに分離してしまっているわけではなかった。壁の受け金が歪《ゆが》んでいる。

扉はこちら側にひらく造りだった。

「廊下側の扉は廊下側に、そしてこの部屋の扉はこちら側に」その意味を察し、扉をあけたままで博士は言った。「つまり、〝清音の部屋〟の扉は、どちらも外開きだということですね。扉があの部屋に向かってひらいたら、〝とひら〟や〝トア〟になってしまう」

「ノブが〝ノフ〟になったりね」部屋一つ挟んだ向こうの廊下にまだ一人残っているニムロデが頷く。「不安定な存在になってしまいます。ですが――あらかじめ言っておきますが――部屋の境界となっている壁や扉は、それ自体はどちらの影響も受けない、まったく中立な存在です。一般の概念の事物と何ら変わらないと了承してくださって結構です」

「つまるところ、鉄壁の密室状態ということですな」

「それほど見事な扉は、修復するのも大変ですよ」

ぐちるようにニムロデが言う。

博士は次に、二体の骸《むくろ》に向かうことにした。

テレサは椅子の右側に、仰向けに倒れていた。群青《ぐんじょう》と紫色の、質素だが品《ひん》のいいドレスを身につけている。あまり苦しんだ様子は見られない。初老という年齢だが、頰のあたりなど童女のようだ。顔が少し横を向き、首の後ろが見えている。

「それが死因に間違いありません」シオンも覗き込んでいた。

うなじのちょうど真ん中あたりに、何かで刺した穴があいている。出血はさほど多くはないが、それでもやはり、死体を少し持ちあげてみると背中や床が血で汚れていた。この傷の場所では神経の中枢を断つことになるので、ほんの短時間で絶命したと思われる。凶器は見つかっていないということだった。傍《かたわ》らに落ちている本が、彼女の持物だった。白い表紙に鳩《はと》が描かれ、中身は何も書かれていない白紙になっている。

もう一人の被害者は若い男で、机の左側の床でうつ伏せになっている。

牧師が着るような簡素な平服をまとい、肌は浅黒く、鷲鼻《わしばな》の目立つ容貌《ようぼう》だ。

「この人は、どのような方なのでしょうか?」

ごく単純な質問のはずだったのに、すぐに答えが返ってこないことに博士は戸惑った。

「どうしました、皆さん?」

困惑の視線を交わし合った後、まずシオンが口を切った。

「それが、誰なのか判らないのですよ」

「旅行者か何か、外部の人間だということですか？」

「ここには外部は存在しません」唇の横から流れ出している血を指で止めながらシオンが言う。「あなただけが例外なのです、宇佐見博士。ここは閉じられた世界で、総勢は四十人。みんなが顔見知りで、身内みたいなものです」

「にもかかわらず、こんな男性は見たことがないと？」

「そうです」

と答えたシオンは、「やれやれ」と、切れた口をボオンに手当してもらっている。

「それ自体、驚くべきミステリーではありませんか」博士は興奮していた。「存在しないはずの人間がここにこうして現われているなんて！」

「まったく訳が判りません」いつの間にか〝清音の部屋〟を通り抜けたニムロデが、戸口に立っていた。「その磔刑像《たっけいぞう》がその男の持物なのでしょうがな」

確かに男の右手のそばに、黒檀《こくたん》を彫ったらしいキリストの磔《はりつけ》像がある。近くのタイルが一枚割れていることにも博士は気が付いた。

「でも、磔刑像を持物にしている人物はかなりいるからな」と蒼頡が言う。「身元を推定する手掛かりとしては決め手に欠ける」

「身元もなにも……」判らないわ、という困惑の思いは、ボオンの顔に書いてあるも同然だった。「この世界にいもしないはずの人が、よりによってどうしてこの部屋に……」

「しかし、室内に二人の人間がいるのなら、密室には簡単な説明が可能ですよね」

博士の言葉に、

「えっ？」と、ボオンはほっぺたの〝判〟という文字の横に指を当てて不思議がる。「簡単なんですか？」

「刺し違え、ということが考えられるでしょう。この男がテレサさんを、テレサさんがこの男を、という構図です。突然、見ず知らずの男が出てきたとしたら、テレサさんもパニックで我を忘れたかもしれません」

「お言葉ですが、博士」

ニムロデが緋色のマントを軽く引きずりながら進み出る。

「その可能性は極めて低いと言わざるを得ないのではないでしょうかな。二人ともほぼ即死状態なのは間違いないところ。だとすると、凶器はどこにいったのでしょうか？」

宇佐見博士の見立てでは、男のほうは、側頭部に受けた打撲が致命傷になったようだ。

「なにやら、細くて曲面を持つ鈍器《どんき》のようですね」

と観察結果を述べる博士に、ニムロデは鷹揚《おうよう》に頷く。

「そのような形状に類する物は、この部屋では今のところ見つかっていません。それにもう一つ、大きな謎が条件に加わる」

そう言いつつ、ニムロデは祭壇の上を指差した。

「あそこから、我々にとってもこの塔にとってもかかせない、大事な聖杯が紛失しているのです」

見上げる高さのその最上段には、確かに何もない空間があるだけだった。

塔の最上段に取り付け、神に捧げるはずだったかけがえのない聖杯なのだと、ニムロデが心痛を込めて語った。それほど大切な神具が跡形もなく消えていると気付いた時の皆の気持ちを、博士は想像した。テレサの死に続く、有りうべくもない盗難事件。おそらく蒼頡などは、驚きのあまり目の玉が飛び――

「やめろ！」蒼頡が慌てて叫んでいた。

「あっ！　しっ、失敬」博士がはっと我に返る。

「危ないところだった」蒼頡が苦笑しながら片方の目を押さえている。「冷や汗もんだよ、博士」

「申し訳ない。ただ、とても信じられない思いだったろうと想像して……。聖杯が盗まれるなんて、大変なショックだったでしょう」

「まったくです。通常の盗難事件なら、ムラ中の人間に発破《はっぱ》をかけ――」

「わーっ」と、ニムロデの発言を遮った博士は、ふと自分の勘違いに気が付いて赤面した。

「ああ、会話文はかまわないのでしたな。うっかりしました」

「いや、それでもやはり、会話の中で、悪《あ》しき言葉や過激な言葉は使わないほうが確かにいいのです」ニムロデがしかつめらしく言う。「何度も発言を繰り返していれば、それが地の文になる可能性は高くなりますからね。ま、聖杯を盗まれたなどと公表すれば恐慌《きょうこう》状態が起こるかもしれないので、今のところそれは伏せてあると言いたかったのです」

「待ってくださいよ……」

博士は浮かんだ着想に手応えを感じた。

「ここは字義が実存化する部屋。だとしたら……そうだ！ 慣用句が使われたのではないですか？ 犯人は煙のように消えてしまった、とか。それで、犯人は見当たらなくなった」

アリスがゆっくりと首を横に振る。

「そうだとしたら、この世界から誰かが消え去っていなければなりませんが、ムラの全員の顔が確認されています。それに犯人がどのような状態になったにしろ、それはこの部屋から一歩外へ出たとたん、元に戻ってしまいます。わたし達は密室状態を破ってここに入った時、戸口や背後にも気を配っていましたから、何も抜け出していかなかったことは確かです。犯人が死角に逃げ込む、に類する慣用句はすでにすべて調べ尽くしました。それは考えなくていいと思いますよ」

「……そうでしょうな。それでは単純すぎる」

と、シオンがさらに付け加える。

「それに」

「頭の中で強く思い描いていれば、それが必ず地の文になるというわけでもないのです。〝字義原理・実存の猫〟が力を貸してくれれば別ですがね。ちなみに、彼（彼女）は、この事件には一切関係していませんよ。彼（彼女）は公明正大、公平で正義に位置する、完全にフェアな神の視点です」

「神の視点、摩利支天《まりしてん》、ってか」と、蒼頡が半畳《はんじょう》を入れる。

「言うまでもなく、ここは神の塔ですからな」ニムロデが重々しく言った。「しかも、神のロゴスに最も近いのがこの部屋です。犯罪者に利するような方向に、この部屋の力が進んで作用するとは考えにくいです」

「都合のいい実存化を犯人が実行できたはずがない、ということですね。……しかしこの神聖な部屋で、最も罪深い殺人という犯罪が行なわれたのも、また否定しようのない現実なわけです」

宇佐見博士は室内の細かな検分を始めた。

この部屋は多少薄暗いのだが、十二の枝がある燭台《しょくだい》に灯《とも》る明かりに照らされて、机の上は明るかった。分厚い天啓聖典《シユルティ》が中央にあるが、幻視の中で神の声を聞き取り、それを聖典に著《あら》わして完成させるのが聖テレサの使命だったという。

「もう少しで九万九千語だったたっていうのにな」半分の畳の上であぐらをかいている蒼頡が表情を翳《かげ》らせている。「そこから、神の御言葉が、様々な原初文化に向かって広まっていくはずだったんだが……」

机の上には多種多様な筆記用具。鉛筆、鉄筆、毛筆、羽根ペン。角《つの》製インク壺に書字板、ノート。宇佐見博士は鉛筆や鉄筆の先端を調べていったが、不穏な痕跡をとどめる物はまったくなかった。

「ニムロデさん、この鉄筆など、凶器にはふさわしいようなのですが、数は確認されているのですか？」

「いや、私は全体的な指揮を担当しているので、細かいことは蒼頡にまかせているのですが」

「そうした小物の数までは管理しきれませんよ」蒼頡が肩をすくめる。「貴重なものでもないし、誰でも持ち運びできる」

「このお二人の死亡推定時刻は、発見のどれほど前なのでしょうね？」博士は訊いてみた。

「三十分から一時間というところでしょう」シオンが答える。「つまり、午前十一時から十一時半までの間です。二人とも、ほぼ同じ時刻に死亡している様子ですよ」

「ちなみに、今は何時なのです？」

「十六時二十七分です」アリスが几帳面《きちょうめん》に応じた。

机には他に、三角定規、コンパス、分割器《ディバイダー》などが、正確さへの賞賛を象徴するかのように、正三角形に配置されたりもしている。

「彼女も、科学性というものに、ようやく心を寄せ始めたところだったんですがね」残念だとばかりに、ニムロデが眉根を寄せている。「これからの能率アップこそ楽しみだったのに……」

博士は祭壇へ歩み寄り、

「聖杯の大きさや形状は？」

と尋《たず》ねた。

「それは心を洗われるような美しいものですわ」ボオンが誇らしげに言う。「これぐらいの」と、両手でメロンぐらいの大きさを示し、「カップみたいな形です」

「ですけど」とアリスが鋭い読みで助言をする。「台座は四角い形ですし、この男性を襲った凶器の形状には一致しませんよ。テレサさんのほうの凶器にもなりませんけど」

「そうですか。……椅子に乗ればあの高さにも届きそうですね」

博士がたまたま寄りかかると、祭壇がグラッと揺れた。

「気を付けてくださいね」シオンが注意する。「その祭壇の設置は、まだ完了してませんから」

その発言の流れにしたがうように、博士は次に、建築道具が集まっている場所に移動した。モルタルの袋が二つに、半端《はんぱ》な板や角材が突っ込まれている、穴のあいた小さな樽。十個ほどの石材の上には、鉋《かんな》や鑿《のみ》や鏝《こて》といった大工道具。そしてその中に――

「何ですか、これは？」

木の箱から、レンガ色のドロリとした液体が溢れ出して床にまで広がっている。

「どうやら、タールらしいんですがね」立ちあがった蒼頡が、首をひねっ――少しだけひねっている。

「私はそんなもの運び入れた覚えはないんだ。職人達の記憶も混乱していて、当てにならない」

アリスも、

「わたしも、ここ何ヵ月も運んだ覚えはないんです」

「そもそもタールなんて、この塔には使っていないのですがな」ニムロデも不審そうだった。

「地均《じなら》しに利用しただけなんです。それも、それは普通の黒い色をしているやつで、こんな奇妙な色じゃない。まあ、これはこれで、売りに出せば目を引くかもしれないが」

そうした情報を聞いた博士は、再度戸口に身を寄せた。壁に穴をあけて補修した形跡でもないかと思ったのだ。しかしあきらめて首を振らざるを得ない。扉にも壁にも床にも、怪しげな跡はまったくないのだ。

「壁や扉が無垢《むく》のままであることは、私が神明に誓って保証しますよ」と言った後、蒼頡は、「い、いちがいじゃあ仕方がないし」と小さく呟いていた。

「しかし、このタールには何か意味がありそうですね」博士の眼光は鋭くなっていた。「そうだ、この中を調べてみましたか?」

「中を?」ボオンがキョトンとする。

「タールが溢れ出しているということは、この場で体積が増えたということでしょう。中に何かを入れたのかもしれない。凶器とか、聖杯とか」

「これはうかつだった!」ニムロデが、三角定規の団扇で額を打った。「なんとも単純な見落としをしていたものだ」

「では、このタールを移せる容器を用意しましょう」

シオンが張り切って隣《となり》の部屋へ向かった。そしてほどなく、蛸《たこ》を手に戻ってきた。蛸はこちらの部屋に入ると、担桶《たご》となった。天秤棒《てんびんぼう》で担ぐあの桶《おけ》だ。

その木の桶にタールが移し替えられていく。棒きれを使って細かく探りながらの作業だったが、期待に反して発見は何もなかった。

「うーん」

考え込むしかなかった。

博士は念を入れて、床の上にこぼれていたタールを掻き取ってみたりもしたが、そこにも怪しげなものはまったく見当たらないのだ。

混迷の事態をなんとか打開したいとさらに思考を集中した博士に、遂にその時――

そこでボオンがおろおろと案ずるように言葉を挟む。「博士、雷に打たれたようにひらめくのはおやめになったほうがよろしいと思いますよ」

「かたじけない」確かに、想像したくもない事態になるだろう。「助かります。おっしゃるとおりですな。ハンマーで殴られたように、というのも願い下げです。実は、おやっと思う程度にひらめいたことがあるのです」

「どのような?」ニムロデがぐっと髭面を寄せる。

「犯行現場はここではないのかもしれない、という思い付きです。テレサさんは、隣の部屋で自殺したのかもしれない」

「隣で？」というシオンの声と、「自殺？」というアリスの声が重なり合った。

「隣の部屋で自殺した場合、それは、濁音が取れて刺殺になってしまうでしょう」

「おおっ」ニムロデが、大きく目をひらいて感嘆した。

宇佐見博士が、考え考え言う。

「何らかの理由で、テレサさんはこの無名の男を殺してしまった。そのショックと罪の意識から、彼女は〝清音の部屋〟で自らの首を突いて自殺を図ったのです。ですから凶器はそちらにあるはず。そして、〝清音の部屋〟の性質として、自殺はただちに刺殺に変更され、首の傷が、当人では刺せるはずのない真後ろへと移動した。それから彼女は、わずかな余力を懸命に使い、こちらの部屋に戻って差込み錠を掛けた。……どうでしょう？」

むずかしげに顎に手を当てていた蒼頡が、

「残念だがね、博士」と意見を返した。「それは筋が通らないな。こっちでの自殺が、隣での刺殺になっているなら判るよ。でも、隣で自殺が刺殺になっても、その部屋を出たとたん、元どおりの自殺になってしまうんだ。それは、当人が生きていようと死んでいようと、変わらずに公平に作用する。それに、テレサさんが、この部屋に戻って差込み錠まで掛けなければならない理由があるかな？」

「それも、部屋のこれほど奥まで引き返すなんて……」と、シオンも疑問を述べる。「テレサさんは、数秒で体の自由を失ったはずですしね」

「確かにそうです」博士も素直に自説の不備を認めた。「血痕《けっこん》の状況からも、それは明らかかもしれません。血は、テレサさんの周りだけに流れている。やはり現場はここで、死体も動かされていないと考えるべきでしょうね」

謎は振り出しに戻った。

博士は追いつめられてきた。せっかくの魅力的な謎だというのに、役立てるような推理を展開することもできない。苦し紛れに、ここではやはり、ことわざや格言めいたものが偶発的に作用したのではないかと考えたりもする。

博士は口の中だけで、「例えば、寸鉄《すんてつ》人を刺す、とか、牛を食らうの気、とか。そんなことが思いもよらず……」と低く呟いていたが、そうしたことを実際的に検討しているわけではなかった。

この事件の様相は、そのように単純なものではないだろう。二人の人間が死亡し、しかも一方は身元不明であり、密室状態の中で凶器もない。さらに、聖杯が紛失しているうえ、奇妙なタールという細かな不思議もある。これら一連の事態をつなぐ輪《わ》のようにして、少なくともどこかに人の意志が加わっているはずだ。何者かが罪を犯し、それを隠蔽しようと行動しているのは間違いない。

苦慮しつつ祭壇を見上げた博士は、最上段の棚にプレートが組み込まれていることに気が付いた。それには、

Chalice

　というふうに文字が刻まれている。

「この辺の知識は付け焼き刃――」思わずそこまで口にした博士は、警戒して辺りを窺《うかが》った。そんな物を付けられてはたまらない。「えー、詳しくはないのですが、これは聖杯という意味ですね？」

「さようです」誇らしげに威儀を正すニムロデは、まるで自らの戴冠《たいかん》を告げるかのようだった。

　博士は、そういえば、この塔ではあらゆる言語がすでに容認されているようだな、と改めて思った。英語、ロシア語、中国語、ヘブル語、コプト語、何であろうとすべてに、実存の力は作用するらしい。〝バベル〟化はかなり深刻に進行しているわけだが、それが表立っての齟齬《そご》や混乱には至っていないというところか。

「おや」

　博士は祭壇の傷に気が付いた。ちょうど目の高さあたりで、祭壇の側板が前方に張り出す造りになっているのだが、その右側の板に新しい傷が見える。

「ほら、ここに傷がありますよ」

　名無しの男性死体を避けるように移動し、博士は板の上縁のそれを示した。

「ほんとだ」蒼頡も目を凝《こ》らしている。「何かをぶつけられたみたいだ」

　きっかけが与えられていた。博士の頭脳の中で、淀《よど》んでいた思考が流れ始める。

「これはもしかすると……」

一つの仮説を推し進める過程で、博士の記憶が、何気なく聞き流していたことを拾いあげた。

「蒼頡さん」鋭く問いかけていた。「あなたは先程、いちがいじゃあ仕方がない、というようなことをおっしゃっていませんでしたか？」

「あ？　ああ、言ったかもしれんね」

「どういう意味だったのでしょう？」

「別に、つまらんことだよ。そこにあるのがタールじゃなく、タイルだったらいいのにと思ったんでね。ほら、名無しの死体くんのそばのタイルが一枚割れているだろう。それの修理を考えていたのさ。タールとタイルじゃ、〝イ〟が違う」

さらに思考を集中させた博士は、やがて一つの手応えを持ってニムロデに尋ねていた。

「この世界には、同姓同名の人はいるのでしょうか？」

「いいえ、それぞれが、違う名前と使命を与えられていますよ」

博士は鼻メガネをスッと押しあげ、物思わしげに頷いた。

解答にたどり着いていたのだ。

5

期待を抑えられないニムロデに問われ、博士は推理を語り始めた。

「この事件は、英語のレベルで発生したものだったのです」

「英語だとどうなりますの？」不安そうなボオンはそれでも興味津々《しんしん》で、両手を握り合わせていた。

「この気の毒な男性の身元も判明します。彼はチャールズです」

「ど、どうしてそんなことが判るんです！」シオンが興奮する。

「それにお答えする前に、アリスさんにお訊きしたい。あなたの持物は、その鞭以外には何がありますか？」

「え……。蹄鉄《ていてつ》ですが」

「他には何か？」

「いえ、それだけです」アリスの声は小さなものだった。

会釈をした後、博士は、さて、と祭壇に向き直った。

「聖杯はあの棚の上にありました。そしてこの祭壇は、ちょっと安定の悪いままです。テレサさんがうっかり祭壇を揺らしてしまったとしたらどうでしょう？　聖杯は落下して……」

博士の指が示す落下の軌跡を目で追っていた蒼頡が、あっ、と声をあげた。

「側板の傷だ！」

「聖杯はここにぶつかり、そして真っ二つに割れてしまった」

「わ、割れた⁉」ニムロデとボオンが失神しそうになる。

「聖杯は上と下の二つに分かれた瞬間、まったく別のものになったのです。それは信じがたい、劇的な変化でした」

「いったい……?」シオンが恐る恐る訊く。

「Ｃｈａｌｉｃｅが、ＣｈとＡｌｉｃｅになったのです」

一瞬の間《ま》ののち、

「アリス！」

と、愕然《がくぜん》とした複数の声が響きわたる。

驚きはしてもまださっぱり理解できていない聴衆に、宇佐見博士は話し出した。

「つまり聖杯は、空中で、アリスさんとＣｈになったのです。そしてＣｈというのは、チャールズの略称ですね。チャールズのイタリア語化はカルロ。だからこの男性は、聖カルロの持物の一つである磔刑像を持っているのです」

うーむ！　と唸る以外、ニムロデ達には声もない。

「聖カルロならば頭蓋骨《ずがいこつ》の持物などで明確になりますが、この男性被害者はあくまでチャールズであるため、そこまで確たる持物は持ち得なかったわけです」

「……驚いたな」感に堪えないとばかりに、蒼頡が首を振っている。「そういえば、顔立ちは聖カルロを思わせる……」

「しかし……」哀れな被害者を見つめながらシオンが尋ねる。「そのチャールズさんが、どうして殺されるようなめに？」

「チャールズさんの件は殺人ではなかったようです」博士は答える。「事故死を引き起こしたものを凶器と呼んでいいなら、まずはその凶器を見つけ出してみましょうか」

皆の視線の中、博士は大工道具のそばまで進んだ。アリスは静かな表情を保ったままだ。

博士は道具の中から、鉋《かんな》と墨壺《すみつぼ》を手にした。そして戸口へ向かう。

「たぶん、どちらかだと思うのです。いいですか、見ていてください」

博士が大工道具を〝清音の部屋〟へと差し出す。すると、鉋のほうがパッと二つの物に分裂して博士の手から転がり落ちた。重たそうな金属音が響く。

床の上に転がっているのは、鋼鉄製の大きな蹄鉄と阿片の固まりだった。

「かなり重いですよ」博士が蹄鉄を持ちあげていた。

「この大きさは……」蒼頡が言う。「アポロンの馬車の馬か、エリギウスの逸話《いつわ》の、悪魔に取り憑《つ》かれた馬の物か？」

「そしてこれは――」

博士の手にあった阿片の固まりは、こちらの室内に戻されると一本のペンになった。先端が血で汚れているペンだった。

「これが凶器ですよ」博士が厳《おごそ》かに言った。「蹄鉄でチャールズさんは死に至り、このペンでテレサさんは刺し殺されたのです」

どうして凶器がこのような姿になっていたかを博士は説明していた。

「ここに置かれていたのは、大工道具です。つまり、ｃａｒｐｅｎｔｅｒ’ｓ　ｔｏｏｌですね。そして蹄鉄は、馬車引きの道具の一つ。carter's toolです。このcarterの間に、penが入り込んでしまえば……」

「驚きました！」シオンが感嘆の息をつく。「二つは融合して、鉋という大工道具になってしまったわけですね」

「そういうことです」博士は頷く。「チャールズさんとアリスさんは、同時に空中に現われていた。そしてアリスさんには、持物として、この重い蹄鉄が与えられていたわけです。その蹄鉄はアリスさんの手を離れ、不幸にも、チャールズさんの上に落ちてしまった」

その悲劇に震えたボオンが、「おおぉ」と顔を覆った。

聖杯がもたらした男は、生まれたとたん、死んでしまったのだ……。

「蹄鉄はまだ破壊力を残していて、床のタイルを傷付けたわけです」

「……すると」部屋の隅に立っているアリスに気が差すような視線をちらりと送りつつ、シオンが博士に問いかける。「アリスさんは、その後テレサさんを……？」

「いいえ、確かにテレサさんを殺害してしまったのはアリスさんですが、このアリスさんではないはずです」

「何ですって？」

「つまり、この部屋で生まれたのはもう一人のアリスさんで、この世界には今、アリスさんが二人いるのです」

何だって！　という驚愕の声が交錯する。「本当にそんなことが？」と蒼頡が一際《ひときわ》強く言っている。

「おそらく」博士は説明を続けた。「Ｃｈという半身《はんしん》をこの世から喪《うしな》って修復不能となった段階で、ここで誕生したアリスさんは一個の独立した生命として存続することとなったのでしょう。それが、聖杯の力の一部なのかも……」

そこで博士はアリスに目を向け、

「ここにいるのはオリジナルのアリスさんですが、真犯人のアリスさんとは意識を共有しており、事後共犯者となっているのだと思います」

「根拠はありますの？」アリスをかばう反問のように、ボオンが尋ねた。

「私は、出会って間もなく耳にしたアリスさんの言葉が、ちょっと引っかかっていたのです」

「どんな言葉でしょう？」シオンは思い当たらないらしい。

「アリスさんは途中で言い淀みましたが、たしかこんなことを言われたのです。『持物が足りなくなるような心配をしなくてもいいから』……そのような意味のことです。アリスさんはすぐに、修理に出すこともあるからと、言い訳めいて付け加えましたが、どうも違うニュアンスを含む悩みだったようにも思えたのです。では、修理うんぬん以外に、持物が足りなくなるのはどういう場合でしょうか？　持物は各人それぞれに与えられているわけですし、複数の持物が付与されているケースもままあります。現に、アリスさんにも二つある。二つあっても、さらに足りなくなるかもしれないのは、三人目が登場する場合でしょう。アリスさんは、この事件のために〝良き名の人〟が来ると聞き、当然、こうした世界への来訪者としてふさわしいアリス嬢を想像していたのでしょうね。しかしやって来たのは、ちょっとした手違いか、この私、宇佐見という男だったわけです。アリスさんは、この世界にすでに二人のアリスがいることを承知していたと考えられます」

「何てことだ……」ニムロデは椅子を引き寄せ、そこに座り込んでしまった。

そのアリスに、穏やかながらも青ざめた表情で、ボオンが向き直った。

白いドレスのアリスは、モナ・リザのような微笑みを浮かべているだけである。

「では……、ここで何が起こったのか、あなたも知っているわけなの、アリスさん？」

「ええ……」目もとを翳らせてアリスが口をひらく。「彼女が……、テレサさんが言語障害に陥《おちい》っていたことがこの悲劇を引き起こしたのよ……」

「言語障害だって⁉」蒼頡ならずとも、自分の耳を疑う話だった。

「〝あ〟と〝い〟の音を取り違える障害ですね？」

という宇佐見博士の言葉に、アリスはおとなしく頷いた。

「このタールが、その辺を解き明かす鍵だったのですね」

言いつつ、博士はタールを元の木箱に移し替え、それをまた戸口に持っていった。ボオンとシオン、そして蒼頡が寄ってきて、何が起こるかを見守る。この部屋の効力圏外に出ると、ガチャンと音がし、レンガ色のタールは箱一杯のタイルとなった。

「そういうことか！」蒼頡が膝を打った。「タイルがあそこにあるなら話は通る。くそっ、気付かなかったとは」

博士が言う。

「蒼頡さんは真相を射ていたのですよ。タイルが地の文でタアルと記され、アが長母音化《ちょうぼいん》してタールとなったわけです。……そして、そんな現象を生んだのが、テレサさんだったのですね」

博士は振り返った。

「アリスさん、もう一人のあなたとチャールズさんが突然現われたことに驚いたために、テレサさんはそのような障害に陥ったのですか?」

「いえ」

アリスはきっぱりと言った。

「あのわたしの意識が肉体を伴ってここへ現われた時には、テレサさんはすでに、どこか茫《ぼう》然《ぜん》とした様子でそのタールを見つめていました。その時にはわたしも、その意味は判っていませんでした。でも、チャールズさんが亡くなってしまったことへの対処を話し合っているうちに気付いたのです。テレサさんの発する〝あ〟の音と〝い〟の音が狂っている、と。……テレサさんも、その事実を再確認して愕然としている様子でした。わたしはテレサさんに言いました、しばらくは口をひらかないほうがいいと」

アリスは息を吸い込むようにしてから毅《き》然《ぜん》と言った。

「あのテレサさんなのですよ。言《ロゴス》を聞き取る第一人者。すべての言葉の魂の源である天啓聖典《シュルティ》の書き手である責任者なのです。それが、狂ったままの言語を生み出し、操ることになるなんて……。それなのにテレサさんは、言葉を慎むどころか、冷静さを無くしたように無秩序に喋《しゃべ》りだしたのです。その上、書き言葉でも試そうと、その――」

アリスは鞭で机の上を示した。

「天啓聖典《シュルティ》に書き込もうとし始めたのです」

アリスは身震いし、ニムロデ達も畏《おそ》れおののくようにして顔色を変えた。

「それはいかん」蒼頡が苦渋《くじゅう》の言葉を漏らす。「聖典を穢《けが》すなど……」

「お判りでしょう……」

と、アリスはきつく目を閉じ、寒さをこらえるように我が身を抱き締めていた。

「テレサさんの言語障害が何をもたらすか。〝あ音〟と〝い音〟の混乱なのです。この塔にとって最も大切な、神の言葉の引喩《アリユージョン》が、あろうことか幻影《イリユージョン》になってしまうではありませんか」

「うーむ！」ニムロデは青ざめている。

「この世界の存在理由が崩壊してしまいます」震える声でアリスが続ける。「寓喩《アレゴリー》も、概念《イデア》も、真理《アレテイア》さえも、その姿を不安定に変える……。神の言葉の化肉《インカルナテイオ》であるイエスさえも……」

ボオンもふらつきそうになっている。「アダムもイヴも、アテナも、悪魔も……」

「わたしはとめようとしたのです」

アリスが低く言う。

「テレサさんは歯止めを失ったように、インク壺のことを、アンク壺、アンク壺と叫び続けながら、天啓聖典《シュルティ》にペンを走らせようとするのです。テレサさんと争いながら、わたしは耳を塞《ふさ》ぎたかった。耳に突き刺さるあの異常な響き。もしテレサさんが、アリュージョンを口にする気になったりしたら……。テレサさんの力は絶大で、決定的です。……気が付くとわたしは、握り締めていたペンで、テレサさんの首を刺していたのです……」

今までの衝撃の大きさと同じほどの沈黙が、部屋の中を流れていった。

「しかし……」

蒼頡の合理的な精神が、最も早く立ち直っていた。

「どうしてこの部屋は密室になったんだ？」

それには宇佐見博士が答える。

「アリスさんがイリスになったからですよ」

「イリス……」ボオンが呟く。「神々の使い……虹を人格化した……」

「テレサさんには、わずかに言葉を発する時間が残っていたのです」

とアリスが告げる。

「最期の息の下で、テレサさんが言いました。『イリス、この部屋からお逃げなさい』って。確かに……。大事なシーンですからね、それはただちに神の領域の地の文となり、わたしはイリスとなったのです。わたしがペンと蹄鉄を一つにして持つと、それが鉋《かんな》になってしまいました。頭のぼうっとしていたわたしは、どうしてそんなことになったのかが理解できず、それを大工道具の中に置いていていました。そしてその時、思ったのです。この部屋から出なくては、って」

そこからは宇佐見博士が推測を口にした。

「その思いに反応するように、あなたの体は、虹の化身《けしん》イリスとしての特性を発揮したのですね？」

「では！」真相に思い至って、蒼頡が扉の上に視線を飛ばす。

「はい」アリスが応える。「わたしは虹となって、あの窓を越えていたのです。七色の、きらめく光でした……」

「なんてことでしょう……！」ボオンが、ポワンとした表情で胸を震わせた。

「驚きいった話だ」と、ニムロデも椅子の中で小刻みに頭を揺すっている。

博士は、

「窓を通り抜けて向こうの部屋へ入ったとたん、あなたは元のアリスに戻っていた」

と、話を進めていた。

「そうです……」

「アリスの実体になってしまっては、もはやあなたはこの現場へは引き返せなかった。自分の持物を残してきてしまったことに思い至ったとしてもね。窓のガラスを割っても、あの化粧格子の隙間では人間は通り抜けられない。女の力で破れる扉ではなさそうだし、大きな音を立て続けては人を招き寄せてしまう恐れがある。周囲の、どこにどれだけの人間がいるのかはあなたも知らなかった。そこで、冷静な頭脳を取り戻したあなたは、静かに行なえる工作だけを済ませておくことにした」

「……その工作というのは？」シオンが訊いた。

「向こうの部屋の机に、切れ込みが入れられていたでしょう。脚の部分です」

ああ、と頷きが起こる。

「あれはアリスさんがやったことなのですよ、たぶん。二つの凶器が融合している鉋も、いつかは現場から持ち出されるでしょう。そうなると、蹄鉄とペンが人目にさらされます。アリスさんは、その事態を回避しようとしたのですね。つまり、こういうことです。アリスさんは、鉋が持ち出される時には立ち会えるように、できるだけこの現場周辺にいるように心がけます。そして、鉋が持ち出される瞬間、あの脚を人知れず折り、そのためにバランスを崩した机が倒れたような事故を演出しようとしたのです。あの机の上には大量の阿片がありましたからね。凶器の阿片はその山の中に埋没《まいぼつ》してしまいます。先程のように、鉋から分離した二つの物は、何が起きたのかも判らないうちに、持っていた人間の手からこぼれ落ちますからね。そしてそのどさくさの中で、阿片に覆《おお》い隠されている蹄鉄もこっそり拾いあげるわけです。あるいは、机がひっくり返った騒ぎに慌てて、いま落としてしまったのだというふりをしてもいいでしょう。持物を複数持っていても変則ではないのですから」

一つ一つ頷きながら聞いていたシオンは、そこでアリスに尋ねた。

「それからそのアリスは、オリジナルのあなたに会いに行ったということなのですね？」

少女のようにコクリと、アリスは頭を縦に振り、

「彼女が生まれた瞬間から、わたしにも彼女の経験が伝わっていました。そして彼女にも、生まれた瞬間から、この世界に関する知識がわたしと同じだけあったのです。彼女はこの塔を離れました」

そこでアリスは、皮肉にも映る苦笑を滲《にじ》ませた。

「ムラの道で、顔を目撃されることはかまいませんでした。同じムラ人が、両方のわたしに出会ったとしても、状況が矛盾するような短い時間差でない限り、『またお会いしましたね』で済みますからね。それよりも、持物を何も持っていないことのほうが恥ずかしいような、そのことのほうを隠さなければならないという気分でした……」

ボオンが感心したように言う。

「本当に一心同体なのですね」

「ですが」博士が言葉を挟む。「ここにいるアリスさんがオリジナルのアリスさんであろうということには根拠があります」

「へえ？」と、蒼頡。

「腕やお顔に、あざや擦《す》り傷が一つもないでしょう。この部屋で生まれたアリスさんは、誕生したとたんに祭壇の半ばの高さから転落しました。虹の化身となって窓を抜けてからも、そこから床へは落下するしかなかったでしょう。無傷で済んだとは思えない」

「はい」アリスの表情が、わずかに和《やわ》らいでいるようだった。「彼女、お化粧で隠そうと必死です」

「素晴らしい……」

宇佐見博士に賛辞《さんじ》を送りつつ、ニムロデが腰をあげる。

「お見事でした、博士。……しかしね、アリス。この罪を隠そうと、そんなに奮闘する必要はなかったのではないかな」彼の髭面は穏やかだった。「これは、起こってしまった悲劇だ。……その時の君の思い、私達にも充分理解できるからね」

どの顔も、ニムロデへの賛同を示している。

そしてボオンが、うつむきがちに言う。

「よりにもよって、あのテレサ様にそのようなご病気が……」

「……どうしてこんなことに」

その言葉の途中で、アリスは壁に寄りかかった。

「書き言葉はどうなんでしょう……」アリスの声は、何かを手探りしているようだった。

「テレサさんが聖典に書き記した言葉は、修正がきくのでしょうか？　聖典がこの部屋を出れば、正しい言葉に戻るのかもしれません。でも……。何かが違うような気もします。最初に書き記されてしまった誤謬《ごびゅう》は、影となって聖文の背後を流れ続けることになるのではないでしょうか。行間から、不安定感が立ちのぼることになりはしないでしょうか。人々の中からは、聖典に絶対的な信頼感を寄せようとせず、表記の隙を見つけるような分析のほうに心を奪われる読み手が出てきてしまうかもしれません……」

しばらくして、ボオンが言った。

「テレサ様も、何かを確かめたくなるような衝動に駆られたのでしょうか。……それは想像するしかありませんが、テレサ様が発音違いの言葉を言い続けていたという気持ちは、判るような気もします。そんなはずはないという、信じたくない思い……。今すぐに回復するはずだという焦り。正常に戻る瞬間を引き寄せようとして、可能な限り早くそれを知りたくて、テレサ様は言葉を発し続けざるを得なかった、とも思えます……」

「そうだったのかもしれませんね……」

アリスが悼《いた》むように言っていた。

それぞれの深い面持ちを眺める宇佐見博士も、この塔の行く末を思わざるを得なかった。

ふと、足元に温かな感触が生じ、博士は視線を落とした。

白い猫が、ニッコリとこちらを見上げていた。

＊　＊　＊

6

紅茶のウバの香り……、木漏れ日の席。

ティーカップの中からは、淹《い》れたてを思わせる湯気が立ちのぼっている。

宇佐見博士は、ちょっと言語の問題を考えたりする。ヨハネ、モーセ、キリスト、マホメットという預言者《よげんしゃ》達は、神の言葉の受肉《じゅにく》であり、彼ら自身が神の声帯、喉であった。そしてモーセなどは、言語障害の気があったという。では、あの〝ベテルの塔〟のテレサをみまった言語障害には、どのような意味があったのだろう？　何が象徴されていたのか？　テレサが生きていれば、あの塔ではこれから、何が始まるところだったのだろう……。彼女は、神の真言の伝道者となるはずだったのか、それとも、待っているのはやはり悲劇で、彼女は〝バベル〟化と、文字聖典の不安定さの元凶と定められていたのか……。

地球上には現在、二千八百もの言語があるという。

宇佐見博士はこんな想像もする。テレサの症状は、現代の言語文化に対する警鐘だったのではあるまいか、と。彼女の机の上には、何かのまじないであるかのようにきちんと、分割器《ディバイダー》などの、聖的な言語感覚とはなじまない器具が配置されていた。そしてニムロデも言っていたではないか。最近、テレサ女史も、科学的合理に歩み寄り始めていた、と。しかしそれは、彼女の立場では許されないことではなかったのか？　ニムロデという存在に象徴されるのは、合理、機能、能率、算定、収支といった、乾燥した近代性——そして、人類が狂熱的にたどってきた物量と功利の道のり。そうした、物差しで測れるものを優先する流れの中で、言語が持つ神聖さの比重は軽くなってきた。言語も変化するものであり、世代間に生まれる差異や新旧の新陳代謝《しんちんたいしゃ》はある程度やむを得ないのだろう。しかし、人が発する言葉が本来有しているその根元的な力の深み自体が、どんどん顧《かえり》みられなくなってきている。

言葉は表記のための利器《りき》となって表面だけが扱われ、発音記号で解体され、〝死にそう〟という表現などもどこででも軽く連発されるようになる。そんなふうに、いつの間にか忘れさられていく、言語に内在する精神的なエネルギーを、テレサだけは美しく語り続けるのが役目だったのではあるまいか。ところが彼女は、少し道を逸《そ》れ始めていた。そのために、天が警告を与えたのか、それとも彼女自身の無自覚的な罪の意識がそうさせたのか、言語障害などという一種の発作がその身に起こったとは考えられないだろうか。

その考えにしたがうなら、現代は、言霊《ことだま》的には言語障害の時代なのかもしれない。

そういえば、と、宇佐見博士はさらに思う。

人類最初の殺人者という血塗られた烙印《らくいん》を捺《お》されたカインの住む地は、エデンの東、ノドと呼ばれていた。日本語の喉との類似は、ただの偶然に過ぎないのだろうか？

「もちろん偶然だろう」と、博士はカップを持ちあげた。

奇妙な夢、白昼の幻……。

消え去る一瞬のイリュージョンだ、と言おうとして、博士はその言葉を形にせずに呑み込んだ。向こうの世界では地の文が実存の力を持っていた。この現実世界では、発せられた言葉にこそ魂が宿る……と考えている人もいる。

剣呑《けんのん》、剣呑。

私は科学者だ――そう自覚しつつも、博士は、自らの言葉に少しだけ慎重になっている自分を発見したりする。

紅茶の上に、白い猫の毛が浮いているような気がするからだ。

扉部分引用句出典
『鏡の国のアリス』ルイス・キャロル／岡田忠軒訳　角川文庫

◉

アリス
殺人事件

不在のお茶会

山口雅也

——我萬法を證するに非ず、萬法來りて我を證す

道元

#0　気狂いぞろいのお茶会

「主人公が不在のお茶会というのも、奇妙なものだが……わしらがそうした場に置かれていることは間違いないだろう」

と、帽子を被《かぶ》った植物学者が言った。彼の帽子は、半世紀前のイギリス紳士が愛用したような灰色の山高帽で、植物学者はそこが室内であるにも拘《かかわ》らず、さっきからいっこうにそれを脱ごうという気配がない。学者らしく頑固に自らの主義主張を押し通しているつもりなのだろうか。

しかし、彼の口調には頑《かたくな》な気質を窺《うかが》わせるような堅さも学識の徒らしい威厳もなく、むしろ常に人生を楽しんでいる人物特有の興奮が漂っている。事実、植物学者の屋根の庇《ひさし》のように突き出した白髪交りの眉《まゆ》の下の瞳は、彼の肉体年齢に反して、少年のそれのように輝いていた。——隣に座る三月生れの作家の目には、帽子を被った植物学者は、そんなふうに映ったのだった。

その三月生れの作家が、帽子を被った植物学者の言葉を受けて、言った。

「そんな、浮かれたような言い方をしていていいんですか？　僕にはまったく納得できない。なぜ、われわれは、こんなことをしていなければいけないのか……。映画や小説にだって、こんな、わけの解らない話はない」

当惑した表情で、三月生れの作家は薄くなり始めた頭を掻《か》いた。髪が後退して禿《は》げ上がった額《ひたい》は、日頃の前頭葉の酷使ぶりを窺わせるようだ。彼は帽子を被った植物学者と違って、あまり人生を楽しんではいないようだった。次々に新しい虚構の人生——物語を紡《つむ》ぎ出さねばならない重圧に苛《さいな》まれているのか。三月生れの作家の落《お》ち窪《くぼ》んだ眼窩《がんか》の中に縮こまっている目には生気がなかった。苦悩し、疲弊した芸術家。——あるいは、そうした役を演じているだけなのか。ともかく、三月生れだったにも拘らず、作家の瞳の中に〈三月兎《マーチ・ヘア》〉のような昂然《こうぜん》たる高ぶりはない。

——隣に座る眠そうな顔をした女性の精神科医の目に映った三月生れの作家は、そのような感じだった。

三月生れの作家の言葉を引き継ぐように、眠そうな精神科医が言った。

「……なぜ、こんなことをしていなければ、いけないのか……なぜ、ここにいるのか」そこで、欠伸《あくび》を嚙《か》み殺《ころ》す。「……失礼、あー、どうしたわけか、私、眠いのです。どうしましょう、眠ってしまったら。眠ったら、私は私でなくなってしまう。眠っている間には、私が鼠《ねずみ》だったと言われても、私はそれを知ることはできないでしょうね。……いや、今この瞬間も、私は自分が自分でないような気がしている……」

眠そうな精神科医は眼鏡の奥の目を微《かす》かにしばたたいた。本人が言う通り重く垂れ下がった瞼《まぶた》は、秘密めいた館の窓に下ろされたブラインドのようで、その瞳の表情を窺い知ることはできない。しかし、もし見開かれたら、きっと開花した花のように美しいに違いない大きな目だった。それを無粋な黒いフレームの眼鏡で隠しているのは、性的に劣等コンプレックスを抱いた男性患者の過剰《かじょう》な反応を防ぐための、生真面目な職業意識の顕《あらわ》れなのか、あるいは、存外、彼女自身が抱える何らかのコンプレックスの発露なのか。

——向かいに座る帽子を被った植物学者の目には、眠そうな精神科医の人物像が、そんなふうに映ったのだった。

三人は大きながっしりしたテーブルを囲んで座っている。彼等の前にはそれぞれティー・ポットやカップなどの茶器が置かれていて、その場は典雅なお茶会が催されているといった恰好《かっこう》である。

四角いテーブルの三辺は、そんなふうに三人の人物で占められていたが、残る一辺は空席だった。帽子を被った植物学者は、しばらくそちらのほうを見やっていたが、今度は、出席している他の二人をかわるがわる一瞥《いちべつ》してから言った。

「もちろん、われわれは、不在の主人公のことを論ずる以前に、多くの共通した問題を抱えているようだ。だが……ふむ、まあ、いいだろう、ひとつ、ここで整理してみようじゃないか。どうだね、せっかくだから、お茶でもいただきながら、わしらの抱えている問題についいて話を進めていくというのは？」

帽子を被った植物学者は自分のティー・カップに紅茶をなみなみと注ぎ、一口啜《すす》って、「むう、味がせんな、このお茶は」と呟《つぶや》いてから、再び一同を見渡した。「まず、第一に、わしらは、突然、このお茶会の席に現れた。それは、急な目覚めのようで、気がついたらここにいたというような感じだった。ここへ至る経過はない。それ以前の意識と今現在の意識との間の懸《か》け橋《はし》が落っこちてしまっているんだ。以前の自分の生活のことはよく判っておる。自分が植物学者だということも自覚している。あんたがたも、それぞれ作家に精神科医だと自己紹介をされた。が、どうして、われわれがここに集まっているのか――？」

「――そして、どうして、われわれは、ここから出て行くことができないのか？」三月生れの作家が話を引き取った。「そんなふうに心理的に不安定な――意識の輪郭があやふやな状態にあるなら、われわれのなすべきことは、決まっているでしょう。こんなところに座って、悠長にお茶会なぞしていないで、この部屋の外に出るべきなんだ。こうして自分の意識だけを覗《のぞ》き込んでいても駄目なんだ」

「さよう」帽子を被った植物学者は頷《うなず》いた。「わしらは、外の現実に触れ、自己を相対化しなければ、――平たく言うと、何か確実なものと自らを並べてみて現実感を確かめなければ、この、妙に自分の意識の輪郭があやふやな状態は解消できないはずなんだ。だが、どうしたことか――」

三月生れの作家は信じられないというように頭を振りながら言った。

「――どうしたことか、僕の意思は僕の身体に伝わらず、そうしたいにも拘らず、この部屋から出ていくことが出来ない。僕の身体が出来ることと言ったら、際限なくお茶を飲みながら、こうしてお喋《しゃべ》りをするだけ。意識と身体の間の懸け橋も落ちてしまったのだろうか？　ああ、僕が僕でないような感じがする。ねえ、皆さんも、そうなんでしょう？　誰か説明してほしいな。これは、いったいどうしたことなんですか？」

そこで、帽子を被った植物学者が眠そうな精神科医のほうを見て、尋ねる。

「そうだ、あんた、そうしたことについては、専門家じゃないか。説明してくれないか？　わしらは精神を狂わせてしまったのか、どうなのか……」

#*1*『ワン、トゥー、スリーで……』

眠そうな精神科医は、少し考えてから口を開いた。

「……そうね……この状況――突然、どうして自分がそこにいるのか解らないような不合理な場所にいる自分に気付く――というのは、遁走症《とんそう》に似ていると思います」

「遁走症？」帽子を被った植物学者が訊《き》き返した。

「ええ。精神神経症の解離反応の一種です。この疾病では、患者は健忘症状態に陥り、ある期間、家庭からも失踪《しっそう》して、それまでとはまったくの別人になったりしてしまう……」

「それは、どうして、起こるのだね？」

眠そうな精神科医は大儀そうに欠伸を嚙み殺した。

「……それについては、転換反応という説明がなされています。つまり、無意識の心理的葛《かっ》藤《とう》が何らかの身体的徴候に転換して表現されてしまうということ。患者は、不安を逃れようとして、そういう徴候に陥るんです」

「しかし――」帽子を被った植物学者は首を捻《ひね》った。「わしらの置かれている状況は、そんな簡単なことではなくて、もっと、複雑で厄介《やっかい》なもののように思えるがな」

「そうだ」三月生れの作家が同調した。「僕らの、自分が自分でないような感覚は、もっと強烈なものだ」

「そうね」眠そうな精神科医は素直に頷いた。「それは、私も解っている。これが遁走症でないとしたら……自己とか自分というものの異常が最も明白に患者自身によって体験されるのは……そう、離人症と呼ばれる症状においてということになるでしょう」

「離人症？　面白そうじゃないか」帽子を被った植物学者が言った。「それはどういうことなんだね？　よくあることなのかな？」

「いいえ、そんなに頻繁にあることでは、もちろんないけれど、そうした症例が存在するのは厳然とした事実です」

「ほう、その言いぶりからすると、あんたも、その離人症とやらを扱ったことがあるようですな？」

「……ええ」警戒するように身体を堅くする眠そうな精神科医。「……まあ」

「差支えなければ、その症例についてお話し願えませんでしょうか？」

眠そうな精神科医は、しばらく職業倫理上の葛藤に苛《さいな》まれている様子だったが、ようやく心を決めて口を開いた。

「患者のプライバシーに関わることはお話しできないのですが、事態が事態ですからね。いいでしょう。つい最近扱った患者――仮に〈アリス〉と呼んでおきますが――について、お話ししましょう。とても……その……眠いので、ちゃんと最後まで話ができるかどうか自信がないのですが……。

アリスは十六歳の少女。彼女は少々肥満気味の、生気のない、他人からはあまり関心を持たれないであろう部類の娘でした。父親は植物を研究している高名な学者で、母親の方も有名な文学賞を受賞している作家です。そういうわけですから、アリスが相当高い知的水準の家庭で育ったということは、考慮しておく必要があると思います。

父親の性格は一見豪放磊落《らいらく》な社交家のようですが、その実、家ではかなり神経質な面も見せているとのことでした。母親のほうは、心配性で、子供に関心が強いように見えますが、彼女も二面性を持っていて、実際は、虚栄心が旺盛で、自意識が強い女性のようでした。

こうした両親の教育方針は『他人に頼らず、自分自身で生きる』というもので、アリスもこうしたモットーのもとに育てられたといいます。しかし、知的水準の高い家庭にはありがちなことなのですが、アリスの両親が、その教育信条を過信して、あまりに忠実に厳格に、それを実践してしまったお陰で、アリスはとても幼い頃から非常に孤独な状況に置かれていたのではないかということも推察されたのでした。

アリス自身について言うと、彼女は幼い頃から、控え目で内向的な性格の持ち主であり、両親に物をねだるといったようなことも、めったになかったといいます。友人もつくらず、誰かが家を訪ねてきても、すぐ自室にひっこんでしまうような子だったのです。そうして部屋に閉じ籠《とこも》ったアリスが何をしているのかと母親が覗いてみると、アリスは鉢植えの観葉植物に向かってブツブツと呟いているといったことが、しばしばあったそうです」

「鉢植えの観葉植物？」帽子を被った植物学者が素早く反応した。「それは、ひょっとしてドラセナのことではないかね？」

眠そうな精神科医は、驚いたように目を見張り、

「そう、その通りです。アリスはドラセナ——ありふれたあの観葉植物を、症状が出てからは片時も離さなかったといいます。現に私の病院に来たときも、その鉢植えを抱えていました。レンガ色の鉢から噴水のように伸びた緑色の長い葉のことは、今でも鮮明に思い出されます。アリスは、そのドラセナが、まるで自分自身のアイデンティティでもあるかのように、後生大事に抱え、話し掛けていました。しかし、どうして——」

「どうして、それがドラセナだと判ったか、と言うんだね。うん、わしもドラセナを抱えた少女を一人知っておってな……しかし、どうも、彼女はあんたの言う〈アリス〉とは違うような気がする。まあ、いい。先を続けてください」

「アリス自身が訴えるところによると、彼女はすでに物心つく頃から、『自分は他人からの

影響に対する抵抗力が人一倍弱い、自分には自己というものがない』という『おかしな気持ち』を持っていたといいます。幼い頃から『本当の自分とはどういうものだろう』という疑問を抱き続けていたらしいのです。

この『他の人には判らない、とても苦しい気持ち』を、アリスは誰に打ち明けることもなく堪え忍び、十一歳になったころ、自力で克服したといいます。そして、その『克服』は『死ぬよりも恐ろしい、言い表しようのない苦痛』だったそうです」

「死ぬよりも恐ろしい……」と、三月生れの作家が呟き、

「……言い表しようのない苦痛」と、帽子を被った植物学者が続けた。

「そうです」眠そうな精神科医はゆっくりと頷いた。「『死ぬよりも恐ろしい、言い表しようのない苦痛』――それ以上のことは、その瞬間の体験がどういうものであったかは、彼女の口からは、とうとう聞くことができませんでした。それは、多分、言語を絶した、表現不可能な体験だったのでしょう。

ともかくも、それから数年の間、アリスは〈凪《なぎ》〉のような穏やかな時期を過ごします。しかし、それも永くは続きませんでした。十五歳になったとき、彼女は高校で級友たちからひどい侮辱を受けます。それは、彼女の両親に関する差別的な中傷だったそうです」

「両親に関する……中傷……?」三月生れの作家と帽子を被った植物学者が聖歌隊のように唱和して訊き返した。

眠そうな精神科医は訝《いぶか》しげにふたりのほうを見返したが、再び話を続けた。

「ええ、両親に関する、ある誹謗《ひぼう》中傷です。しかし、それについても、結局、詳しいことは聞けませんでした。ただ、そのことはアリスの心をひどく傷つけて、彼女はますます内向的で無口な少女になっていったようです。そして、ついに、恐ろしい嵐が彼女を襲うことになります。その年の夏、自宅で催されたホーム・パーティーの最中に、それはやってきました――」

他の二人は黙って先を促した。

「アリスはパーティーの雑踏の中で、『どうしてよいのか判らない、途方もない恐怖感』に襲われます。『もし、私が自分の心を、意識を、一点に集中することができなくなったら、どうしよう』という不安が、頭の中を閃光《せんこう》のように走り、その瞬間、まるで暗示にでもかかったように不安の罠《わな》に陥ってしまったのです。彼女の心は中心を失ってばらばらになってしまい、彼女には『自分とはどんなものなのか』が解らなくなってしまった。彼女は『自分というものがなくなってしまった』ように感じ、それと同時に、見るもの聞くもの触れるもののすべてが現実性を失い、『ものがある』といった感じがなくなったといいます。何をしても何を喋っても、自分がそれをしているのだという感じを持つことができなかったといいます」

「まさに、われわれが今体験している『感じ』ですな」と帽子を被った植物学者が言い、三月生れの作家が頷いた。

「それからアリスは自室に閉じ籠って、家族と接することもせず、『死にたい』ということばかり口走るようになり、ある精神科で外来治療を受けることになったのですが、その当時普通に行なわれていた電気ショック療法や薬物療法も効果を示さなかったそうです。そして、十六歳になった誕生日の当日、アリスは睡眠薬を大量に飲んで自殺を図ります……」

「アリスは……死んだのですか」三月生れの作家が尋ねた。

「いいえ。アリスは幸い一命を取り止めて、私の勤務する病院に収容されました。入院時のアリスは、不健康に肥満した顔色のひどく悪い娘でした。しかし、その瞳には何か知的な輝きが宿っていたように思います。検査の結果、彼女には、内科的、神経科的には、まったく何の異常もみられず、外面的な精神状態に関しても、その独特な絶望的で陰鬱《いんうつ》な表情を除けば、特に統合失調症的な特徴も示さなかった。そして、さっき言ったお気に入りの観葉植物を抱えているときは、いくぶん気持ちが安定するらしく、こちらの質問にも、言葉少なですが、答えてくれたんです。アリスは自分の置かれている状態を言葉に換えることに非常な困難を感じているようでしたが、私は彼女の訴えを次のように解釈しました――」

　そこで、眠そうな精神科医は、突然、少女のようにか細い、掠《かす》れぎみの声音《こわね》になって、喋り始めた。

「……自分というものがまるで感じられないの。自分というものがなくなってしまった。何をしても、自分がしているという感じがしない。感情というものもなくなってしまった。嬉しくも悲しくもない。私が苦しいと言っているのは、苦しいという感情ではなくて、苦しみそのもののことです。私が苦しいという感じを持っているのではなくて、苦しいというイメージがあるだけ。私の身体も自分のものでないみたい。誰か他人のものを借りているみたい。物や景色を見ているときも、妙な具合だわ。自分がそれを見ているのではなくて、物や景色のほうが私の目の中へ飛び込んできて、私を呑み込んでしまう。いつも、周囲の世界が私の中に侵入してきて、自分の内と外の境目すら判らなくなってしまう……。音楽を聞いても、絵画を見ても、いろいろの音や色や形が、目の中に入り込んでくるだけ。いいとか、美しいとか、感じることはない。何の内容もないし、何の意味も感じない。時間の流れもひどくおかしい。時間がばらばらで、繋《つな》がりがない。規則もなく、無数の今が、今、今、今、と出てきては消えてしまうだけ。今の自分と前の自分の間に何の繋がりもない。ずっと前にあった本当の自分が、どんどん遠くへ行って、消えてしまうよう。

空間の見え方も、とてもおかしい。奥行きも、高さも、幅もない、平板な世界。アイロンを見ても重そうに見えないし、紙切れを見ても軽そうだと思えない。何を見ても、それがちゃんとあるということが判らない。ある、という感じがちっともしないんです……」

眠そうな精神科医は話し終わると同時に、その場の張り詰めた空気にそぐわぬ欠伸《あくび》をして、その後は沈黙の帳《とばり》が下りた。

しばらくして、あたりを見回しながら、帽子を被った植物学者が口を開いた。

「なるほど、なるほど。そのアリスとやらの症状と、わしらが体験していることはよく似通っている。ここが、どこかの部屋であることは判っているのに、ちっとも壁や天井や床の質感がない。バッキンガム宮殿のように広いのか、ローマの地下納骨堂の一室のように狭いのか、まるで見当がつかん。あんたがたの姿も見えているのに、そこに確かに存在するという感じがしない。こうして喋ったり、お茶を飲んだりしていても、自分がそれをしているという感じがしない。過去の自分と今の自分との間に繋がりがない。感情もないようだ。笑うこともできるし、不安を抱くこともできるが、それは、そうしたものが石ころのように心のどこかに転がっているだけで、ちっとも瑞々《みずみず》しい感情として自覚できない。自分が自分でなくなってしまった。自分というものがなくなってしまったと……」

眠そうな精神科医が思い出したように言った。

「私が覚えている、アリスとの最後の対面で、彼女は妙なことを言いました」

「妙なこと？」三月生れの作家が訊いた。

「ええ。アリスは私に向かって、唐突に『先生、私を殺した犯人が判る？』と訊くのです。私が判らないと答えると、彼女は『私を殺した犯人は私よ』と言いました」

「私を殺した犯人は私……」三月生れの作家は相手の言葉を繰り返し呟いた。「それで、その後は、どうなったのです？」

「それきり、私の記憶は、私の意識は、途切れています。アリスと診療室で対面していて、その言葉を聞いたのが最後。次に気がついたときには、ここにいた、というわけ……」

今度は帽子を被った植物学者が口を挟んだ。

「専門家としての、あなたの意見はどうなのかな？　なぜ、アリスはそんな恐ろしい状態に陥ったのですか？　なぜ、アリスは、自分自身の存在とか、世界の存在とか、時間、空間の成立というような、――なんと言うか……人間の実存に関わることを、すべて打ち消してしまうようなことになったのですか？」

「第一に生命機能的な可能性を検討する必要があるかもしれません。ある種の薬物――例えば睡眠麻酔などに用いるアミタールという薬物で重症の離人症でも一過的に症状を消すことができる場合があります。その事実からみても、そこに何らかの生命機能的な過程《プロセス》があることが想定されます。しかし、今のところは、確たる生物学的な究明はなされていないのが実情なのです。

そこで、われわれが注目しなければならないのは、患者の生活史的な必然性です。この点については、患者にとって現実が耐え難いものであるために、現実や世界に対峙する意志を根本的に中止してしまったのだという解釈がなされるでしょう。――つまり、よく言われる、自我防衛機制ということですね」

「自我の防衛というより、自我の自殺といった感がありますな……。彼女にとって耐え難い現実とは、何だったのでしょうね？」

「それは……生来内向的で精神的に脆弱だったアリスが、自力主義を無理じいされた不自然な生活の状態が続いたところへ……学校での屈辱的な体験が――」

そう言いかけて、突然、眠そうな精神科医は黙り込んでしまった。眠ってしまったわけではなかった。黙って何ごとかを考え込んでいるのだ。

「どうしたんだね？　何か引っ掛かることでもあるのかね？」

帽子を被った植物学者の問いに、ようやく彼女は口を開いた。

「さっきあなたは、このお茶会には、招かれるべき主人公が不在だというようなことを言いましたね？」

帽子を被った植物学者は頷いた。

「その、不在の客とは、アリスのことではありませんか？」

帽子を被った植物学者は首を傾《かし》げて、

「それが、あんたの言う〈アリス〉かどうかは知らんが、ともかく、そこの空席に誰かがいるべきだという気が、さっきからしている。なぜか、と訊かれても答えられんのだがな。なあ、あんたがたにもそうした思いがないかね？」

「それは……私にも……あります」眠そうな精神科医は警戒するように、ゆっくりと喋った。

「私はいま、そこに座るべきなのは、私の患者のアリスなのでは、と思ったのです」

帽子を被った植物学者は黙って先を促した。

眠そうな精神科医は、急に切迫した調子に転じて言った。

「私、いま、気づいたんです。──とっても恐ろしいことに。アリス一人ならまだしも、われわれ三人が揃いも揃って離人症に罹《かか》って、さらにご丁寧なことに一堂に会してお茶会を楽しむなんてことは、絶対あり得ませんわ。こんな狂気じみた事態……でも、私には判ったんです、この奇妙な状況の真相が。……これは、私の診断のミスだったのです」

「診断のミス？」三月生れの作家が訊き返した。

「そう。アリスの症状が離人症のあらゆる特徴が完備した典型的なものだったために、つい安直に、それに飛びついてしまったのです。でも、それは性急すぎました。アリスの症状は離人症の単一疾患ととらえるべきではなかったのです。離人症は、種々の精神障害や神経症の〈部分症状〉としても出現し得るものだったのです」

「それじゃあ、アリスは、何か別の病気だったとでもいうのかね？」帽子を被った植物学者が訊いた。

即座に頷く眠そうな精神科医。

「自分が自分でなくなるという症状を、患者の生活史における過酷な現実からの防衛機制による転換反応、あるいは解離反応の一種としてとらえ直した場合、ある一つの可能性が生ずることになるのです。つまり、離人症は、その可能性——疾患の新たな段階へ至る前駆的症状にすぎなかった、と。私が診断したときは、アリスはまだ過程にあって、疾患の最終段階を私たちの前に露呈していなかったのです……」

そこで、眠そうな精神科医は空席のほうを顎《あご》で示した。

「その場所に座るべきなのは、アリスです。いや、正確に言うと、不在の客はア、リ、ス、の、人、格、なのです。アリスは、自分が置かれた過酷な現実から逃れるために、まず、自分が自分でなくなるという症状を発症しました。自分の人格をいったん、心の奥へしまい込んでしまったのです。そうした後に、彼女は自己の内部に新たな別の人格を生じさせました……」

「まさか、それが——」と言いかけて、帽子を被った植物学者は絶句した。

「この奇妙で狂気じみた状況は、そうとしか、解釈のしようがないじゃありませんか！」眠そうな精神科医は語気を強めた。「――それで、私たちの、自分が自分でないような感覚、この現実感の欠如した時空感覚の説明がつくじゃありませんか。私たちが、私たちでないような感覚にとらわれているのは当然です。私たちは、実は、私たちではないのですからね。アリスは、疾患の最終段階として――」

眠そうな精神科医は少し間を置いてから言った。

「――多重人格症を発症した。私たちは、それぞれ、アリスが捏造《ねつぞう》した別人格――心像にすぎない。だから、現実感を持てず、パン屑《くず》のような意識や記憶しか持てないのです。だから、この忌《い》ま忌《い》ましい場所から、出て行くことすらできないのです！」

眠そうな精神科医は帽子を被った植物学者のほうを見て言った。

「さっき、アリスの病因には両親への中傷が絡んでいると私が言ったとき、あなたは妙な反応をしましたね。あなたは、ひょっとしてアリスの父親ではありませんか？　いや、正確に言うと、あなたは、アリスが自己の内部に取り込んだ父親の人格像なのですよ。彼女に無理な自力主義を押しつけて抑圧した張本人……」

帽子を被った植物学者が答える前に、今度は三月生れの作家のほうを向いて、

「あなたも、アリスの両親の話に興味を持ったようでしたね。あなたは、アリスの母親なんじゃありませんか？」

「母親！」三月生れの作家は目を剝《む》いて叫んだ。「僕は男だぜ！」それから戸惑った様子で

呟く。「──と、思うんだが……」

「だから、あなたは、アリスの母親そのものではなくて、アリスの心に映った母親像なのです。アリスは、たぶん、母親に母性を見出だしていなかったのでしょう。だから、あなたはいま、この彼女の心の密室の中で、男性として現れているんです。──どうです、ちゃんと説明がつくじゃありませんか」

「そ、そうかな……じゃあ、そう言うあんたは、どういう役柄なんだ?」

「私は……」少し言い淀んで、「私は、たぶん、彼女の理想像として、立ち現れているんだと思います。彼女は将来、大学で心理学や精神医学を学びたいという希望を抱いていたといいます。精神に問題を抱えた者が、いわば救世《メシア》する側に回りたがる傾向というのは、実はよくあることなんです……そう、私はきっと、その果たし得なかったアリスの希望の具現化された像なのだわ。醜いアリスが夢に描いた、美しく有能な理想の女性像……」

「いくら、美しく有能でも、実体がないんじゃあ、せんなかろう」と帽子を被った植物学者が苦笑しながら言った。「──しかし、仮にわれわれがアリスの多重人格の一部だったとしても、別人格というのは、入れ代わり出てくるもので、こうして互いに討論するなどということが、あるものだろうかな?」

「そういう例は報告されています」眠そうな精神科医はすまし顔で答えた。

「その別人格が、あんたみたいに美しく有能だったとしても──」今度は三月生まれの作家が尋ねた。「こんなふうに、自らの状況を自己分析するものなのかな?」

「そうね……」眠そうな精神科医は、首を傾げて考え込んだが、すぐに目を輝かして、「……たぶん、アリスはいま、担当医によって催眠状態にされているんだわ。これは、催眠治療なのよ。私の分析は外部からの担当医――もちろん、本物の私よね――の声が彼女の心の中で谺《こだま》しているということになるのだわ。ああ、それなら、希望が持てそう。アリスが催眠状態から覚めれば……」

「ワン、トゥー、スリーで、われわれは消えるわけだ」

三月生れの作家が続けて言った言葉に驚いて、眠そうな精神科医は言葉を失った。

やり切れない静寂がその場を支配したが、しばらくして、帽子を被った植物学者が取り繕うようにいった。

「……なんとも、途方もない話だ。わしに、離人症に罹《かか》った娘などおらんはずだが、あんたの言うように、わしらの記憶や意識がパン屑のようになっている今は、そのことを確信を持って断言できるわけではない。わしがどう抗弁しても、不在のアリスが陰で操って言わせているのだと言われれば、それまでだしな。

――しかし、ここらで自分の体験を少し喋らせてもらえんか？　実は、わしにも、不在の客について心当たりがあるんだよ。それは、ある少女のことなのだが、やはりドラセナを大切な友として、『自分が自分でなくなる』というようなことを言っておった。風貌からすると、いま話を聞いた離人症の少女とは別人のようだがな。まあ、先例に従って、こちらも〈アリス〉と呼んでおこうか。とにかく、新しいお茶でも飲みながら、わしの話を聞いてみてくれんか……」

＃2　意識の根《ルーツ》

帽子を被った植物学者はカップの紅茶を飲み干すと語り始めた。

「わしは、これから自分の専門の植物の研究について話し始めるが、それは決して唐突なことではない。そこには、ちゃんと、今わしらが直面している、〈自分〉とは何かとか、〈意識〉とは何かというような問題が絡んでくるのだからな。

——あれは確か、ある初夏の昼下がりのことだったと思う。

わしは、友人の事務所で雑談を交わしていた。彼は警察を退職した元捜査官で、現在は警察学校のポリグラフ検査官養成講座の教官をしている男だった。そのとき、わしらは、少し前に起きたある殺人事件について話し合っていた。友人によると、それは手掛かりのまったくない、難事件だった。

その事件の被害者は——中年の作家だったが——内側からきっちり錠が下ろされた部屋の中で遺体が発見されていた。そうした状況だから自殺だったかというと、そうではなくて、被害者は背中にナイフを突き立てられて死んでいたので、これは明らかに他殺ということだった。しかし、部屋の中に置いてあった鉢植えの観葉植物が無残に切り刻まれていたこと以外に、これと言って、殺人者の痕跡を示すものはなかった。目撃者もなし。手掛かりもなし。警察はお手上げの状態だった。友人は肩をすくめて、こう言ったものだ。

『切り刻まれたポトスの鉢植えだけが見ていたんだ。唯一の目撃者が口のきけない葉っぱなんだからな。いよいよとなったら、葉っぱを容疑者に仕立てて、嘘発見器にでもかけてやるかな……』

この何気ない冗談がすべての始まりだった。わしらは、ぼんやりとお互いの顔を見合っていたが、ほとんど同時に『やってみるのも悪くないぞ』と言い合うことになったのだ。

そうして実験が始まった。わしらの記念すべき被験者第一号は、警察学校の校長の応接間にあったドラセナ＝マッサンゲアナの鉢植えだった。ドラセナは、ご存じだと思うが、ヤシの木に似た熱帯アフリカ原産の観葉植物で、先端が外へ反《そ》り返った十センチ幅の葉が伸び、高さは大きいもので二メートルぐらいになるだろうか。同じドラセナでも、ドラセナ・ドラコ（竜血樹）と呼ばれている種のものは、高さが二十メートルにもなる威容を誇って、樹脂に竜の血を生ずるというような恐ろしげな民間伝承でも知られておるが、わしらが眼を付けたほうのドラセナは〈幸福の木〉として一般に親しまれておるものだった。

そのドラセナを実験台にすることを決めた後、わしらは警察学校の生徒――友人の教え子を三人ばかり招集した。そして、一人一人別々に応接間に入室させ、その中の一人だけに、剃刀《かみそり》でドラセナの葉を傷つけるように命じたのだ。

そうしておいて、わしらは、今度はその鉢植えをポリグラフのある部屋へ運んだ。――ポリグラフについても簡単に説明しておこうか？

ポリグラフ――いわゆる嘘発見器は、弱電流が流れている導線を人間に取り付け、心的なイメージとか感情の動揺によって変動する人体の電位を測定して、検流計《ガルバノ・メーター》が針を振らせたり、グラフ紙に図形が描かれたりして記録するというものだ。ベテラン検査官なら、グラフに示されたパターンを見ただけで、被験者の感情の軌跡を、かなりの精度で読み取ることができるようになるらしい。

その嘘発見器を使ってわれわれがやろうとしていた実験とは、こういうものだった——ポリグラフの電極をドラセナの葉に取り付けた状態で、教え子三人を一人一人ドラセナの前に立たせて首実検をする。自分を傷つけた犯人を前にしたとき、もの言わぬ観葉植物は、果して何らかの反応を示すのか否か？　どうだね、なかなか愉快な思い付きだろう？

教え子A君がまず、ドラセナの前に立った。しかし、検流計《ガルバノ・メーター》の針は、ぴくりとも動かない。つぎに教え子B君が立った。このとき、それまで冗談半分で緩《ゆる》んでいたわしらの顔が驚きのために強張った。検流計《ガルバノ・メーター》の針が急激にジャンプし、グラフ上の記録パターンに劇的な変化が現れたのだ。にわかには信じ難いことだったが、ポリグラフは明らかに、もの言わぬ観葉植物が〈動揺〉していることを示しているようだった。そこで、B君に尋ねると、確かに自分が葉を傷つけた犯人だと言う。わしらは驚き、興奮した。そして、その興奮はすぐに歓喜に変わった。わしらは、ひょっとして、科学がまだ手を触れていない、とてつもない鉱脈を掘り当てたのかもしれないと思ったのだ。

しかし、C君をドラセナの前に立たせたとき、わしらの喜びは、いくぶん萎《しぼ》んでしまうことになる。C君のときもB君同様針が振れたのだ。もちろん、C君は無実を主張した。わしらは失望しながらも、未練がましく、C君に対してあれこれと事情聴取をした。そして、再び、希望の光を見出だすことになる。C君は確かにドラセナに手を掛けてはいなかった。しかし、実験の始まる一時間ほど前に、昼食用のサラダを作るために、さかんに玉葱《たまねぎ》を切り刻んでいたと言うではないか。つまり、そのとき、ドラセナにとってみれば、仲間である玉葱を殺害したC君の手は『血に染まっていた』ということになる……。

それから数ヵ月の間、わしらは同様の実験を幾度も幾度も重ねた。わしらは幾つもの植物の葉を切り刻み、熱湯に浸し、煙草の火で焼き、考え得るあらゆる拷問にかけ、彼らが、動揺し、警戒し、怯《おび》えるということを知った。いやいや、わしらは抵抗できない連中をいじめてばかりいたわけでもない。わしらは彼らを喜ばせることができるということも知ったのだ。

――〈グリーン・フィンガー〉という呼び名を聞いたことがあるだろう。その人の手にかかると、植物の生育などが一段と良くなる、〈緑の指《グリーン・フィンガー》〉の持ち主――つまり園芸上手な人たちのことだ。彼らは、植物に触れ、語りかけ、植物の警戒心を解き、リラックスさせることができる。こうした〈グリーン・フィンガー〉と呼ばれる人たちを植物の前に立たせたとき、彼らを傷つけた者に対して見せたのとは違ったパターンの反応を検流計《ガルバノ・メーター》が示すことに、わしらは気づいたんだ。何度も実験を繰り返すうちに、わしらはグラフ紙に描かれたパターンが、どういう感情を示すものか読み取れるようになっていた。植物たちは、明らかに〈グリーン・フィンガー〉と呼ばれる人たちを受け入れ、愛してさえいるようだった。

こうして研究を重ねた末、わしは遂に確信するに至った。

——植物にも人間のように〈意識〉があるのだ、ということをね」

「私の話は途方もないと——」眠そうな精神科医が口を挟んだ。「——さっき、あなたの口から言われたばかりですが、あなたのお話も、にわかには信じ難い内容ですね」

三月生れの作家も口を挟んだ。

「それより、その葉っぱが切り刻まれていた密室殺人のほうが僕は気になるな。その一件はどうなったんです？」

思わぬ方向からの横槍に話が頓挫《とんざ》して、いささか鼻白む帽子を被った植物学者。

「——そ、その事件については、もちろん、友人の肝煎《きもい》りで、現場の観葉植物がポリグラフにかけられ、一定の成果は上げられた。……だが、結局、裁判では採用されなかったがな……まあ、それはまた別の話だ」

それから、眠そうな精神科医のほうを一瞥して、

「あんたは、わしの話を信じ難いと言う。それじゃあ訊くが、そもそも〈意識〉とは、何なのだろうな？　教えてくれないか？　それとも、わしが代わりに言おうか？　医者であるあんたは、生理学の分厚い本を振り回して、きっとこう言うだろうな——

意識とは、脳幹の網様体および視床非特殊投射系を経た非特殊な感覚性インパルスによって覚醒された大脳皮質の状態——とな」

「単に、居眠りしないこと——と言ってしまってはいけないのかしら？」

「ふん、皮肉を言うでない。——ともかく、こうした、人間中心の唯脳主義的な見方を、わ

しは避けたいと思うのだ。そうした見方は〈意識〉というものを知る上で、袋小路に入るだけのように思える。そうした〈意識〉観が、〈自分〉や〈私〉を持ち得るのは巨大で高級な大脳皮質を備えた人類のみだという思い上がりを生んでおるんだ。わしが言いたいのは、もっと謙虚に、もっと幅広く、生命界全体の驚異に目を向けてみなさい、ということなんだ。人はよくこう言うな——『私たち人間では、脳は意識と結び付けられている。だから、脳を持っている生物だけに意識があるのであって、他の生物には意識はないとせねばならぬ』と。

この論証の欠陥に気づかんかね？　と言うのは、もし、これと同じやり方で推論するなら、次のようにも言えるはずだからな。

——『私たち人間では、消化作用は胃と結び付けられている。だから、胃を持っている生物だけが消化作用を営み、他の生物は消化作用を営まない』

これは大変な間違いだろう。なぜなら、消化作用を営むためには、胃はおろか、器官を持つことさえ必要ないのだからな。例えばアメーバのことを考えてみたまえ。アメーバは、人間から見ればごく下等な、ほとんど分化していない原形質のかたまりに過ぎんが、ちゃんと消化作用を営むではないか」

「脳はものを考えるところに非ず、と断じていた素敵な小説があったが——」三月生まれの作家が独り言のように呟いた。「胃袋はものを食うところに非ず、ということにでもなるのかな……」

慌てて否定する帽子を被った植物学者。

「いや、わしとて、意識が人間にあっては脳に結び付けられているということに異論はない。そのことから、脳は意識に絶対欠くことのできないものであるという結論に直行してしまっていることに異論を唱えたいのだ。

生物の最高段階で意識が複雑な神経中枢に定着しているなら、生物の階梯《かいてい》をずっと降りていっても、やはり意識は神経系に伴うものだろう。だが、神経を作る物質がまだ分化していずに、生命を持つ物質全体の中に溶け込んでいる——そういう生命の場合はどうだろう？ 意識もまた散らばって混沌としたものとなって、ほとんど消失したように見えるであろうが、しかし、全然なくなってしまったわけではなかろう？ だから、厳密には、すべての生命を持っているものは、すべて意識を持つことができると言えると思うのだよ。

アメーバのことを思い出してみてくれ。アメーバは食物になる物質に遭遇すると、その外部の物質を摑《つか》み、包み込むことができるように、自分のほうから突起を伸ばす。これは、初歩的な〈選択〉ではないか。意識の機能が過去をとどめ未来を予測するものであるなら、意識の任務は生きるための〈選択〉をすることにある。それゆえ、事実上〈選択〉をしているアメーバは、立派に意識を持っていると言い得るのだよ」

「ちょっと待ってください——」眠そうな精神科医が制した。「意識の機能が過去をとどめるというのは、それは、〈記憶〉ということをおっしゃっているのですか？ それじゃあ、植物も記憶を持つのだと——？」

「ああ、植物も記憶を持つ。センダングサの一対の子葉の一方だけを傷つけて取り除けた後に、その生育を観察していると面白いことが判る。再び発芽したセンダングサは、過去の忌まわしい思い出を〈記憶〉しているらしく、傷を受けた方角を避けるかのように、非対称的に生長していくんだよ」

「解りましたわ」眠そうな精神科医が肩をすくめた。「植物は意識を持っていると――それで、そのことが、私たちが置かれている状況とどういう関係があるというのですか？」

「うむ、順番に話そうじゃないか。――そうして、植物には〈意識〉がある、植物は〈自分〉や〈私〉を持つのだということを確信したわしは、最初の発見から半年ほど経った頃、研究の次の段階へ入っていくことになった。

その頃までに、わしは、植物が、近くにいる自分とは別の生物が死んだり傷つけられたときにも、まるで脅かされたようにポリグラフに反応することを発見していた。このことから、わしは、ひとつの仮説を立てていた。

――脳や神経系を持たない植物の意識は、言わば、細胞レヴェル、分子レヴェルの意識であって、いっぽう、その意識は一つの個体の内部にとどまるものではなく、普遍的にあらゆる生物全体を覆っているのではないか。すべての生き物を取り巻いている〈一大生命力〉とか〈宇宙エネルギー〉というようなものがあって、それを植物、動物、人間で分配しているのではないか。逆に言うと、異種間に共通する意識が存在するとしたら、それは、脳をもたない生物でも共有し得るような細胞レヴェルの意識でなければならないということだ。

わしはこの普遍的な意識を〈根源的意識《プライマリー・アウエアネス》〉と命名することにした。この〈根源的意識〉が存在するから、植物は自分と距離のはなれた他の生物の死をわがことのように意識するのだし、また、さっき言った〈グリーン・フィンガー〉と呼ばれる人たちと植物の親和的な交感についても、それで説明がつくように思った。

人間と植物が一つの意識を共有する――このことに強く興味を惹かれたわしは、〈グリーン・フィンガー〉と呼ばれる人たちを被験者としてよく用いるようになっていった。そんな頃に出会ったのがアリスという一人の少女だった」

「アリス……？」と眠そうな精神科医が訊き返した。

「もちろん、本名は違うし、あんたの言う離人症のアリスとは……たぶん別人なのだろうが、やはりドラセナを愛しておる娘だったし、ここでは便宜的にアリスと呼んでおくことにさせてくれんか。

わしの知っとるアリスは、トウモロコシの穂のような艶《つや》やかな赤毛にオリーブ色の肌をした、自然児という形容がぴったりの健康そうな少女だった。そして、極めつきの〈グリーン・フィンガー〉の持ち主でもあった。彼女の父親は小説家で、母親は医者だということだったが、アリスが小説家のように植物に語りかけると、その植物は偉大な真理に啓発された青年さながらに通常の二倍以上のスピードで生長したし、また、あるときなどは、枯れかかっていた植物の葉に彼女が医者のような態度で触れたら、それが見る間に生き生きと蘇ったということもあった。

植物たちにアリスが近づくと、ポリグラフはいつでも〈好感〉の波形をグラフ紙に描いた。そして、なかでも、彼女が自室で育てている矮小種《わいしょう》のドラセナとの仲の親密ぶりは異常なほどで、アリスはその鉢植えをまるでペットか何かのように持ち歩き、しきりに話しかけたりしておった。その様子を見た母親が、娘が何か心の病に罹《かか》っているのではないかと心配したが、そのことを除けばアリスはいたってまともな少女だった。いや、それどころか彼女は同年齢の娘たちを遥かに超える知性の持ち主だったのだ。

あるときわしは、どうして〈グリーン・フィンガー〉の能力を持つようになったのかと少女に訊いてみた。彼女の答えはこうだった――」

そこで突然、帽子を被った植物学者のしわがれた老人声が、まったく違った、甲高くて張りのある少女の声に変わった。

「……幼いときに森の中を散歩していたら、突然周りの風景が目の中に飛び込んできたの。森じゅうの木の幹や枝や葉や根が、つぎつぎに押し寄せてきた。私が見たのではなくて、それらのものが私の中へ飛び込んできたのよ。そして、そのいっぽうで、自分がどんどんなくなっていく気がした。自分が自分でなくなり、周りの現実感も薄れていった。――それは、死ぬよりも恐ろしい体験だったけれど、同時にそれは、いままで味わったことのない悦《よろこ》びでもあったわ」

帽子を被った植物学者は三月生れの作家のほうを見ると、元の声に戻って言った。

「昔から、森の中の散策が芸術家に啓示をもたらすことがある、と言われておるな」

三月生れの作家は頷いた。

「植物哲学者と言ってもいいようなゲーテをはじめ、多くの偉大な詩人や音楽家が、森での散策中に霊感を受けたようですね」

「アリスは、その森の中での体験によって、自然と合一し、世界の意味を知ったのだ――と言った。離人症のアリスも同じような体験をしているようだが、こちらのアリスは、その体験を偉大な芸術家のように昇華させてしまったものとみえるな。アリスはそのとき、自分が自分でなくなることによって、人間のいわゆる〈意識〉を捨てることによって、広く生物界が共有する〈根源的意識〉に目覚めることになったんだよ。

実験の過程で、アリスとわしは、さまざまなことを語り合った。あるとき彼女はわしに向かって、こんなことを言ってきた――」

そこで再び老人の声と少女の声を一人芝居のように交互に使い分ける帽子を被った植物学者。

「『先生は〈意識の根《ルーツ》〉を知ってる？』

『〈意識の根《ルーツ》〉？　何のことだね？　意識の起源ということかね？』

『そう。〈意識の根《ルーツ》〉は、植物にあるのよ』

それはアリスに植物の〈根源的意識〉仮説を語る前のことだったので、少々驚いたが、わしはとぼけることにした。

『植物に意識？　まさかね。おおかたの連中は、意識は人間の脳にだけ存在するものと言っておるが……』

『だから、その人間の脳味噌の中に証拠があるって言うの』

『ほう、証拠とね？』

『うん。人間の脳には神経——ニューロンって言うんだっけ？　——が一杯詰まっているんでしょ。そして、そのニューロンの働きで人間は意識を持てるわけでしょう？　じゃあ、そのニューロンはどんな形をしている？　私、ニューロンの写真を図書館の本で見たんだけど、あれって、根があって、いくつも枝が伸びていて、まるで植物そのものじゃない。私、そのとき悟ったの。——〈意識の根《ルーツ》〉は植物にありってね』

　普通なら、子供らしい他愛のない連想と一笑にふされたのだろうが、植物の意識についてすでに充分な認識を持っていたわしにとっては、ひどく驚かされる話であり、同時に、しごく合点がいく話でもあった。そこでわしは、初めて、自分の組み立てた〈根源的意識〉説をアリスに語って聞かせた。

　すると、アリスはこんなことを言った——

『人間は頭でっかちになりすぎてる。人間は大き過ぎる脳の創り出した過剰な意識に振り回されているのよ。人間みたいなたいそうな意識がなくたって、生物は生きて行けるじゃない。いや、人間は過剰な意識を持ったお陰で、戦争や破壊や心の悩みや、もろもろの不幸を背負ってしまったんだわ。木や草が、殺し合いをしたり、悩んで自殺をしたりするかしら？　木や草が人間を殺そうとするかしら？　人間どもの〈私〉が〈自分〉がという意識が諸悪の根源なのだわ。木や草にも意識――〈私〉はあるけれど、それは他の生物と共有している広く自然界全体を覆う〈私〉なのよ。先生の言う〈根源的意識〉ってそういうことなんでしょ？その〈根源的意識〉さえあれば、生物は充分生きていけるのに、人間の過剰な意識はそれを抑え込んで傲慢《ごうまん》に振るまい、呆《あき》れたことに、自分たちが住む世界さえも破壊しようとしているんだわ……』

この話に感動したわしは、アリスに訊いた。

『人間が〈私〉を捨て、〈自分〉が〈自分〉でなくなり、〈根源的意識〉のレヴェルに還《かえ》るなら、人間は幸せになれると言うんだね？』

アリスは黙って頷いた。

『それには、どうしたらいいんだね？』

『私みたいに木や草と一体になればいいのよ』

わしは、思い切って申し出てみた。

『その方法を、教えてもらえないだろうか？』

アリスは太陽の光を受けた大輪のヒマワリのように、にっこり笑って言った。

『何も教えることはないわ。大丈夫。先生の意識の扉は外に向かって開かれているわ。いますぐにでも、この中に入っていけるわ……』

そう言って、アリスは抱えていたドラセナの鉢植えをわしの目の前に差し出したのだった。

わしは、少しためらった後、ドラセナの葉に触れてみた。

『リラックスして』と、アリスがわしの耳元で囁《ささや》いた。『自分自身で考えるのよ、どうやったら植物の内部に入り込めるかってね。そして、意識から人間の皮を一枚一枚剝《は》がしていき、自分というものを消して、植物と一体になるのよ』

わしは、アリスの言う通り、まず、どうしたら植物の中に入ることができるかと、そのことに精神を集中して考えた。わしは根のところにある戸口から入って、主茎のメインストリートへ出るのだと想像し、ひたすらそのことを思った。そしてドラセナの葉の緑を見詰め続けた。

すると、どうだ、不意にその緑の色がにじみ出し、次第に周囲を覆い始め、物の輪郭もあやふやになり、色も形もごちゃ混ぜになったかたまりが、つぎつぎにわしの目に押し寄せてくるじゃないか。

わしは、混沌の世界に呑み込まれ、現実感を失い始めた。一瞬、後戻りしようかと思ったが、遅かった。そんな考えも、考えるそばから混沌の中にバラバラに散ってしまったのだ。

そして、次の瞬間には――

――わしはドラセナの主茎の中にいた。

わしは、あまりの簡単さに驚いた。アリスはわしの意識の扉は外に向かって開かれているから大丈夫だと言ったが、こんなにすんなり、それができようとは。それは、ある日突然、自転車に乗れるようになったようなものだった。パチンとスイッチを入れたら、電灯がついたようなものだった。

茎の内部では、移動中の細胞や根から吸い上げられて上方へと旅する水が見えた。そこでわしは、その上昇する流れと一緒に移動することにした。

流れに身を任せてしばらく昇って行くと、急に広い所に出たような感じがした。そこには強烈な光と熱が満ちていた。しかし、そこには精神の目に映じるような形あるものは何もなかった。それがどういうものか言い表すことはできないが、直観的に、生命と死そのものではないかと思えるかたまり——何かわけのわからんものが複雑に混ざり合った混沌が、わしを包囲し、じりじりと押し寄せてくるような気がした。わしは、自分の身体が何か広々とした世界に次第に溶け込んで行くのを感じた。それは、苦痛とも法悦ともつかぬ感覚を伴う体験だった……」

そう言ったところで、帽子を被った植物学者は黙り込んでしまった。

「——で、どうなったんです？」三月生れの作家が先を促した。

「わしの記憶はそこまでだ」帽子を被った植物学者は、こともなげに言った。「次に気がついたら、ここに座っておった」

「ここにって……あなたはドラセナの中に入り込んだと言ったばかりじゃありませんか」

「だから、ここはドラセナの内部なんだろう。いや、われわれはドラセナそのものになりつつあるのかもしれん」

「われわれ——って、あなただけではなくて、僕や女医の先生もドラセナになってしまっていると言うのですか？」

「うむ」帽子を被った植物学者は愉快そうに頷いた。「アリスは、大好きなドラセナをこれはと思う人物の前に差し出して、〈根源的意識〉との合一をなすように仕向けているんだ。アリスは、その姿を変え、いろいろなところに出没しとるらしい。時には離人症の不幸な少女として、時には〈グリーン・フィンガー〉の自然児として現れ、われわれが〈根源的意識〉に還る道案内役をしておるんだ。初めは二人の少女は別人だと思っていたが、今では、同一人物であるような気がしているんだ。——そう言えば、君にもアリスに出遇《であ》ったという心あたりがあるのじゃないかね？」

三月生れの作家は、はっとして呟いた。

「……そう言えば、僕も一人の不思議な少女を知っている」

「その少女は鉢植えのドラセナを抱えていなかったかね？」

三月生れの作家はゆっくり頷いた。

「ええ。確かに。だが、しかし——」

「それ、ご覧。みんなアリスに出遇っているんだ。わしは、さっきから、その空席に誰かがいるべきなような気が、ずっとしているんだが、その不在の客は、もちろん、〈グリーン・フィンガー〉のアリスだろう。彼女は、いま、わしらとは違う次元で、わしらを見下ろしておるんだ。そして、わしらが枯れてしまわないように、せっせと水をやってくれているんだ。だから、わしらはこうやって、味もない紅茶を、わけもわからず際限もなく飲み続けて——」

「そうかしら？」眠そうな精神科医が我慢し切れずに口を挟んだ。「確かに、私たちの現実感はおかしくなっているかもしれませんが、私たちが植物の中に入り込んでしまったというのは承服できません。現に、あなたの頭を覆っているのは、艶のない白髪で、瑞々《みずみず》しいドラセナの青葉ではないじゃありませんか。どうみても、あなたは、年老いたホモ・サピエンスの男性にしか見えませんよ」

「だから、あんたに、そう見えとるだけなんだ。わしらには、相手の姿は見えるが、その相手がそこに〈いる〉という確たる実感はないだろう。わしらがいま見ていると思い込んでいる像は、人間だったときの記憶の残滓《ざんし》、意識のパン屑、前世の夢のようなものなんだろう」

眠そうな精神科医は食い下がった。

「確かに私たちは自分が自分だという気がしていない。でも、そのいっぽうで、奇妙なことにまだ自分というものが完全に消え去ってはいずに、こうしてお互いの主張をぶつけあっている。あなたの言う、すべてが統合された〈根源的意識〉のユートピア的法悦境とは、だいぶ様子が違うじゃありませんか」

「それは——」帽子を被った植物学者は片眉を吊り上げて唇を尖《とが》らせた。「——わしらがまだ道程の途上にいるからだろう。わしらは、人間の過剰意識と〈根源的意識〉との狭間《ひ》を漂《ず》っているんだ。だから、いま言ったように、まだ、人間だったときの意識・記憶を引き摺っ て、こんなことをしているんだ……」

「でも——」

眠そうな精神科医が反駁《はんばく》しようとするのを、三月生れの作家が制して言った。

「この話も途方もないものだが、さっきの話同様、自分の意識に確信が持てないわれわれには、決定的な裁断を下すことができない。――そこで、公平を期するためと言うわけではないが、僕の話も聞いてくれませんか。いまの、アリスはいたるところに存在するという話で、僕も自分のアリスに出遇っていたことを思い出したんです。それは、なんともとりとめのない話のようですが、これまで皆さんが話してくれたこととも繋がっているような気がするし、それに、ひょっとしたら、僕らが体験しているこの奇妙な状況を説明できるきっかけになるかもしれない。ともかく、まあ、聞いてください――」

#3　〈私〉というパラドックス

「……僕は好きで作家になった男ですが、時にあなたがたのような職業が羨《うらや》ましくなる。あなたがたの職業は、一度資格や学位を取得しさえすれば、ほとんど確立したも同然でしょう？

即座に社会的に認知され、額縁に入った資格証を掲げたオフィスに座っていれば、周囲からの尊敬と安定した収入が得られる。ところが、作家はそうはいかない。作家になるための国家試験はないが、一冊本を書いてようやく作家の資格が得られたとしても、それで作家という〈職業〉が確立したわけではない。次の作品でも、一から出直しで、また作家としての資格を問われることになるんです。

あなたがたは、仕事をしていない間でも、オフィスの額縁に入った資格証があなたがたのアイデンティティ――存在を保証してくれるでしょう。だが、ものを書いていないときの作家は作家と言えるのだろうか？　書いても読まれていない作家は果たして作家と言えるのか？　――そんなアイデンティティに対する不安感が、この職業には常に付《つ》き纏《まと》うように思うのです。

あまりにも、自分を卑下していますか？　少々、被害妄想的ですか？　でも、作家としてデビューして以来、僕はずっとそうした、いわば自己の存在の不安定感のようなものに悩まされてきたのです。

僕は大学在学中の二十歳の時、処女作を発表しました。それは十代の頃から書き溜めた短編四編を酔狂な地方の小出版社が一冊に纏《まと》めてくれたものでしたが、若く未熟だった僕の期待に反して、その本は批評の対象ともならず、書店の店頭からもすぐに消え、結局、世間から注目を浴びることはありませんでした。しかし、それから十数年の間、そのたった二百ページの短編集が、僕の頼りない唯一の身分証明だったのです。

パーティーでよくこんなことがありました――珍しく誰かに紹介されたとします。その相手が僕に尋ねます。

『ご職業は、どういった……？』

『もの書き――作家です』

『ほう、……作家とは、それは凄い』

相手は紹介されたばかりで僕の名前を知っています。でも、でもその名前を〈作家の名前〉として認知しているはずがないので、必ずこう訊き返してきます。

『ペンネームでお書きになっているのですか？』

『いえ。本名で出版しています』

相手は少々戸惑いながらも、重ねて訊きます。

『ほう、それは気がつかなかったな。——で、題名は何というんですか？』

僕は僕の唯一の存在証明である短編集の題名を告げます。

『《ピンク・ベラドンナの嘔吐《おうと》》といいます』

『ピンク何？　……ベアトリーチェ……え？　嘔吐するんですか？』

相手は当然これも聞き覚えがない。いくぶん気まずい空気が漂い、堪《こら》え切《き》れなくなった相手は取り繕うようにこう言います。

『きょうは、いい人にあった。早速、その本、ワイフに買わせますよ。彼女のほうが読書好きなもんでね……』

そう言って僕との話を切り上げると、相手は遠ざかって行きます。僕は、その背中に向かって、『販元にもないものを買おうとしても無駄ですよ』と言いたい衝動に駆られますが、ぐっと言葉を呑み込みます。なぜなら、彼のワイフが僕の本を買い求めに行くことなど絶対にないということが、僕にはよく判っているからです。

自己憐憫《れんびん》が過ぎますか？　——きっと、あなたがたは、それはお前が、読まれるものをどんどん書かなかったからいけないのだ、と言うことでしょう。いや、僕だって、作家としての〈私〉を取り戻すべく、努力していたのです。十数年の間、様々なアルバイトで糊口《ここう》をしのぎながら、何とかいいものを書こうと苦闘したのです。しかし、ミューズ神は、なかなか僕に微笑《ほほえ》んではくれなかった……。

　ところで、僕には、書きたいテーマがあった。それは、つまり、〈私〉とは何か？――という重大な問題でした。例えば、僕の〈私〉とは、何を指すのでしょう？　僕の精神ですか？　僕の肉体ですか？　作家という職業ですか？　僕が積み上げてきた過去の記憶ですか？　それとも今この瞬間の意識ですか？　僕はそういった問題を小説として表現しようと苦闘を重ねていたのです。

　小説の技術的な面は決まっていました。ジョイスの『ユリシーズ』ばりの〈意識の流れ〉の手法を用い、ある男の意識の流れをずっと川のように切れ目なく追って行こうというものでした。外面描写の地《じ》の文から意識内面の描写へと移行する際の技巧的な独創性には自信がありました。しかし、肝心の『〈私〉とは何か？』というテーマに、未だ答えが出ていなかった。

　僕は、自分の真の〈私〉を探し出すべく、独り、自らの意識に向かい合いました。

　それは、想像を絶する孤独で苦しい体験でした。何度も、自分の中の本当の自分を摑みかけましたが、そのたびに、僕の中の〈私〉は僕の手から幽霊のように擦り抜けていってしまったのです。だが、僕はこの問題を考え抜く決心をしました。そうしなければ、とても小説を書き始められないと思ったからです。僕はアルバイトも辞め、自宅に籠もって毎日思索に耽《ふけ》りました。

　そうして半年あまりが過ぎ、乏しい貯金も使い果たし、困窮《こんきゅう》の極みに達した僕の生活は、決定的な日を迎えることになりました。その頃、僕はずっとキャット・フードで飢《う》えをしのいでいたのですが、ある日、とうとうそれも底をついてしまったのです。

　ひどく絶望した僕は、家を出て、森に向かいました。以前からよく構想を練るために散策をしていた、小川の流れる美しい森が近所にあったのです。

　町の外れに差し掛かったとき、物乞《ものご》いの男が通行人に拒絶されている場面に出会いました。物乞いはつれなくした相手に向かって、

『あんたの冷たい仕打ちを、神は上の方から見ているぞ』

と、恨み言を言いました。それを聞きつけた僕は、その言葉につられて上の方を見上げたものの、溜め息交じりに『誰も見ているもんか』と呟くばかりでした。

　森に着いた僕は、中央を流れる小川のほとりまで行き、そこの草地に横たわりました。美しい午後でした。川面《かわも》に映った陽光が、まるで金箔《きんぱく》を延ばしたように輝いていました。森を吹き渡る微風がすぐそばのブナの緑の葉を揺らせていました。そして、どこまでも広がる空の青。僕の暗澹《あんたん》たる内面世界とは対照的に外界は生気に満ちていました。僕はそうした風景をぼんやりと眺めながら、とりとめのないことを考えていました。

　——この世界とは自分の意識に映る像に過ぎないのだろうか？　意識がなくなれば世界も

なくなるのだろうか？　ああ、いっそのこと、この世界が目が覚めたらすべてなくなってしまう悪夢のようなものであってくれたら……。

するると不意に、目の前に大きな影が現れました。驚いて身を起こすと、それが、僕を覗き込んでいた少女の顔だということが判りました。華奢《きやしゃ》な身体をした、悪戯《いたずら》好きの妖精のような、なんとも不思議な雰囲気の少女でした。名前を訊き損なったので、ここでは僕も皆さんに倣《なら》って、仮にアリスと呼んでおきましょうか。

そのときアリスは、無邪気さと幾分かの意地悪さが同居した独特のまなざしで僕の方を見ていました。そして、彼女の腕にはなぜか、鉢植えのドラセナが抱えられていました。僕が何か言おうと口を開く前に、向こうの方から声をかけてきました――」

そこで、三月生れの作家は帽子を被った植物学者と同様に、少女らしい声音と自分の声を使い分けて、話を進めた。

「『おじさん、何してるの？』

僕はこんな子供に何を言っても仕方がないとは思いましたが、それが、ずっと孤独な内省の旅が続いた果てに久し振りに出遇った外からの問いかけだったせいか、つい答えてしまいました。

『幽霊を捕まえようとしてるんだよ』

『幽霊……？』

アリスは驚き、次に警戒するような表情になりました。幽霊というのは、もちろん、そのとき僕が抱えていた悩みのことですが、どうせ解るまいと、わざと韜晦《とうかい》ぎみに言ったのです。アリスは首を傾げて考えていましたが、少ししてこう言いました。

『今度は、ホラー小説でも書こうというの？』

僕は驚いて訊き返しました。

『君は僕が作家だということを知ってるのか？』

アリスはこくんと頷いて、

『うん、図書館で見た。薄い本。それにおじさんの若い頃の写真も載ってた』

僕は彼女がそれを実際に読んだかどうか、訊く気になれませんでした。仮に読んでいたとしても、内容を理解できるような年齢ではありませんでしたからね。アリスはそんな僕の想いなど知る様子もなく、自慢げに片方の眉を吊り上げながら言いました。

『あたし、図書館の子供の本は全部読んでしまって、いま、大人の本も読み始めてるの。毎日いろんなお話を読んで、いろんなことが判って、面白いよ。図書館の大人の本も全部読んだら、あたし、小説家になるんだ』

それを聞いて僕は、彼女に少しは心を開いてもよかろうという気になりました。

『でも、小説家っていうのも大変だぞ。第一、書けなくなったらどうするんだ？』

アリスはすまし顔で答えました。

『大丈夫。血筋がいいから。お母さん、有名な童話作家だから。それに、あたし、ウチで小説家になる練習もしてるんだ』

『……小説家になる練習？』

『うん。お父さんの仕事が園芸の関係で、こういうのが──』そこでアリスは持っていたドラセナの鉢植えを掲げて見せました。『──ウチにはいっぱいあるのよ。だから、あたしは、いつもこの子たちを相手に、お話をしてやってるの』

『鉢植えにお話をね』やっぱり他愛ない子供なのだと思いました。『それじゃあ、そのドラセナは君にとって、すごく意味のあるものなんだ』

アリスは意外にも、こちらをからかうような薄笑いを浮かべて答えました。

『意味なんてない』

『え？』

『このドラセナに意味なんてない、と言ってるの。これは、単なるマク、、ガフィ、、ンに過ぎないんだから』

『マクガフィン……？』僕は何のことか解らずに、鸚鵡返《おうむがえ》しに言うばかりでした。

『うん、映画のことが書いてある本に出てきた言葉──マクガフィンっていうのは、それ自体は意味はないけど、お話を進めるための、小道具というか、きっかけみたいなもの……』

そこでアリスはさもおかしそうにくすくす笑いました。

『とにかく、あたしは、このドラセナちゃんを相手に練習してるから、お話なんていくらでも出てくる。毎日違うお話をしているんだ。だから、あたしは、大丈夫』アリスは自分の言葉に大きく頷きました。『──うん、大丈夫、絶対、小説家でやっていける』

『ふーん、羨《うらや》ましいな。おじさんとは大違いだ。おじさんは、いま、書けなくて悩んでるんだがな』

『ああ、幽霊の出てくるホラー小説ね』

僕は慌てて訂正しました。

『いや、考えていたのは、幽霊じゃなくて、本当は〈私〉についてだったんだ』

『わ、た、し？』アリスは幽霊という言葉を聞いたときより、さらに訝《いぶか》しげな表情になりました。

『そう、〈私〉とは何か？　――というのが、おじさんの小説のテーマなんだ。君は〈私〉というものについて、考えたことがあるかい？』

アリスが答えずに黙っているので、僕は勝手に話を続けました。

『おじさんは、ずっと、何年も、〈私〉について考え詰めてきた。本当の〈私〉に到達しようと、もがき続けたが、果たせなかった。〈私〉というものを捕まえようと思っても、いつもするりと逃げてしまうんだ。〈私〉がどれほど厄介で不気味なものか、教えてやろうか？

――君が自分の〈私〉を考えようとして、お皿の上にぽんと置いたとする。そして君は、その〈私〉を観察し、いろいろな角度から吟味《ぎんみ》し、それが何であるかを知ろうとする。そうしているうちに、君ははっと気がつく。いま皿の上の〈私〉のことを観察している者は誰だろう？　――ああ、それも〈私〉じゃないか。いつの間に……？　君は再び、その〈私〉を皿の上に置き、さっきと同じようにそれについて考えようとする。するとまた、皿の上の

〈私〉をじっと見下ろしている〈私〉が現れて……それが、ずっと、ずっと、果てることなく繰り返される……』

『……〈私〉の幽霊？』

『そう。君の言うように、〈私〉とは幽霊みたいなものだ。いつもどこかで、じっと〈私〉を見下ろしている、絶対捕まえることができない〈私〉……そうだ、いつも、見下ろされているんだ……見下ろされて……』

自分が直面している問題のことを思い出した僕は、再び暗澹たる気分に襲われ、深い溜め息をつきました。すると、それを見たアリスが急に笑い出すではありませんか。

『ご、ごめん……なさい。でも、おかしいんだもん。怖い顔して、ひどく深刻そうに悩んでるけど、それって、つまんない話じゃない、〈私〉とは何かなんてさ。そんなお話を書いても、誰も読まないと思うよ。駄目、駄目。そんなのだったら――』

アリスは目を細めて、何か企みごとがあるような表情になりました。

『――似たようなので、もっと面白い話を知ってるよ』

『似たようなの……？』

『うん、似てるけど、こっちの方がずっと楽しい。あそこにいる女の人――』

と言って、アリスは肩越しに後ろを振り向きました。そちらの方に目を向けると、川の上に枝を伸ばした樹木の木陰に、確かに一人の女性が座っているのが見えました。アリスよりよほど年長の女性で、背を木の幹にもたせかけ、脚を投げ出していました。膝の上には読みさしの本が伏せられています。眼鏡をかけた顔がうつむいているのは、居眠りでもしているようでした。

『あれ、あたしのお姉さんなんだ』アリスが言いました。『お姉さんは、心のお医者さんと言うか——セラ……えーと、心理療法家《セラピスト》になるとかで、勉強ばかりしている。挿絵のあんまり入っていない難しい本ばかり読んでね。でもさ、ああして、よく居眠りもしてるんだ。それで、こないだ変な夢を見たって言ってた』

『変な夢？』

『うん、ある天気のいい昼下がり、お姉さんはあたしと一緒に森に行くの。そこの川岸の木陰で、お姉さんは読書を始めるんだけど、すぐに眠くなってうたた寝をしてしまう。それで、話し相手がいなくなって退屈したあたしのほうは、その辺りをぶらぶらしていて、近くの草地に寝転がっている妙な男の人に出遇うのよ。その暗い顔をした男は小説家だとかで、あたしに自分の悩みを訴える……』

『おい、大人をからかっているのか？』

　アリスは憤慨しました。

『ほんとなんだもん。お姉さん、そういう夢を見たって言っていた』

　それから子供らしい感情の急変を見せ、嘲るような笑みを浮かべて言いました。

『おじさん、ほんとは、お姉さんの夢に見られているんじゃないの？』

『馬鹿ばかしい。おじさんは、これが夢じゃないことは判ってる。川の水に手を突っ込めば冷たいし、自分の頬を叩けば痛いと感じる』

アリスが愉快そうに言いました。

『あたしが、大盛りのミント・アイスクリームを食べて、甘い、美味しい、と思ったときも、教会の鐘楼の天辺から落っこちて痛いと思ったときも、――目が覚めたら夢だった。駄目、駄目、夢の中では、みんなそれが本当のことだと思い込んでるじゃない。どう？　おじさん、自分が夢に見られているんじゃないってことを証明できて？』

僕は一瞬言葉に詰まりましたが、すぐに、この生意気な少女をへこましてやる手を思いつきました。

『おじさんのいるこの世界が夢なら、そうして偉そうに言っている君も、夢に見られている幽霊みたいな存在なんだな』

アリスは腰に手を当て、わざとらしい気取りのポーズをとりました。

『あら、あたしは、夢の中の幻なんかじゃないわ。ちゃんと、夢の外の世界にいて、お姉さんと一緒に生活している。楽しい生活をね』

『それじゃあ、おじさんだって、この夢の外の世界にちゃんと存在してるって言う権利があるわけだろう？　――だとすると、今こうして、君とおじさんが話してることは、おじさん自身が見ている夢で、君は夢の中の幽霊にすぎないと言ってもいいわけだ』

アリスはへこむどころか、逆に弾《はじ》けるように笑い出しました。

『やっぱり、そうきたか。おじさんがそう言い出すのを待ってたんだ。あたしが言いたかったのは、それなのよ。お姉さんとおじさんが、お互いに夢を見合っていたとしたら面白いじゃない？　お姉さんがおじさんを夢に見、そのおじさんがお姉さんを夢に見、そのお姉さんがおじさんを夢に見て……合わせ鏡みたいに、どこまでも、どこまでも続いて切りがない。どこまで行っても捕まらない……ほら、似てるでしょう？　〈私〉の幽霊の話に。でも、こっちの方がずっと、楽しい』

　アリスは疑り深そうな目でこちらを値踏みするように見て、言いました。

『おじさん……ほんとに……本物なの？』

そして、唇の端をきゅっと歪《ゆが》め、それまでで最も意地の悪い笑みを浮かべて、

『ほんとは、辛《つら》くて、苦しくて、これが夢だったらいいのにと思ってるんじゃないの？　自分が誰かの夢に見られていたらいいのにと思っているんじゃないの？　そして、この悪夢みたいな世界が消えてしまえばいいと思ってるんじゃないの？　でも、もし、その願いが叶って夢が覚めたとして――それは、どっちの夢なんでしょうね？　おじさんの夢か、お姉さんの夢か、それとも、遠い遠い国の見知らぬ誰かさんの夢なのか……ねえ、いったい誰の夢なら、幸せなんでしょうね……』

　僕がアリスの話を最後まで聞くことはありませんでした。

　――と言うのは、奇妙なことに、不意に僕の現実感が薄れてきたからです。金箔を延ばしたように輝いていた川面の陽光、森を吹き渡る微風に揺れるブナの緑の葉、どこまでも広がる空の青、木陰で居眠りをしている女性、そして、華奢な妖精のような少女、足の下の地面

……そうした僕の周囲の風景が、そこにある——という感じを失い、それらのものは、かたまりになって、次々に僕の目の中に飛び込んできました。いつの間にか、あらゆるものの輪郭が曖昧になり、自分と周囲の境界すら判らなくなってきていました……。

——そして、『夢に見られている、夢に見られている』というアリスの囁《ささや》きがいたるところに谺《こだま》する、ひどく物狂おしい混沌の中に、僕は溶け崩れていきました……」

そこで、三月生れの作家は、消えいるように口をつぐんだ。

しばらくして帽子を被った植物学者が口を開いた。

「……たぶん、次に気がついたら、ここにいたと、そう言いたいのだろうな」

三月生れの作家は黙ったまま頷いた。

「それじゃあ、教えてくれんか？　これは、夢から覚めた世界なのか、それとも、われわれはまだ夢の中にいるのか？」

三月生れの作家は、当惑気味の表情で答えた。

「……それは……僕にも判らないのですが……ただ、ひとつ言えるのは、その森の中で出遇ったアリスの姉というのが、どうも……」

そこで、眠そうな精神科医の方を向いて、

「——あなただったような気がしてるんです。はっきり顔が見えたわけじゃありませんが……あなた、ひょっとして——」

「——アリスのお姉さんじゃないか、と言うんでしょ？」眠そうな精神科医は溜め息交じりに言った。「――いっそのこと、そうだったらいいだろうにと思い始めてるわ。夢から覚めて、こんな曖昧模糊《あいまいもこ》とした煉獄《れんごく》みたいなところから抜け出して、美しい午後の森の木陰で欠伸ができたらどんなにいいだろうに――とね。でも、残念ながら、違うわ。私はセラピストではなくて、精神分析医だし、それに第一、私にそんな妹はいません」

「でも、あなたは、さっきから、眠そうにしてるし、時々は本当に眠っているみたいだ。ひょっとして、夢でも見ているんじゃありませんか？　本当に、僕らのことを夢に見ているんじゃありませんか？」

　眠そうな精神科医は欠伸を嚙み殺しながら首を横に振った。

「私は夢なんか見ていません」それから急に勢いを失って、「――と言うのも、空しいわね。だいたい、この不確かな状況自体が夢のようなものなんだから……」

　帽子を被った植物学者が取り成すように言った。

「ちょっと、また、整理してみようじゃないか。これが夢なのか、夢の夢なのか、誰かに夢見られている夢の夢なのか知らんが、面倒だから、森でのエピソードはいったんおくとして、われわれがいるこの場を、思い切って夢だとしてしまおうじゃないか。そうだとして誰がその夢を見ているのか、突き止めることができるだろうかな？」

「それは、無理だわ」眠そうな精神科医が即座に言った。「私たち三人をA、B、Cとして、そのうちの誰かが誰かを――例えばAがCを覚醒時の生活の中で確実に見知っていたという事実があれば、Aが昼間会ったCのことをベッドの中でのんびり夢に見ているのだという可能性も出てくるけれど、今までの話し合いで、私たちそれぞれの生活史の中で、ここにいる自分以外のメンバーを見知っていたという確証はないわけでしょう？　それに、第一、ここにいる三人の誰かが夢を見ている主体だということも言い切れないと思うわ。私はこうして主体的に喋っているつもりだけれど、それは、さっきの多重人格の話と同じで、私以外の誰か、もっと言うと、このお茶会の三人以外の誰かが、私の口を通して言わせているだけなのかもしれない。その誰かが上の方からじっと息を殺して私たちを見下ろしている夢見る主体なのかもしれない……」

「上の方から見ているぞか——」三月生れの作家が独りごちた。「われわれも含めて、すべての物質は神の心の中で〈夢見られたもの〉に過ぎないと言ったのは、確か、バークリー僧正だったが——」

「やめてよ」眠そうな精神科医が遮《さえぎ》った。「石があったら蹴りつけたいところだわ、そんな話。私、安易な信仰心は持ち合わせていないの。もっと現実的、論理的に議論したいの。——ああ、このややこしい夢の話を、集合論のように片付けることができたらいいのに……」

「集合論？」興味を惹かれた様子の三月生れの作家。

「そう。数学の集合論よ。個々のメンバーと全体の関係を論ずるあれ。——ほら、集合と夢は似ているじゃない。数学で集合を作るということは、最初に具体的な対象があっても、それを実際にロープか何かで括《くく》るということではなくて、それらの集まりを考えるという、抽象的・精神的な作用でしょ？　夢もそのような抽象的・精神的な作用じゃない？　具体的な世界に生きる人が夢を見て、対象を抽象的な夢の中に括る――というようなことじゃないですか。それに、夢の中でさらに夢を見るように、いったん集合ができたなら、それらを素材にして、いくらでも新しい集合を作ることができる……」

「そうすると――」帽子を被った植物学者が言った。「夢見る主体のない夢の中の人物――というのに対応する集合も考えられるわけだな」

眠そうな精神科医ははっとして言った。「……そうね、空集合というやつがね」

「空集合？」と、数学が苦手らしい三月生れの作家が再び訊き返す。

「ええ。私たちが日常生活でも使っているゼロという数字を認めるなら、何にもないものの集まりということも考えられるでしょう？」

「しかも、恐ろしいことに――」帽子を被った植物学者が話を引き継いだ。「集合というやつは、いったん確定したら、集合を作る作業を繰り返すことで無限にたくさんの集合を作り出すことができる。しかも、その夢見る主体と夢の中の人物は同じ集合のメンバーであってもいっこうに構わないとなれば、空集合であるわれわれは、目覚めても、目覚めても――」

眠そうな精神科医が締め括った。

「――〈なんにもなし〉が無限に続く……信仰心はないけれど、われわれが胸の悪くなるような空集合じゃないことを、心から祈りたいところね」

三月生れの作家はこの話にショックを受けたようだった。

彼は顔を伏せて、憑《つ》かれた者のように振るまい始めた。口の中で、いま知ったばかりの「空集合」という言葉を繰り返していたかと思うと、遡《さかのぼ》って「離人症」とか「根源的意識」とか、前の挿話《そうわ》に出てきた単語を呟く。そうかと思うと、今度は「私を殺したのは私なのか?」という台詞《せりふ》を呪文のように唱え出した。

他の二人が、三月生れの作家は本当に狂ってしまったのではと思い始めた頃、彼はようやく顔を上げた。その表情には、それまでとは違った気魄のようなものが宿っている。

三月生れの作家は口を開いた。

「僕は本当に情けなかった。無知で愚かだった。アリスとの関わりのエピソードにしても、あなたがたがしっかりアリスという対象を見据えて、それぞれの専門家らしく論理的に語っていたのに、僕はと言えば、自分の職業についての自己憐憫《れんびん》とアリスに翻弄された醜態をさらけ出しただけ。でも、もうたくさんだ。僕は今、考え抜き、結論を得た。それは、途方もなく、ある意味で恐ろしいものだったが、僕はこれから、作家として、できるだけ自分の言葉とやり方で、この煉獄のような状況についての僕なりの〈解決〉を語っていきたいと思うんです」

三月生れの作家は他の二人の意向を窺うかのように少し間をおいてから話を続けた。

「まず、気がついたのは、三つのエピソードとわれわれが置かれているこの状況の根底を一つのテーマが貫いているということでした。——それは、取りも直さず、『〈私〉とは何か?』という問題です。離人症のアリスは〈私〉というものを失っていた。〈グリーン・フィンガー〉のアリスの話では、〈私〉というものの範囲が広域な〈根源的意識〉にまで及ぶのではないか、ということが語られた。僕のアリスの場合は、夢見られているかもしれない〈私〉――つまり、〈私〉の主体性や追いかけても切りがない〈私〉の無限遡行《そこう》ということが問題にされました。われわれ自身の今現在の状況については言うまでもないでしょう。僕は直観的に『〈私〉とは何か?』という問題を解くことが、われわれの置かれたこの状況の真相を解明することに繫がると思ったのです。僕はまず、離人症のアリスの症状を素材に思考を進めました。彼女が言ったある言葉がひどく気になったのです」

「ある言葉?」と、眠そうな精神科医が訊いた。

「そうです。離人症のアリスはあなたに『私を殺した犯人は私よ』と言いましたね。僕にはそのことが妙に引っかかっていた。そして、この言葉こそが真相に到達する一つの重要な手掛りだったのです……」

#00　不在の客

三月生れの作家は語り始めた。

「……順番に話しましょう。まず、離人症のアリスが問題にしていた、失われた〈私〉とは――そもそも、われわれにとって〈私〉とは、どういうものを言うのでしょう?

僕自身を例にとってお話ししましょう。

僕は作家で、いま机に向かってパソコンのキーを叩き、原稿を書いているとします。頭の上ではエア・コンが稼働し、後ろではステレオのスピーカーから音楽が流れています。僕は自分以外の存在に取り囲まれていますが、通常、容易に自分――〈私〉というものの存在を確かめることができます。それはキーボードを触っている〈私〉だし、この先この物語をどう書き継いでいこうかと呻吟《しんぎん》している〈私〉だし、すぐ好きな音楽に気を取られてしまう〈私〉です。われわれは通常、〈私〉があることに疑問を抱きません。こうした『ある』という仕方で与えられている〈私〉というものを皿の上に載せて吟味できるのです。それは誰にでも容易にできることです。――だが、離人症のアリスはそれができなくなったと訴えたわけです。

しかし、ここで僕は大きな疑問があることに気づきました。つまり、そうして皿の上に置かれた〈私〉が、果たして真の〈私〉なのだろうか、という疑問です。離人症患者において、皿の上から『なくなった』とか『存在しない』とか言われているもの、それは真の自分、真の〈私〉であるのだろうか？　そして、皿の上に存在するはずが不在となってしまった〈私〉が真の〈私〉であるなら、そのような〈私〉を対象化して思い浮かべようとしている主人公はいったい誰なのか……？

アリスは『私を殺した犯人は私』とか言っていましたね。――こう考えられませんか？　その、幽霊のようにいつの間にか現れて空っぽの皿を見下ろしている〈私〉こそが、皿の上の〈私〉を殺した犯人なのだ、と」

「それは、あなた自身の抱えている問題でもあった」と眠そうな精神科医が言った。

「そうです。そのことを僕は、どこまで追っても次々に無限に現れてきて捉えきれない『私の幽霊』という言い方で語りました。おっしゃる通り、これは僕が永年抱えてきた問題でもありました。考えられている自分と考えている自分は明らかに違う。私には捕捉し得ない幽霊のような〈私〉、離人症のアリスが言う『私を殺した犯人』である〈私〉の正体を知りたいという願望が僕にはあったのです」

「その、幽霊のような〈私〉を――」今度は帽子を被った植物学者が口を挟んだ。「例えば、……何と言うか、〈純粋自我〉というようなものとして考えることはできないだろうかな?」

「そういう考え方をしたい誘惑に駆られますが、駄目です。それが陥穽《おとしあな》なんです。――なぜなら、それとて、純粋自我という『もの』として、結局は、対象化されて、皿の上に載ってしまうわけでしょう?」

「それも……そうだな」

「こうした行き詰まりは、どうして生じてしまうのでしょう? ――その答えは、気がついてみると案外簡単なものでした。そうなってしまうのは、今言ったように、われわれが〈私〉や〈自我〉を『もの』として、探し求めていたからにほかなりません。作家らしいレトリックで言うと、『机というものは』とか『音楽というものは』とかいうのと同様に、文章の主語的な位置を〈私〉にも与えて――」

「主語的な位置?」

「そうです。われわれが、〈私〉を主語的な位置に置いて、〈私というものは〉という形で考え求めようとしていたこと——これが根本的な誤りだったのです。

そこで、僕は、〈私〉というものを対象化しようという努力を一切やめて、意識の中に入ってくる感覚や印象に素直に身を委《ゆだ》ねてみることにします。すると、さっきの例で言えば、机とかタイプライターとか原稿内容とか音楽とかが、それまで〈私の意識〉であった場所に自由に現れてくる。〈私〉がそれらの『もの』を意識するのではなくて、考えたり、聞こえたりしている『こと』が、『今ここで』生じている。『もの』の世界が姿を消して、純粋な『こと』の世界が開かれてくるのです」

「『こと』の世界?」今度は眠そうな精神科医が訊いた。

「ええ。この『もの』と『こと』の区別はとても重要です。あらゆる『もの』は主語としてさまざまな述語を従えることができます。植物の知識がなくて本当の花の色がそうなのか知りませんが、仮に『ドラセナの花は白い』と言う場合を考えてみましょうか? この場合、『ドラセナの花』は主語的位置に置かれています。これに対して、『白い』という言葉は、白という概念それ自体は『白は美しい色である』というように主語化され得る『もの』であるけれども、ここでは『白い』という『こと』であって、『白い』という『もの』ではないでしょう。そして、その『白い』ということが言われている瞬間には、必ずその背後にこの『こと』を言っている〈私〉がいるのです……」

「背後にいる〈私〉……」他の二人が声を揃えて呟いた。

「そうです。背後に必ずこの『こと』を言っている〈私〉がいる。そして、その限りにおいて、この『白いということ』は取りも直さず〈私〉自身なのです。今、この花が『白い』という仕方で自己自身を現しているという『こと』、言い換えるなら、この花が『白い』という形で自己を現している『今、ここで』という『場所』、これが〈私〉という『こと』なのです。このように、決して主語となることなく、常に述語としてしか言い表せないようなことがら、これが真の意味の『こと』であって、このような述語的な『こと』を『今、ここで』という形で集中的に生じさせている場所が〈私〉と言われているものに――われわれが追い求めている〈私〉の幽霊の正体に――ほかならないのです」

「作家らしい、文学的かつ哲学的解釈ですな」と帽子を被った植物学者が評した。「それなら、決して対象化されない〈私〉が、肉体や個人の意識の範囲を超えた〈場〉としての〈私〉が、すでに『ある』のだと？」

「なんとも、言葉では表現しにくいことですが……それに近い。別の言い方をしましょうか？　宇宙や世界や自然を皿の上に載せられますか？　それは、『もの』ではなく、『こと』として、すでに『ある』のですよ。真の〈私〉についても、これと同様のことが言えると思うのですよ」

「――なるほど、〈私〉の幽霊の正体が朧気《おぼろげ》ながら判ったとしよう。それで、そのことがわれわれの置かれている状況の説明になるのかね？」

「ええ、たぶんね」三月生れの作家は頷いた。「ここらで『私を殺した犯人は私』の意味を考えてみましょうか？　――僕流の解釈によれば離人症患者は、何らかの理由で〈私〉という『もの』を意識するあまり、それを、萎え衰えさせてしまったのです。そうして、その皿の上の縮こまった〈私〉という『もの』は、〈私〉という『こと』の中に呑み込まれてしまった……」

「つまり、無意識が、意識を呑み込んだと――」眠そうな精神科医が口を挟んだ。

「あなたのご専門の術語で言うと、そういうことになるかもしれません。あるいは――」

三月生れの作家は帽子を被った植物学者の方を見て言葉を続けた。

「――あなたの言い方を借りるなら、〈根源的意識〉ですか。〈根源的意識〉というのもまた、『もの』であることを超えて『こと』の世界に広がった〈私〉を指すのかもしれませんね。いずれにせよ、われわれもまた、私における『もの』と『こと』を混乱させた結果、今の状態に陥っているということになるのでしょう。だが、離人症患者と決定的に違っていたのは、われわれが、実は、あることに気づいていたという点なのです」

「……不在の客のこと?」と眠そうな精神科医が訊いた。

「そうです。われわれはここに現れた当初から、一つ空いたその席に誰かが座るべきなような気がしていた。それが誰だか判らなかったのは、われわれがそれを『もの』として追い求めていたからです」

「それじゃあ、そこにいるべき不在の客は、私たちの真の〈私〉――『こと』としての〈私〉だ、というわけなの?」

「そう。別の言い方をすれば、そこに座るべきは、〈私〉の幽霊……」

そこで三月生れの作家は不意に話の方向を転換した。

「僕は当初、この不思議な状態を夢だと思っていました。われわれは何者かに夢見られているのだと。しかし、この考えは、すぐ捨てることにしました。なぜなら、ここでわれわれが喋り続けている内容が、夢と言うにはあまりに論理的だからです。夢とはもっと脈略のないものだったのではありませんか？　それから、各人の話には纏《まと》まった個々の筋書きがあり、それと同時に、共通したテーマ——『〈私〉とは何か？』——に貫かれていました。われわれは自分の意志でここへ集まったわけではないようなのに、これはどうしたことでしょう？同じ問題を抱えるわれわれは、偶然、ここで出遇ったのでしょうか？　そんな偶然は現実にあり得ませんよね？　だから僕はこれが現実であるという考えも退けました」

「この状態が夢でも現実でもないなら、いったい何なの？」眠そうな精神科医が苛立って言った。

「……虚構です」

「虚構？」再び声を揃えて訊き返す他の二人。

三月生れの作家は、いくぶん悲しげな顔をして頷いた。

「ほら、さっき空集合ということを教えてくれましたね。何にもなしでも集めて集合として括れる抽象的作用。あれと同じことです。現実には集まり得ない実体のないわれわれが、こうして一堂に会しているのは、空集合のように誰かが精神的作用によって、そうしたからなんです」

「その誰かが、不在の客――〈私〉の幽霊なのか?」帽子を被った植物学者が呻いた。

「そうです。ここまで言えば、その不在の客が誰だか判るでしょう?」

溜め息をついてから三月生れの作家は言った。

「不在の客の正体は、この虚構の作者です。一方、われわれの正体は、虚構――何かの媒体《メディア》です。お話の論理的展開や長い台詞に終始することから、映像作品ではありませんね。コンピューターのゲーム・ソフトかなにかの可能性もありますが、多分、小説でしょう。そうすると、われわれは、物質としては紙にこびりついたインクということになる。なるほど、これでは人間としての現実感など持ちようがないですよね」

他の二人は顔を見合わせて絶句した。

仲間の驚愕ぶりを見た三月生れの作家は取り成すように言った。

「――いやいや、そんなに落胆しないでください。われわれは、ただのインク滓《かす》ではなくて、ちゃんと文章として立ち現れているはずです。われわれの正体は、言わば『ドラセナの花は白い』という文章そのものです。だってそうでしょう? われわれは今までずっと、『〈私〉とは＊＊＊である』という命題を語り続けて来たのだから……そうだ、そう言えば、アリスはドラセナはお話を進めるためのマクガフィン――きっかけに過ぎないと言っていたが、これで合点がいく。なぜ、われわれが揃いも揃ってドラセナ少女と遭遇しなきゃならんのかと思っていたが、それは、われわれに『〈私〉とは＊＊＊である』の主題による変奏曲を奏でさせるための示導動機《ライトモティーフ》のようなものだった。やっぱり、作者はいたんです。ドラセナはその作者が配置したマクガフィンだったのです」

　三月生れの作家の顔に次第に輝きが戻り始めていた。

「そう、そんなに悲観することはないのです。われわれは、必死に語り続けてきたという意味において、ただのインクの滓ではなくて、真の〈私〉の一部を成しているのですから。小説を書くという行為のことを考えてください。作者は呻吟しながら延々『ドラセナの花は白い』、『〈私〉とは＊＊＊である』と言い続ける『こと』のうちに、真の〈私〉を現出させているのです。登場人物にすぎないわれわれが語っていることは、背後で真の〈私〉が語っていることなのです。その意味で、われわれもこうして語り続けているという『こと』において、厳然として〈私〉の一部を成しているのです」

　そこで、三月生れの作家はテーブルの空席を指差して、厳かに締《し》め括《くく》った。

「……これが肉体を持った人間なら、空席に座るべき不在の客として、上から見下ろしている誰か——神とか、あるいは〈根源的意識〉とかいうことを措定《そてい》するかも知れません。しかし、虚構の人物であることを自覚した僕は、ここで断固として言いたい。その空席に座るべき不在の客は——作者なのだと」

　三月生れの作家の長い話は終わった。ほかの二人は彼の語ったことを黙って反芻《はんすう》していたが、しばらくして、眠そうな精神科医が言った。

「私は不在の客はもう一人いるような気がする」

　三月生れの作家は黙って先を促した。

「もう一人の不在の客は、読者よ。作者が小説を書くことによって、真の〈私〉を現出させているなら、読者がそれを読むという行為も同じことだわ。読者が書かれた文章を読む正にその瞬間には、いやおうなしに背後に語り続けている作者の真の〈私〉が存在しているわけで、と言うことは、読者は読む『こと』のうちに、作者の真の〈私〉と読者自身の真の〈私〉を重ね合わせていることになるんだわ。

小説が書かれるということ、虚構のわれわれが語るということ、読者がそれを読むということ、——タイムラグがあるにしても、それらのことが統合され重なり合うことによって、時空を超えた一つの〈私〉が立ち現れているんだわ」

「そうか」帽子を被った植物学者が久し振りに愉快そうに言った。「わしらが虚構の人物に過ぎないにしても、やはり、悲観することはないぞ。なぜなら、わしらは、虚構の人物としては、たぶん史上初めて、論理的に、作者と読者の存在へ到達したのだからな」

そこで三人は、はからずも空席に座ることになった私（＝あなた）に向かって語りかける。

「新しいお茶をいかがですか？」と、帽子を被った植物学者が言った。

「おや、カップが汚れていますね」と、眠そうな精神科医が言った。

最後に三月生れの作家が言った。

「——それとも、そろそろ席替えといきますか？」

——FADE‐OUT——

◉

アリス
殺人事件

鏡迷宮

北原尚彦

幕が上がる。ゆっくり、ゆっくりと。

あたしは、鏡に向かって立っている。

鏡の向こうには――もうひとりのあたし。

あたしがヘンな顔をして見せると、鏡の中のあたしも全く同じ動きをする。

上がり目。下がり目。あかんべえ。

でもこれは、空想上の鏡。だから鏡の中にいるのも本当は、あたしと全く同じ衣装を身につけたマリア・イヴリン。

観客たちの間で、早速笑い声が上がる。ほんの僅かなずれが見られないかと、期待たっぷりに。

マリアの出番はここしかないくせに、これまでなんやかやと嫌がらせをしてくれたから、あたしはわざと、ごくごく少しだけリハーサルとタイミングをずらしてやった。マリアは慌ててあたしの動きに従ったけど、その時間差は明らか。観客席の笑いが、どっと大きくなる。マリアは舞台からはける前に、観客席からは見えない位置であたしを睨み付ける。彼女以外の誰が見ても、あたしではなく彼女が芝居をとちって遅れたようにしか思えないように仕掛けてやったから。

はらり。

ここで、鏡に紗幕がかかる。あたしが、その紗幕の真ん中にある切れ目を通って、鏡を潜り抜けようとするところで、舞台が暗転する。

この間に、舞台上では黒ずくめの大道具係たちが素早く密やかに動き回った。再び明るくなると、家具類はすべて、それまで配置されていた位置から左右反対側へと移動してる。

一瞬の間を置いてあたしが、紗幕のかかった鏡を通り抜けてくる。

ここはもう鏡の向こう側、鏡の国。

音楽が、早速の盛り上がりをみせる。

――こうして、オペレッタ『鏡の国のアリス』初日の幕が上がった。

実は幕が上がったのはお芝居だけじゃなかったんだけど、その時のあたしはそんなことなど知るよしもなかった。

あたしがこの役につくことが決まったのは、ほんの一週間くらい前。

ただでさえ半月前から開演が危ぶまれるような状況にあったのに加えて、開演直前になってアリスを演じるはずだった子役の少女が、よりにもよって水ぼうそうにかかってしまったの。代わりに演じられるような少女は、誰もいなかった。

そこで急遽、「大人の」アリス候補が探された。少女を演じて無理のない外見で、かつ歌を唄える人材を。そしてぎりぎりの日限で、ミュージックホールで戯れ歌を唄っていたあたしが見出された、というわけ。

一週間足らずで台本を覚えなければいけない、というかなり厳しい条件ではあったけれど、あたしは申し出に飛び付いた。何せ、表舞台に出る最高のチャンスだったから。

音楽が変わる。ユーモラスな曲に乗って左右から次々と現れたのは、二人ずつ組になったチェスの駒——女王《クイーン》や騎士《ナイト》たち。

その数が増えるにつれて、彼らはぶつかり合う。

あちらでどん、こちらでどかん、と大騒ぎ。

あたしはその間で、右に左にと翻弄される。

チェスの駒たちが歌を唄い出す。ナンセンス詩「ジャバウォッキー」の歌を。それと同時に、竜《ドラゴン》をちょっとヘンテコにしたような怪物の姿が、でかでかと壁に映し出された。これがジャバウォッキー。

あとから考えると、ジャバウォッキーの登場が、まだ舞台の最初の方で良かったわ。だってもうちょっと後だったら、きっと大変なことになってたはず。

でも、少しずつ少しずつ〝変化〟は始まってた。あたしがまず気付いたのは、チェスの駒を演じている面々の化粧《メイク》が随分とリアルで、まるで本当にチェスの駒が動いてるみたい、ということ。それから、音楽に感じられる、妙な違和感。

ごごごう。ごごごう。

雷鳴のように耳を聾《ろう》するジャバウォッキーの吠え声が轟く。チェスの駒たちは驚いてちりぢりばらばらに走り回り、あたしもまたそれに巻き込まれた。駒たちが舞台からはける間に、舞台上の家具類が運び去られる。

幸い、ここまでの客席の反応は悪くない。はっきり言って、上々の部類。観客は皆、舞台上の展開に心を奪われてた。

〝異変〟がはっきりと現れたのは、次のシーンだった。

庭に出たアリス《あたし》は、花壇の前で足を止めた。一輪の鬼百合《タイガー・リリー》が、幾つもの雛菊に取り巻かれている。この植物たちはいずれも、ぴったりした緑色のタイツを身に纏い、頭部に作り物の花をかぶった女優たち。

身体の線は、くっきり出てる。大人の男性たちが、密かに大喜びのシーンね。

中央の鬼百合が、にっこりと笑みを浮かべる。

「鬼百合さん、あなたが口をきければいいのに」とあたし。

「きけますとも、まともな話し相手がいるならね」と鬼百合。

あたしと花々が、ナンセンスなやりとりを歌に乗せて繰り広げ、花はあたしの周りを舞い踊る……はずだった。リハーサルでは。

でも、歌を唄い出した途端に、鬼百合と雛菊たちが変化を始めたのよ。少しずつ、少しずつ、輪郭がとろけていく。ぐにゃぐにゃん、て感じ。そして最終的には——本物の花になっちゃった！

いえ、「本物」って言ったら語弊があるわね。根を伸ばして、葉をそよがせてるけど、花の中央には顔があったの。つまり、『鏡の国のアリス』の中に登場する花の本物、ってこと。めきめき、という音に目を落とすと、舞台の床がまるで土であるかのように、伸びた根が潜り込んでいた。

あたしはびっくり仰天して、一瞬、固まってしまった。でも、音楽は止まらない。芝居は進行してる。

この流れを途切れさせるわけにはいかない。でも、花は根を張ってるから動けない。

そこであたしは、自分が踊りながら、花の周りをぐるぐると回った。つまり、逆の立場を取ったのよ。

観客は騒然としながらも、大喝采してくれた。舞台に幽霊を登場させる時なんかに使う特別な舞台効果——役者の前に半透明のスクリーンを下ろして、そこに幻燈機でガラス板に描いた幽霊を投影する類のもの——を利用したとでも思ってくれたんだろう。

あたしの頭は大混乱のまま。でも芝居は続けなきゃならない。ようやっと手に入れた真っ当な仕事。それを簡単に手放すわけにはいかないのよ。

——それなりに裕福な家庭に育ったものの、借金を残して父が急死し、致し方なくこの世界に入ったあたしには、これまでは立派な劇場になど何のつてもなかった。しかもあたしは、ちびだった。身長が五フィート（約百五十センチメートル）もない。そんなわけで、ミュージックホールでも回ってくるのはたいていが少女の役ばかり。場合によっては男の子の役ということもある。優雅な公爵夫人、なんていい役は巡ってこない。

だから、少女アリスが主人公であるこの芝居は、あたしが主役を張れる滅多にない好機だったのよ。顔も童顔だし。二十九歳でアリスを演じられるのは、あたしぐらいでしょう。

歌が終わると、花々は逆の過程を辿って、花の衣装を着けた人間へと戻っていった。彼女たちは何やら釈然としないものを感じている様子ではあったけど、順に舞台からはけていった。

その頃になって、音楽に対する違和感の原因にも気が付いた。曲が流れている時にも、曲と曲の合間にも、余分な音が流れてる。それも、ひたすら同じ音の繰り返し。

「シ♭・ソ♯・ミ」「シ♭・ソ♯・ミ」だと思う。

そこへ、下手から赤の女王が現れた。

本当は、アン・ポーターという中年の女優が演じているはず。だけど、登場した瞬間から、それが彼女だとはとても思えなかった。さっきの駒たち以上に、人間大のチェスの駒そのものにしか見えなかったんだもの。

あたしは赤の女王へと歩み寄ろうとして、動顛《どうてん》した。だって、前へ進んだつもりが、近付くどころか遠ざかってしまったんだから！　これじゃ『鏡の国のアリス』の原作そのままだわ！

ええとこの場合、原作のアリスはどうしたんだっけ。

鏡の国では、何もかもが逆さま。だから近付こうと思ったら、遠ざかろうとすればいい。背後を振り向きもせずにゆっくり、ゆっくりあとじさると――大正解。目の前に、赤の女王がいた。

「いずこから来て、いずこへ行こうとしておるのかな」と赤の女王。「顔を上げて、きちんと話すのじゃ。指をいじくってばかりおるでないぞ」

「あたし、道に迷っちゃったんです」

今の状況を考えれば、これはあたしの本音でもあった。

そんな間にも、更なる試練が。その場に立っているつもりが、身体がどんどん動いて、舞台の袖へ下がってしまいそうになったの。

そうだ。鏡の国では、じっとしているためには、走っていないといけないのよ。あたしと赤の女王は手を取り合って、全力で走り始めた。

「速く、速く！」と赤の女王。

びゅう、びゅう、びゅう、びゅう。風が耳元を吹き過ぎる。あまりにも速くて、二人の足は空中に浮いていたほど。これでようやく、その場に留まっていられた。

その間も繰り返される、「シ♭・ソ♯・ミ」「シ♭・ソ♯・ミ」。

女王と別れると、空中に何かが、ぽうっと浮かんでいた。初め、それが何なのか判らなかった。でも判らなくて当然。それはただの「にやにや笑い」だけだったんだから。やがて、にやにや笑いの持ち主が、背景の木の枝の上に現れた。あたしはようやく、その正体に思い当たったの。イラストと、うりふたつだった。

チェシャ猫だわ。

でも、ちょっと待ってよ。チェシャ猫が登場するのは『鏡の国のアリス』じゃなくて『不思議の国のアリス』じゃない！

あたしは頭の中が真っ白になった。さっきまでは、とんでもない展開になっているとはいえ『鏡の国』の物語に則っていたから、ほぼ台本に基づいて行動していればよかった。でも、これは台本にない。

とはいえ、あたしは役作りのために『鏡の国』以外のルイス・キャロルの作品にも目を通していた。知らずに、数学の本まで開いてしまったくらい（全く理解できなかったからすぐに閉じたけど）。幸い、『不思議の国』の内容だったら、それなりに記憶してる。

「どんな具合だい？」と、チェシャ猫が話しかけてきた。

「ええと……しっちゃかめっちゃかね」と、あたしは何とか答えた。

「女王様はどうだい？」と、更にチェシャ猫。

このセリフは覚えてる。本当だったら、チェスのクィーンじゃなくて、トランプのクィーンについて尋ねてるところだわ。アリスが悪口を言おうとすると、クィーンが聞き耳を立ててるから、慌てて誉め言葉に切り替えるんだ。……とすると。

あたしはそっと後ろを振り返った。案の定、舞台の端に赤の女王が立って、こちらの様子を窺っているじゃないの。

「そうね、ご親切にもここではどう行動すればいいかを教えてくだすったわ」

赤の女王はにっこりとして歩み去った。ほっとしてチェシャ猫の方に向き直ると、なんとなんと、尻尾から宙に溶け込み始めていた。続いて身体も溶けていく。

ここで、本来展開されるはずだった歌のシーンの音楽が流れ始めた。あたしはその曲に合わせて、即興で替え歌をでっち上げることにした。

「あらあら、チェシャ猫さん、
何がそんなに、おかしいの。
顔いっぱいで、にやにや笑って、
笑みが、こぼれ落ちそうよ。
ほらほら、いわんこっちゃない、
にやにや笑いの、忘れもの」

歌の間に、チェシャ猫はあたしの歌詞そのままに、にやにや笑いだけを残して消えてった。

そしてまた、例の「シ♭・ソ♯・ミ」。あたしはチェシャ猫を見送りながら、考えた。これってもしかすると、何かのメッセージなんじゃないかしら。誰か——それはたぶんあたし——に何かを伝えようとしてるんだ。そして、その謎を解かないと、この異常事態は解決されない。きっとそうだわ。

音を、意味のあるメッセージにするには、どうすればいいか。簡単なのは、音階を英名に置き換えること。英名で「ド・レ・ミ・ファ・ソ・ラ・シ」は「C・D・E・F・G・A・B」。だから「シ♭・ソ♯・ミ」は「B♭・G♯・E」。何のことやら判りゃしない。

じゃあ、ドイツ音名は？　ピアノだと、こっちも使うのよ。「ド・レ・ミ・ファ・ソ・ラ・シ」はシがHになって「C・D・E・F・G・A・H」。更にフラットやシャープがある場合は、「シ♭」を「B」、「ソ♯」を「Gis」という具合に表記する。よって「シ♭・ソ♯・ミ」＝「B・Gis・E」。うーん、違うのかな。

……あっ。

あたしは、自分の間抜けさに呆れた。ソの半音上ってことは、ラの半音下と同じことじゃない。そうすると「ラ♭」だから「As」になる。だから「シ♭・ソ♯・ミ」＝「シ♭・ラ♭・ミ」は「B・As・E」となる。

「Base」だ！　遂に言葉になった！

でもこの場合、「Ｂａｓｅ」をどういう意味に取ればいいのかしら。「底」？　何の底よ。舞台の底《ベース》ってことなら、奈落だけど。それとも、オーケストラ・ピットに下りろってこと？

その瞬間、次なる事態が発生。

「タイヘンだタイヘンだ、遅れちまうゾ！」

ぴょんぴょん、ぴょんぴょん。チョッキを着た白兎が、懐中時計を眺めながら舞台上に駆け込んできた。やれやれ。これまた、『不思議の国』の登場人物だわ。

白兎が舞台の中央まで来ると同時に、床に黒い穴が生じ、白兎はぴょんと飛び込んだ。それを見たあたしは、ぴんと閃《ひらめ》いた。この穴の「底」だわ。あたしは穴が消える前に、と白兎に続いて飛び込んだ。

もしかしたらこれは兎の穴なんかじゃなくて、舞台に設けられた迫《せり》が開いてて、奈落に落っこちて大怪我をするかもしれない、という懸念も頭をよぎった。けど、それも一瞬のこと。

落ちる落ちる、どんどん落ちる。

いつまでたっても底に着きやしないし、穴の壁は本棚やら木棚やらで一杯。アリスが飛び込んだ「兎の穴」そのものね。

自分の足の下にあるものは、赤っぽく見えた。頭の上を見上げてみれば、通り過ぎたものは青っぽく見える。なんだか、不思議。

いいかげん落ちるのに飽きてきたわね……ってところで。

どさーーーーっ。

衝撃とともに、どこかに落っこった。もうもうと茶色いものが舞い上がる。あたしは、枯れ草の山の上に、おしりから着地してた。幸いにして、怪我は全くなし。おしりだけは、ちょっと痛かったけど。

見回すと、そこは広々とした「世界」。穴の底なのに、普通に明るい。ふと気付くと、白兎が角を曲がって走り去るところだった。

……あたしが今すべきなのは、あの白兎を追いかけることなんでしょうね。

立ち上がって、スカートに付いた枯れ草をぱんぱんとはたき落とす。すると、どこからともなく観客の拍手喝采が聞こえた。

枯れ草の山から飛び降りると、知らないうちにあたしを照らしていたスポットライトも移動してくる。

たぶん舞台の上の異常事態は、この穴の底の世界の影響を受けてのことだったんだろうけど、あたしがここへやって来た今でも、二つの世界の「混淆《ごたまぜ》」は、続いてるんだわ。

まだ痛むおしりをさすりつつ走り出した。通りの角を回ってみたものの、白兎の姿は影も形もない。あいつ、どこにいったのかしら。

でもその代わり、ヘンな家が見えた。兎の毛皮で屋根を葺《ふ》き、兎の形をした煙突のある家。家の真正面には一本の木があって、木陰にすえられたテーブルでは、すこぶる風変わりな連中が、お茶会を開いてた。ジョン・テニエル描くところの挿絵そのままに。

「マッド・ティー・パーティーだわ！」

兎は兎でも、チョッキの白兎じゃなくて、三月兎のところに来ちゃったみたいね。テーブルに着いているのは、三月兎に、頭のいかれた帽子屋。その間では、眠りネズミがすうすうと気持ち良さそうに眠ってる。

そうね、ちょっと喉が渇いたことだし、お茶会にお呼ばれすることにしましょうか。だってあたしは今アリスなんだから、それぐらい許されるでしょ。

——このマッド・ティー・パーティーを皮切りに、あたしはこの奇妙な世界をさまよい、様々なキャラクターたちと出逢った。

双子のトゥイードルダムとトゥィードルディー。

卵のハンプティダンプティ。

ドードー鳥やネズミやオウムやその他の鳥たちとのコーカス・レース。

キノコの上に座ったイモムシ。

ここはあたしの知ってる『不思議の国』と『鏡の国』の世界がごちゃまぜになった、さしずめ『アリスの国』ってとこね。

次から次の出来事に、いいかげん疲れてきちゃった。この異常事態を解決する方法も、見つからない。でもその後、ようやく注目に値する出来事に遭遇したのよ。

あたしの目の前にあるのは、クローケーのグラウンド。そこで展開されていたのは試合じゃなくて、二つの陣営が砂塵を巻き上げての大騒ぎ、大乱闘。あたしは巻き込まれないように注意しながら、それを眺めてた。

片方は、ニセ海亀とグリフォン、それに一角獣とライオンの怪物軍。

他方はカードの兵隊とチェスの歩《ポーン》の混成軍。これまた『不思議の国』と『鏡の国』のキャラクターが混ざり合ってた。

あたしは、奇妙なことに気が付いた。カードの兵隊や歩の駒が怪物たちに何度も放り出されては闘いに戻るんだけど、あたしの近くでだけ、それに規則性があったのよ。ちなみにクラブがいわゆる兵隊で、ダイヤが近衛兵。

ダイヤの6、ダイヤの2、ダイヤの8、ダイヤの7、クラブの8、そして白の歩。あたしの眼前に投げ出される兵隊は、常にその順番だったのよ。

新たに提示された暗号メッセージだわ。あたしはまたしても、頭を捻った。う～ん、白の歩はたぶん単語の切れ目でしょ。だとすると、五枚のカードにこそ意味があるのでは？

トランプは一つの組札《スート》が十三枚。それでダイヤとクラブがいるということは、合わせて二十六枚。なんだ、簡単。アルファベットの数と同じだわ。AからMまでを一つの組札、NからZまでをもう一つの組札に当てはめれば、そのままアルファベットに置き換えられる。あたしって頭いいじゃん。まずはダイヤが前半、クラブが後半であるとして、ダイヤの6が「F」、ダイヤの2が「B」だから……「FBHGU」だ。あらら、これじゃダメね。

じゃあ、ダイヤとクラブを入れ換えてと。ダイヤの6は「S」、ダイヤの2は「O」、ダイヤの8は「U」、ダイヤの7は「T」、クラブの8は「H」……。「SOUTH」だ！　これよ！「南へ行け」って言ってるんだわ！

大乱闘の現場を後にして街道の四つ角へ向かうと、方位を示す立て札があった。普通なら時計回りに北・東・南・西になるところが、鏡の国風に北・西・南・東になっていたけど、それに従って南へ南へと進んだ。

庭園を貫く道では、色とりどりの花が目に入った。青、オレンジ、白のバラが並んでいる。あたしは『不思議の国のアリス』のエピソードを思い出してしまった。カードの庭師たちが、白いバラをペンキで赤く塗っている、というもの。ここのバラも、ペンキで塗ったんじゃないかしら。それほど鮮やかな色だったのよ。

庭園を抜けてからも、道に沿って花壇があり、様々な色のパンジーが並んでいた。それを何の気なしに横目で見ていて、あたしははっとした。パンジーの花の色は、青・オレンジ・白の三種類。しかもその順番が「青・オレンジ・白」と続いたかと思うと、少し隙間が空いて、また「青・オレンジ・白」。その繰り返し。そういえばさっき、庭園の中で見かけたバラも、青・オレンジ・白だった。どうやら、これにも何か意味がある様子。三色だから、国旗かしら。でもオレンジ色を使った国旗なんてあったっけ。

フランス国旗も、イタリア国旗も違う。

ブルー・オレンジ・ホワイト。単純に、頭文字を取ってみようか。「BOW」だ。「弓」は見当たらない。船も見かけないから「舳先《へさき》」でもなさそうだ。「おじぎ」？　あたしは試しに、深々と頭を下げておじぎをしてみた。……何も起こらない。

とすると……判った！　これは場所の名前――「ボウ街」のことだ。ボウ街といえば、ロンドンの警察裁判所があるところ。つまり「裁判所に入れ」ってことね！

そう思い至った途端、目の前に裁判所が現れた。あたしはその入口へと、飛び込んだ。玉座にはハートのキングとクィーンが坐っており、今しも裁判が始まろうとしているところ。

法廷内には、白兎、頭のいかれた帽子屋、眠りネズミ、三月兎、チェシャ猫、トゥィードルダムとトゥィードルディー、ハンプティダンプティなど御馴染みの面々が勢揃いしていた。でもあたしの知らないキャラクターもいた。かつらをかぶったスズメバチが、あたしの方をじろりと睨んだのだ。

「では、開廷する！」とハートのキング。「告訴状を読み上げよ」

白兎がラッパを三回吹き鳴らしてから、羊皮紙の巻物をするすると開き、声高らかに読み上げた。

「キングとクィーン、ご自慢の
この国をば、我こそが
創りし主と、たわごとを
吹聴したる、しれ者ぞ」

「証人を呼べ」とキング。

「証人は証人席へ——アリス！」

いきなり呼ばれたけれど、この展開はとうに予期してた。その不条理さに不平も言わず、あたしは証人席へと進んだ。

「被告を連れてまいれ！」

カードの衛兵たちに両腕を掴まれ、引きずられるようにしてそこに現れたのは、『不思議の国』の住人でも、『鏡の国』の住人でもなかった。だけど、あたしにはそれが誰だかすぐに判った。白髪に、凛々しい横顔の男性。でもその眼差しは柔らかい。

「チャールズ・ラトウィッジ・ドジソン教授——ルイス・キャロルさんですね！」

彼は顔を上げて、叫んだあたしに目を留めると、やや驚きの色を見せて言った。

「おや、このアリスは子役じゃないんだね」

「アリシア・マッキントッシュと申します、ドジソン先生。急な代役なもので、先生のお好きな若い子じゃなくてすみません。あたし、来年には三十歳になります」

「じゃ二十九歳かね！　それでよくそこまでアリスを演じたものだ。かえって感心させられたわい。それに、本当の子どもだったら、私の送ったメッセージを解読してもらえなかったかもしれんしな」

「でも半月も前から、こんなところで何をなすってたんです？　先生が行方不明なおかげで、あやうく『鏡の国のアリス』の興行が中止になるところだったんですよ」

「半月？　おやおや、時間の流れまで違っていたようだな。私はここで、一年過ごしてきたのだよ」

「一年ですって！」

　がんがんがんっ。

　槌を鳴らして、白兎が叫んだ。

「静粛に、静粛に！　証人と被告は勝手な話をしないように」

　だけどドジソン教授はその警告を全く無視していた。

「何はともあれ、助かった。お前さんがいてくれれば、私も向こうに帰ることができる。元の世界のお前さんと私が揃えば……ほら、そこを御覧」

　ドジソン教授が指差した先の床上に、例の黒い穴が出現していた。

「さあ、いくぞアリス。一、二の、三、それ！」

　カードの衛兵を振り切って、ドジソン教授は穴に向かって駆け出した。あたしもそれに続き――二人同時に穴へと飛び込んだ。

　ひゅーーーーん。

　穴の中で落下しながら、あたしは上を見上げた。良かった、追いかけて来る様子はないみたい。

「いやはや、参った参った」とドジソン教授。「お話を創るのはいいが、そのお話の世界に入り込むのは、もう懲り懲りだよ」

行きの経験からして、この穴を通り過ぎるのにはとっても時間がかかる。そこであたしは、口を開いた。

「さあてドジソン先生。一体どうしてこんなことになったのか、何もかも教えて頂きますわよ」

問い質すあたしに、ドジソン教授は苦笑いを見せた。

「それは構わんが、さて、どこから話したものやら」

「じゃあ、順番にお尋ねしましょう。そもそも、教授が行方をくらましたのは、どうしたわけなんですか」

「そもそもの始まりかね。始まりは……一八七一年――奇《く》しくも『鏡の国のアリス』を刊行したのと同じ年だが――に亡くなった、私と同じファースト・ネームを持つ人物、チャールズ・バベッジの業績について調べようと思い立ったことだな」

「チャールズ・バベッジ？　どこかで聞いたことがありますわ。何をした人でしたっけ」

「科学者にして企業家でね。一番有名なのは、人間の代わりに計算をしてくれる機械を創ったことだ」

ドジソン教授の説明を聞いて、記憶の底から浮かび上がるものがあった。

「あたし、それ、知ってますわ。なんだっけ、なんとか機関《エンジン》って機械でしょう」

「ほう」とドジソン教授が眉を上げた。「たかが女優風情が――などと言っては失礼千万だが――バベッジの機関を知ってようとは思わなんだな」

「こう見えても、たくさん本を読んでいましてよ」と、あたしはちょっと鼻高々だった。

「アリスを演じるに当たって、先生のご本もたくさん読んだし。それに『ストランド・マガジン』ってありますでしょ。あたし、シャーロック・ホームズが大好きだから、あの雑誌はずっと読んでるの。その記事の中で、バベッジの機械を紹介しているのがあったんです」

「成程、成程。では、バベッジの創った機械が幾つもあることは知っているかな」

「……そこまでは」

「では教えてしんぜよう。まずは、計算機としての〝階差機関《ディファレンス・エンジン》〟。これには第一と第二があるが、それはまあ置いておこう。それから、データの入力装置、出力装置、処理装置、記憶装置を兼ね備えた、汎用計算装置たる〝解析機関《アナリティカル・エンジン》〟だ。これは、人間の頭脳を真似たものと言っても良い。だが調べるうちに、バベッジがそれ以上のことを考えていた形跡が出てきてね。息子のヘンリー・バベッジ氏を訪ねて膨大な遺品の数々を調査させてもらったところ、失敗作と思われて屋根裏に放置されていた機械が見つかった。それと一緒に、一つの鍵も発見された。確認してみたならば、それはバベッジの使っていた銀行の、貸金庫の鍵だったのだよ。今度は銀行へ足を運ぶと、貸金庫の中から暗号文で書かれた書類の束が出てきた。暗号を創ったバベッジは数学者だったし、私も数学者だ。それほど手間をかけずに解読することができた。案の定、その機械に関する内容だったよ。私はそれに基づいて修繕を行い、遂には完成させた。それが〝順列機関《パーミュテーション・エンジン》〟だ」

あたしは数学の匂いのぷんぷんする順列《パーミュテーション》という単語の意味でさえぼんやりとしか判

らなかったが、こっくりと頷いてみせた。

「これは、彼の解析機関の機能を驚異的に向上させるために考案されたものだ。解析機関は、それ一つだけでは機能に限界がある。そこで、隣り合う幾つもの世界間に存在する解析機関を繋ぎ合わせ、その能力を一挙に無限大にまで飛躍させようと試みたものだ」

「すみません、先生。そこ、全然判りません」

「まあ、それも無理はあるまい」とドジソン教授は笑みを浮かべる。馬鹿にしたような笑みではなく、優しいものだったから、あたしはほっとした。

「では」と教授は続けた。「合わせ鏡をしたと考えてみよう。その間に君が立ったら、どうなる？」

「あたしがたくさん映りますわ」

「そのとおり。だが、どれくらいだね」

「どんどん遠くなって、小さくなったら終わりなのかしら」

「いやいや完璧に平行にすれば、理論上は永遠に続くんだよ。そして世界というのは、その合わせ鏡みたいなものなのだ。我々の住んでいる世界だけではなくて、無限に世界が存在し、そのそれぞれに君や、私が住んでいる。そっくりな世界もあれば、ちょっとだけ違う世界、全く異なる世界もある。その大半の世界に、やはり順列機関が無数に存在し、私はそれを連動させることに成功したのだ」

「……半分も理解できてるとは思えませんけど、まあ、いいわ。機械で計算をするにしても、ひとつよりもたくさんの方がいいってことだけは判ります。でもその機械が、今回の一件にどう関係してくるんですの？」

「順列機関は無事に稼動した。が、実はその副次的な機能の方が、重大な代物だったのだよ。この機械は先ほども言ったように、複数の世界間に亘って存在する。そのおかげで、操作者をひとつの世界から別な世界へと転送することまで可能たらしめたのだ。おそらくバベッジはその恐るべき可能性に気付いていたために、関連書類を暗号文で残し、機械を封印したのだろう。ところが私はというと、本来の目的を忘れ、移動装置としての側面に魅了されてしまった。初めのうちは、自分の属する世界と大差ない世界ばかりにしか転移できなかった。だが実は、私はずっと探し求めていたのだよ――私の夢の世界を」

その時は、教授の言っているのが「自分の創作した小説そのままの世界」という意味だと思った。

でも後々、あたしは色々な噂を耳にした。チャールズ・ドジソン教授は、『不思議の国のアリス』『鏡の国のアリス』のヒロインのモデルとなった少女、アリス・リドルに結婚を申し込んだが、親に拒否されたとか。親しい少女たちのヌード写真を撮影していてスキャンダルになりかけたとか。その他様々な理由から、リドル家から距離をおかれてしまったとか。アリス・リドルはその後成長し、普通の結婚をし、平凡な大人の女性になってしまったとか。

だとすると、教授の探していたのは、彼の「アリス」が少女のままに存在する世界だったんじゃないかしら。あたしはそう思うようになった。

確かに振り返ってみれば、その時の教授は、どこか遠くを見てるような眼をしてた。

「そして、見つかったんですね、さっきの世界が」と、あたし。

「そうだ。『不思議の国』と『鏡の国』を足し合わせたような、あの世界が見つかったのだ。私は狂喜乱舞したが、大問題があってね」

「と申しますと？」

「あの世界は、我々の世界とは全く異なった歴史を歩んできた。勿論、住んでいる住人たちもね。だから、あそこではバベッジは生まれず、彼の機関も存在しなかったのだ。それまではなかったことなのだが、機関がその分身の存在しない国にまで私を送り込んでしまったのだよ」

「やっと話が見えてきましたわ。帰路の用意のない、片道旅行に出ちゃったんですね」

「その通り。それに気付いた私は少々あせったが、ここで余生を送るのもいいじゃないか、と思った……最初はね。しかし、ようやく探し当てたアリスは私に向かって、冷ややかにこう言ったんだ。『あなた、誰』ってね」

申し訳ないけれども、あたしは大笑いしてしまった。穴の中を落下しながら笑い転げるというのは、なかなか難しかったけど。

「バベッジさんだけじゃなくって、ドジソンさん、あなたも存在しなかったわけですね。そういえば、あなたの書かれた二つのアリスの物語には、あなた自身は登場しませんものね」

「うむ。あそこの国のアリスは、我々の世界から迷い込んできた存在ではなく、元々そこの住人だったのだよ。そして、異物である私には、決して懐《なつ》いてくれなかった。愛しいアリスがいるのに、私に近付いてくれない。こんな拷問があるかね。それでも、私はあの世界に溶け込もうと暮らしていた。だけれども、ある時うっかりと住民たちの前で『君たちはみな、私の頭の中から生まれたのだ』と言ってしまったら、これが大変。ハートのクィーンの耳に入ってしまい、たちまち牢屋にぶち込まれてしまったという次第さ」

「それって、先生のお話の中の一節となんか似てますわね。ほら、『鏡の国のアリス』で赤の王が機関車みたいなイビキをかいて寝ているシーン。トゥィードルディーがアリスに向かって『君は王様の夢の中で生きているのに過ぎないんだぜ』とかなんとか……」

「ああ、そうだね」

「でも、いきなり『その者の首をはねよ！』って、クィーンに言われなかっただけ、まだましだったかもしれませんわ」

「君が来てくれなかったら、裁判の結果次第ではそうなっていたかもしれない。ところが、牢屋の中でやきもきしているうちに、いよいよあれが始まってね」

「あれって？」

「あの世界と、君の舞台との融合さ。正確には、私の頭の中の物語と合わせて、三つが重なり合って、同調したのだよ。そこで私は、助けを求めるべくメッセージを送ろうと思った。元々が私の創造した物語だから、事象に影響を及ぼすことはできた。ただ、それが非常に抽象的でね。ましてや、複数の世界をまたがってとなると、音楽が精々だった」

「それが『シｂ・ラｂ・ミ』だったんですね。最初は気が付きませんでしたわ」

「君に『Ｂａｓｅ』の意味が伝わるか非常に不安だったが、音名ではあれしか綴れなくてね。『穴（Ｈｏｌｅ）』でさえ無理なんだから、判って貰えてよかったよ。この穴こそ、私らの世界とアリスの世界とが重なり合った時にだけ発生する、両世界を繋ぐ道なのだ。君が私のいる側に来てくれてからは、もうちょっと自由がきいて楽だったがね。それでも、他の連中に見つかってもまずいから『裁判所にいるから助けに来てくれ、ドジソン』なんてはっきりとメッセージを送ることはできなかったんだよ。苦労をかけたね」

「先生の創った物語は、そもそもの最初から暗号みたいなものでしたから。アリスの名字は〝リドル〟ですしね。リドルは〝謎〟に通じるし、『鏡の国のアリス』に至っては、全体がチェスのムーヴメントを表しているわけだし」

やがて、終点が見えてきた。あたしとドジソン教授の身体はくるんとひっくり返り、穴からぽんと飛び出した。そこは、随分と昔に後にしてきたように思える、舞台の上だった。あたしたちを吐き出した黒い穴は、すぐに消えてしまった。

辺りを見回すと……後ろに登場人物たち（ただしあくまで衣装を着けた役者たち）がずらりと並んでいる。なんと、フィナーレだ！

床に坐り込んでいたあたしは慌ててドジソン教授を助け起こしながら立ち上がり、彼の手を取り、言った。

「チャールズ・ドジソン教授――ルイス・キャロル氏です！」

観客席から、嵐のような喝采が巻き起こった。これも演出のひとつだと思ってくれたのだ。あちらからもこちらからも、ブラヴォーの声がかかる。あたしがいない間も、芝居は進行していたのだ。

後から劇団員に聞いたところでは、あたしが穴に飛び込むと同時に、どうもあたしにしては可愛らし過ぎる「アリス」が現れ、舞台を支配していたのだという。そして最後に彼女が穴に飛び込むと、あたしと教授が現れたというわけ。

翌日の新聞の舞台評は、大絶賛の嵐だった。舞台装置や照明が駆使され、観客が実際に幻想世界を目の当たりにしているような気分になったとか、アリスを演じた女優は後半、まるで本当に少女であるかのごとくに見えた、などなどと。おかげで、興行は連日大入りの大成功となった。期待して足を運んでくれた観客たちにはちょっと申し訳ないけど、初日と同じ演出というわけにはいかなかった。

その後ドジソン教授とは、一八九八年一月に彼が亡くなるまで親しくお付き合いさせて頂いた。ちびで童顔のあたしを「子どものまま大人になったアリス」とでも見てくれていたようで、大変よくして頂いた。教授と以前から親交のあった大女優エレン・テリーに紹介してくれるなどしてくれて、心底から有り難かった。

ドジソン教授はあの一件以来、順列機関による実験を取りやめ、機械そのものも封印したままだった。彼が他の世界を追い求めた気持ちは、あたしにもちょっとわかる。父を亡くした直後、途方に暮れていた頃に、父がまだ健在な世界を与えてやろうと言われたら、飛び付いていた。

今でも時々、合わせ鏡のように無限に存在する世界に思いをはせることがある。でも、あたしは現在の自分に満足している。

順列機関について公開すれば、科学界で大いなる名声を得ることができるかもしれない。だけどそれは、あたしの役目じゃない。重要な謎は、しかるべき時にしかるべき人物によって明らかにされるものでしょう。あたしはあくまで、ちょっとだけ珍しい冒険をした、ただの女優。それで十分。

解説

横井　司

その本が広く読まれていることを示す決まり文句として、聖書の次に読まれている本――という言い方があります。かつては、シェイクスピアやシャーロック・ホームズ・シリーズなど、英語で書かれた作品があげられていました。比較の対象に使われる聖書自体も英語で書かれているものが前提となっているわけですから、イギリスの知識人ないし書肆《しょし》などのプロモーターによる慣用表現であると想像されます。『不思議の国のアリス』もまた、聖書の次に読まれているといわれることがあります。そういわれれば、なるほどと感心しそうにもなるのですが、実際のところはどうでしょう。

試しに、日本語に翻訳されている代表的なルイス・キャロルの伝記を繙《ひもと》いてみれば、デレック・ハドスンの『ルイス・キャロルの生涯』（一九五四）には「聖書その他の一つ二つの本を別として、かつて書かれたどんな本よりも部分訳、完訳の多い本と言えばこの『不思議の国のアリス』にとどめをさすだろう」と書かれていますし（引用は高山宏訳、東京図書、一九七六から）、モートン・N・コーエンの『ルイス・キャロル伝』（一九九五）には「聖書とシェイクスピアに次いで、『アリス』は最も広く最も頻繁に翻訳され引用されている」と書かれています（引用は高橋康也監訳、河出書房新社、一九九九から）。ところが、コーエンによる伝記の翻訳書のオビには「聖書、シェイクスピアとならんで、今世紀、世界中で最も読まれた「不思議の国のアリス」」と謳われており、聖書に次いで翻訳が多い、という表現が、聖書に次いで読まれている、というふうに変化する事情を、図らずも、うかがわせています。

シャーロック・ホームズ・シリーズは、その誕生当初（正確には『ストランド・マガジン』で連載が始まり人気が出て）から、パロディが書かれていました。それに対して『不思議の国のアリス』の場合、その誕生当初からパロディが書かれたという話は、寡聞にしてあまり耳にしません。これは、ホームズ・シリーズの受容が雑誌メディアの発達を背景としていることと、無関係ではないと思われますが、ここでは、そうではあるまいか、という仮説を示しておくだけにとどめておきましょう。

エラリー・クイーンは、ホームズ・シリーズのパロディとパスティーシュを集めたアンソロジー『シャーロック・ホームズの災難』（一九四四。以下引用は乾信一郎・中川裕朗訳、ハヤカワ・ミステリ文庫、一九八四〜八五から）を編んだ際、その序文において「小説の登場人物としては、シャーロック・ホームズほど書かれたものの多い例はないと言った人がいます」と述べたあと、「それどころか、原作者のドイルよりもほかの書き手のほうがよけい書いているのです」と続けています。聖書の次に読まれているだけあって、そのパロディ、パスティーシュの数は現在もなお、増え続けていますけれど、ルイス・キャロルが書いた『不思議の国』と『鏡の国』の二冊に登場するアリスもまた、いつの頃からか様々な作者によってパロディやパスティーシュが書き始められ、現在もいろいろなメディアの形をとって発表され続けているといっていいでしょう。

本書『アリス殺人事件』の前に、同じ河出文庫から出した『不思議の国のアリス ミステリー館』（二〇一五）の解説では、「パロディやパスティーシュの類となると、とたんに少なくなります。ことにミステリでとなるとなおさらです」と書きましたが、それは同書の親本が出た一九八八年当時の話。あるいは活字メディアに限った話で、映画やコミック、ゲームといったメディアも含めると、無数のメディアを通して無数のテクストが提供されたし、今も提供され続けているといっても過言ではないでしょう。

映画というメディアでは、二〇一〇年に公開された映画『アリス・イン・ワンダーランド』が注目されます。『不思議の国』の冒険から十三年後、十九歳になったアリスが再び不思議の国に迷いこみ、赤の女王の圧政に苦しむ不思議の国の住人たちを救うというストーリーで、従来の、原作をヴィジュアル化するという性格が強かった映像作品とはタイプが異なります。原作のキャラクターを借りてオリジナルな物語を展開する、後日譚的な作品という意味では、一種のパスティーシュともいえる作品でした。好評だったのか、続編が制作され、この夏（二〇一六年七月）に『アリス・イン・ワンダーランド／時間の旅』というタイトルで公開されることになっています。

　昨年（二〇一五年）は『不思議の国のアリス』刊行百五十周年だったこともあってか、ヴァネッサ・テイト『『不思議の国のアリス』の家』やグレゴリー・マグワイア『アリスはどこへ行った？』のような小説も刊行されています。『アリス』のモデルとなったアリス・リデルの曾孫にあたるヴァネッサ・テイトの作品は、リデル家の女性家庭教師《ガヴァネス》の視点から『不思議の国のアリス』誕生の背景を描いたノンフィクション・ノヴェル風の異色作。劇団四季のミュージカル『ウィキッド』の原作者でもあるグレゴリー・マグワイアの作品は、アリスが不思議の国に迷いこんだあとの現実世界と、同じく不思議の国に迷いこんだアリスの友人エイダの冒険を描いた異世界とを、交互に配したファンタジーです。両書とも、現実のアリスが生きたヴィクトリア朝を背景としているのが特徴でした。映画『アリス・イン・ワンダーランド』もそうでしたし、今後はこうした創作が増えてくるかもしれません。

　閑話休題。

　エラリー・クイーンは先に引いた序文において、「一般にパスティシュでは神聖不可侵のシャーロック・ホームズが使われており、原作者の書きっぷりをいかに巧みに模倣するかが贋作たるパスティシュの身上」であるのに対して「パロディの作者となると、ユーモアと諷刺が売物ですからまことに傍若無人、思いつくかぎりの改作を施し、徹底的にしゃれのめしている」と述べています。ホームズの場合、シリーズとしてのスタイルが確立しており、キャラクターの個性や振る舞いの型ができあがっていること、また、そのキャラクターが毎回、違う事件に遭遇するというストーリーであることから、ホームズの個性や捜査方法について原作を踏襲しさえすれば、扱う事件については贋作者の自由度が高い。その意味では、どこまで原作の雰囲気を再現できるかという苦労があるものの、パスティーシュしやすいといえなくもありません。パロディの場合は無論、型を崩していけばいいわけですから、よりいっそう自由度は増すでしょう。

それに対して『アリス』の場合はどうでしょう。ふたつの『アリス』に共通するパターンは、一人の少女が異世界に迷いこんで様々な冒険の果てに現実世界へと戻ってくる、というものでした。そして原作のスタイルに関しては、言葉遊びやナンセンスが横溢《おういつ》しているところが、押さえるべきポイントとなります。チェシャ猫のように、キャロルの言葉遊びから生まれたキャラクターもいますし、ハンプティ・ダンプティのように、マザー・グースから借りてきたキャラクターも存在します。パスティーシュを試みるとしたら、七歳から七歳半にかけての少女が、異世界に迷いこみ、様々なキャラクターと絡みながら進む冒険譚を、言葉遊びを駆使して、ナンセンスを盛り込みながら描くということになりそうです。でも、そこまで苦労して贋作を試みるくらいなら、オリジナルな物語を創造した方が良いと考えるのが、おそらく多くの物語作家の思いではないでしょうか。

そこで『アリス』の場合、アリスを象徴する少女キャラクターを活躍させるというパターンが多くなると考えられます。少女キャラクターは単に少女であるだけでいいし、活躍する世界は、現実世界でも異世界でもいい。アリス以外のキャラクターは、チェシャ猫やマッド・ハッター、三月ウサギ、ヤマネ、ハンプティ・ダンプティなど、原作に登場するキャラクターをそのまま用いてもいいし、そのキャラクターを象徴ないし彷彿させるキャラクターを登場させてもいい。とても原作のアリスとは思えないようなキャラクターであっても、「アリス」という名前であればいい場合もありますし、アリスに相当する少女は登場しなくても、原作に登場するアリス以外のキャラクターを登場させるだけでいい場合もあり得ます。このように考えるなら、『アリス』のパロディないしパスティーシュは、シャーロック・ホームズ同様、無数のメディアを通して無数のテクストが提供されたと見なすことができるのです。

シャーロック・ホームズの場合は、シリーズ自体がジャンルとしてのミステリーでした。ですから、そのパロディやパスティーシュも自ずからミステリーになりやすかったわけですが、『アリス』の場合、もともとがファンタジーなので、その世界観やキャラクターを踏襲したパロディやパスティーシュを仕上げるために、書き手はそれなりに創意工夫を強いられるであろうことは、容易に想像がつきます。そこが作家の腕の見せどころといってもいいでしょう。

以下、本書『アリス殺人事件』収録の作品を中心に、前著『不思議の国のアリス　ミステリー館』収録の作品にもふれつつ、ミステリー・ジャンルに限って、アリス・ミステリーのスタイルを概観していくことにしましょう（ゴチック文字での表記は本書収録の作品です）。

ミステリーは日常世界の論理を前提としていますので、『アリス』の世界を彷彿させる出来事そのものやキャラクターそのものを、そのまま描くというわけにはいきません。そこで、日常世界に現出する出来事を『アリス』の世界の出来事やキャラクターに見立てるという形で、アリス・ミステリーに仕上げるという方法がとられます。有栖川有栖「ジャバウォッキー」(一九九六)、宮部みゆき「白い騎士は歌う」(一九九〇)などは、そうしたタイプの作品です。本書には残念ながら収録できませんでしたが、加納朋子の『螺旋階段のアリス』(二〇〇〇)および『虹の家のアリス』(二〇〇二)、東川篤哉『探偵少女アリサの事件簿』(二〇一四)なども、同系列の作品と考えていいでしょう。海外では、マッド・ハッターをモチーフにしたニコラス・ブレイクの『ワンダーランドの悪意』(一九四〇)が思い出されます。原題は *Malice in Wonderland* といって、人口に膾炙《かいしゃ》している原作タイトル(先にふれた二〇一〇年の映画タイトルでもあります)のもじりとなっているのですが、ブレイク作品におけるワンダーランドは不思議の国ではなく、ワンダーランド社が経営する夏の休暇用キャンプでした。

被害者の周囲に、『アリス』の世界に由来する(それに見立てた)装飾を凝らした殺人事件を描いたのが、海渡《かいと》英祐《えいすけ》の「死の国のアリス」(一九七五)ですが、その作品では、私たちの日常空間に普通に存在するものが、そのまま見立ての道具として使われていました。ところが、いわゆる館もののミステリーであり、クローズド・サークルものでもある北山猛邦『『アリス・ミラー城』殺人事件』(二〇〇三)になると、『不思議の国のアリス』に出てくる女王の庭に通じる小さな扉を模したドアが作り付けられている部屋で死体が発見されたり、殺人者が鏡を通り抜けて消えたかのような現象が起きたりします。まるで特撮映画のセットのように、異世界空間を現実に建ててしまうあたりが、昭和と平成のミステリー作法の違いを象徴しているといえるかもしれません。

特撮映画のセットのように現実世界に異世界を作り上げるのと違い、『アリス』の世界のキャラクターが現実世界に滲出してきたかのような出来事を描いたのが、柴田よしき『紫のアリス』（一九九八）です。島田荘司が提唱した、幻想的なストーリーを合理的に解決してみせる、いわゆる本格ミステリーの秀作でした。海外では、アリス・マニアの集会に参加した新聞記者が殺人事件に巻き込まれ、解決に至るまでの、一晩の顛末を描いた、フレドリック・ブラウンの『不思議な国の殺人』（一九五〇）が、この系列の作品といえるでしょうか。原題は「ジャバウォックの夜」*Night of the Jabberwock* でした。また、ジョン・スラデックとトマス・M・ディッシュが合作して、トム・デミジョン名義で発表された『黒いアリス』（一九六八）も、ここであげておきましょう。誘拐されて黒人にされてしまった白人の少女が巻き込まれる奇妙な冒険の顛末を描いた異色ミステリーです。

『アリス』の世界が現実に滲出するありさまを、演劇という形式を前景化して描いてみせたのが、篠田真由美「DYING MESSAGE《Y》」（二〇〇〇）と北原尚彦「鏡迷宮」（二〇〇二）です。前者はエラリー・クイーン『Yの悲劇』へのオマージュ作品を集めた書下しアンソロジーに収録されたので、『Yの悲劇』に由来する小道具も散りばめられています。作中に名前が出てくる桜井京介は、篠田真由美のメイン・シリーズで主役を務める建築探偵で、本作品はそのスピンオフ作品にあたり、蒼《あお》こと薬師寺香澄が主役を務めるシリーズの一編です。

北原尚彦の「鏡迷宮」は、ヴィクトリア朝を舞台とする幻想・怪奇小説、SFなどを収めた作品集の一編で、現実世界のルイス・キャロルが登場する珍しい作品です。ホームズ贋作の世界では、コナン・ドイルが探偵役を務める作品などもたくさん書かれていますが、アリス関連のパロディ、パスティーシュでルイス・キャロル本人が登場するものというと、高山宏「ナイトメア・ラビット」（一九八七）やロバータ・ロゴウ『名探偵ドジソン氏　マーベリー嬢失踪事件』（一九九八）および『名探偵ドジソン氏　降霊会殺人事件』（一九九九）くらいしか、寡聞にして思い当たりません。前者は、臨終の床でルイス・キャロルが見た幻想を描いた作品です。後者は、ヴィクトリア朝のイギリスを舞台にルイス・キャロルがコナン・ドイルと共に怪事件の謎を解くという長編シリーズで、現在までに、四作書かれたうちの最初の二作が邦訳されています。

「鏡迷宮」を面白いと思われた方なら、法月綸太郎『怪盗グリフィン対ラトウィッジ機関』（二〇一五）も楽しめるでしょう。それからさらに、広瀬正の『鏡の国のアリス』（一九七二）に手を伸ばされることをお勧めします。SFテイストというだけには止《とど》まらないつながりを見出すことができるはずです。

「鏡迷宮」は、『アリス』の世界へ現実世界の人間が迷いこむ物語でもありました。こうしたタイプの作品には、辻真先の『アリスの国の殺人』（一九八一）や小林泰三《やすみ》の『アリス殺し』（二〇一三）があります。前者は、『アリス』だけではなく、『オズの魔法使い』や日本のまんが作品のキャラクターなども登場し、作品に華を添えていますけれど、興味深いことに両書とも、現実世界と幻想世界をパラレルに描くという構成を取っている点が共通しています。共に、日本におけるアリス・ミステリーを代表する作品であり、長編であるためにアンソロジー採録を見合わせなければならないのは、残念でなりません。

三月宇佐見のお茶の会シリーズの第一作である柄刀一「言語と密室のコンポジション」（一九九八）もまた、現実世界の人間が異世界へと迷いこむ物語ですが、『アリス』の世界そのものではなく、それに匹敵する異世界を構築し、その異世界内の論理で謎解きを行なうという超絶技巧の本格ミステリーです。世に『〇〇の国のアリス』ないし『アリス・イン・〇〇ランド』というタイトルの作品は数ありますけれど、その多くが幻想空間を舞台とするファンタジー、冒険譚ですし、異世界の論理ではなく現象に興味が集中しているものがほとんどであるだけに、本作品は言葉の真正の意味でのアリス・ミステリーといえるかもしれません。なお、三月宇佐見シリーズは『アリア系銀河鉄道』（二〇〇〇）と『ゴーレムの檻』（二〇〇五）の二冊にまとめられています。

山口雅也「不在のお茶会」（一九九四）もまた、オリジナルな幻想世界を舞台とする作品です。作者自身によって「〈私とはなにか〉の主題による組曲《トリオ》」と位置づけられているだけあって、柄刀作品よりもいっそう抽象度が高いといいますか、哲学的な思考実験をそのまま小説化した作品になっています。山口雅也は、すでにデビュー長編の『生ける屍の死』（一九八九）において、『不思議の国のアリス』へのこだわりを見せていましたが、本作品はそうした嗜好性のひとつの現われといえるでしょう。なお、作中で言及されるピンク・ベラドンナというのは、『キッド・ピストルズの冒瀆』（一九九一）に始まる山口雅也のパラレル英国シリーズで、主役探偵のワトスン役を務めるキャラクターです。

本アンソロジーには該当作品を収録することはできませんでしたが、『アリス』のテクストそのものが謎解きの手がかりとなる作品もたくさんあります。海外には、エラリー・クイーンの「は茶め茶会の冒険」（一九三四）、アガサ・クリスティーの『複数の時計』（一九六三）などがありますし、日本では、小栗虫太郎の『二十世紀鉄仮面』（一九三六）や「方子《まさこ》と末起《まき》」（一九三八）、中井英夫『虚無への供物』（一九六四）、綾辻行人『黒猫館の殺人』（一九九二）などが書かれています。先にあげた海渡英祐「死の国のアリス」も、ここであげるべきでしょうか。『野球の国のアリス』（二〇〇八）というジュヴナイル・ファンタジーを書いた北村薫には、『アリス』が謎解きに絡む短編がありますが、それを指摘すること自体が初読の楽しみを奪いかねませんので、ここでは題名を伏せておくことにします。『不思議の国のアリス』初版本そのものが手掛かりとなる、ディクスン・カー『夜歩く』（一九三〇）や、『刑事コロンボ』シリーズの『ロンドンの傘』（一九七二）も、この系列に含めてもいいかもしれません。

海外作品の場合、それがミステリーであれば、現実世界を逸脱することは、めったにありません。逸脱したら、ＳＦかファンタジーに分類されるわけで、そこらへんの姿勢は厳密です。もしかしたら、本書に収録した柄刀一や山口雅也の作品などは、海外であればミステリーに分類されないかもしれません。日本の場合、綾辻行人の『十角館の殺人』（一九八七）に始まる、いわゆる新本格ムーヴメント以降、謎解きの骨格さえしっかりしていれば、どのような世界を背景としても許容されるような空気が醸成されてきました。先にふれた山口雅也の『生ける屍の死』のように、死んだものが甦る世界で殺人事件が起きるという作品は、新本格ムーヴメント期のひとつの象徴だったといえるかもしれません。新本格ムーヴメントとは、ある意味、アンチ・リアリズム運動でもあったわけですが、そうした創作意識が定着したからこそ、現実世界にとらわれない、それでいて謎解きの骨格もしっかりしているという、日本独特ともいえそうなアリス・ミステリーの登場を可能にしたわけです。本書『アリス殺人事件』は、一九九〇年から二〇〇二年までの間に発表された作品を集めているわけですが、先の『不思議の国のアリスミステリー館』がアリス・ミステリー昭和編だとすれば、それに続く本書は、いわばアリス・ミステリー平成編ということになります。この二冊を通して、日本のミステリーの変遷に想いを馳せてみるのも、ひとつの楽しみ方かもしれません。

以下、本書収録の各編について、初出、既収単行本・文庫の書誌を記しておきます。

有栖川有栖「ジャバウォッキー」『小説新潮』一九九六・一〇→『英国庭園の謎』講談

社ノベルス、一九九七→同、講談社文庫、二〇〇〇

宮部みゆき「白い騎士は歌う」『野生時代』九〇・五→山前譲編『十二支殺人事件』天山文庫、一九九一→『心とろかすような　マサの事件簿』東京創元社、一九九七→同、創元推理文庫、二〇〇一→『マサの留守番　蓮見探偵事務所事件簿』講談社青い鳥文庫、二〇〇八

篠田真由美「ダイイング　メッセージ《Y》」『「Y」の悲劇』講談社文庫、二〇〇〇・七→『センティメンタル・ブルー　蒼の四つの冒険』講談社ノベルス、二〇〇一（「DYING MESSAGE《Y》」に改題）→同、講談社文庫、二〇〇七

柄刀一「言語と密室のコンポジション」『小説現代増刊／メフィスト』一九九八・一二→『アリア系銀河鉄道　三月宇佐見のお茶の会』講談社ノベルス、二〇〇〇→同、光文社文庫、二〇〇四

山口雅也「不在のお茶会」『小説現代増刊／メフィスト』一九九四・四→『ミステリーズ』講談社、一九九四→『ミステリーズ　完全版』講談社ノベルス、一九九七→同、講談社文庫、一九九八

北原尚彦「鏡迷宮」『SFマガジン』二〇〇二・七→『死美人辻馬車』講談社文庫、二〇一〇

ルイス・キャロルことチャールズ・ラトウィッジ・ドジソン――『不思議の国のアリス

ミステリー館』の解説でも書いた通り、近年では「ダドソン」が正しい読み方とされていますが、ここでは従来の読みのままとします――が、アリス・リデルと初めて出会ったのは一八五六年四月二十五日。聖堂の写真を撮るために、写真仲間と共に学寮長の家を訪れた時のことで、そのときアリスは四歳でした。以後、ドジソンはリデル家の三姉妹と親しく交わるようになり、一八六二年に、後に『不思議の国のアリス』としてまとめられることとなる話をすることになる、運命の舟遊びの日――いわゆる「金色の午後」を迎えるのです。

つまり本年（二〇一六年）は、キャロルがアリスに出会ってから、ちょうど百六十年目にあたるのです（！）。ドジソンがアリスと出会わなければ、二つのアリス物語も書かれなかったわけで、そのような重要な節目の年に、アリス・ミステリーの新しいアンソロジーを刊行できたのも、何かの縁というべきでしょうか。手にとったあなたにとって、本書が大切な一冊になることを願ってやみません。

二〇一六年四月

（よこい・つかさ＝評論家）

【著者略歴・収録作品出典】

有栖川有栖　一九五九年大阪府生。『月光ゲーム　Yの悲劇'88』でデビュー。著書に『双頭の悪魔』『女王国の城』『マレー鉄道の謎』『鍵の掛かった男』など多数。
＊収録作品「ジャバウォッキー」（『英国庭園の謎』講談社文庫、二〇〇〇年より）

宮部みゆき　一九六〇年東京都生。「我らが隣人の犯罪」でデビュー。著書に『理由』『火車』『模倣犯』『ソロモンの偽証』『ぼんくら』など多数。
＊収録作品「白い騎士は歌う」（『心とろかすような　マサの事件簿』創元推理文庫、二〇〇一年より）

篠田真由美　一九五三年東京都生。『琥珀の城の殺人』でデビュー。著書に『未明の家』『龍の黙示録』『黎明の書』『レディ・ヴィクトリア』など多数。
＊収録作品「DYING MESSAGE《Y》」（『センティメンタル・ブルー　蒼の四つの冒険』講談社文庫、二〇〇七年より）

柄刀一　一九五九年北海道生。『3000年の密室』で長編デビュー。著書に『OZの迷宮』『ゴーレムの檻』『密室キングダム』『密室の神話《ミサロジー》』など多数。
＊収録作品「言語と密室のコンポジション」（『アリア系銀河鉄道　三月宇佐見のお茶の会』光文社文庫、二〇〇四年より）

山口雅也　一九五四年神奈川県生。『生ける屍の死』でデビュー。著書に『キッド・ピストルズの妄想』『日本殺人事件』『奇偶』など多数。
＊収録作品「不在のお茶会」（『ミステリーズ　完全版』講談社文庫、一九九八年より）

北原尚彦　一九六二年東京都生。著書に『首吊少女亭』『ホームズ連盟の事件簿』『シャーロック・ホームズの蒐集』『古本買いまくり漫遊記』など多数。
＊収録作品「鏡迷宮」（『死美人辻馬車』講談社文庫、二〇一〇年より）

本書は、河出文庫オリジナル編集です。

アリス殺人事件《さつじんじけん》

不思議《ふしぎ》の国《くに》のアリス　ミステリーアンソロジー

二〇一六年　六　月二〇日　初版発行
二〇一六年　七　月二〇日　2刷発行

著　者　有栖川有栖《ありすがわありす》、宮部《みやべ》みゆき、篠田真由美《しのだまゆみ》、柄刀一《つかとうはじめ》、山口雅也《やまぐちまさや》、北原尚彦《きたはらなおひこ》
編　者　横井司《よこいつかさ》
発行者　小野寺優
発行所　株式会社河出書房新社
〒一五一－〇〇五一
東京都渋谷区千駄ヶ谷二－三二－二
電話〇三－三四〇四－八六一一（編集）
〇三－三四〇四－一二〇一（営業）
http://www.kawade.co.jp/

ロゴ・表紙デザイン　粟津潔
本文フォーマット　佐々木暁
印刷・製本　中央精版印刷株式会社

Printed in Japan　ISBN978-4-309-41455-3

かめくん

北野勇作　41167-5

かめくんは、自分がほんもののカメではないことを知っている。カメに似せて作られたレプリカメ。リンゴが好き。図書館が好き。仕事も見つけた。木星では戦争があるらしい……。第22回日本ＳＦ大賞受賞作。

きつねのつき

北野勇作　41298-6

人に化けた者たちが徘徊する町で、娘の春子と、いまは異形の姿の妻と、三人で暮らす。あの災害の後に取り戻したこの幸せ。それを脅かすものがあれば、私は許さない……。切ない感動に満ちた再生の物語。

東京プリズン

赤坂真理　41299-3

16歳のマリが挑む現代の「東京裁判」とは？　少女の目から今もなおこの国に続く『戦後』の正体に迫り、毎日出版文化賞、司馬遼太郎賞受賞。読書界の話題を独占し“文学史的事件”とまで呼ばれた名作！

冥土めぐり

鹿島田真希　41338-9

裕福だった過去に執着する傲慢な母と弟。彼らから逃れ結婚した奈津子だが、夫が不治の病になってしまう。だがそれは、奇跡のような幸運だった。車椅子の夫とたどる失われた過去への旅を描く芥川賞受賞作。

不思議の国のアリス　完全読本

桑原茂夫　41390-7

アリスの国への決定版ガイドブック！　シロウサギ、ジャバウォッキー、ハンプティダンプティ etc. アリスの世界をつくるすべてを楽しむための知識とエピソード満載の一冊。テニエルの挿絵50点収録。

小松左京セレクション 1 日本

小松左京　東浩紀〔編〕　41114-9

小松左京生誕八十年記念／追悼出版。代表的短篇、長篇の抜粋、エッセイ、論文を自在に編集し、ＳＦ作家であり思想家であった小松左京の新たな姿に迫る、画期的な傑作選。第一弾のテーマは「日本」。

小松左京セレクション 2　未来

小松左京　東浩紀〔編〕　41137-8

いまだに汲み尽くされていない、深く多面的な小松左京の「未来の思想」。「神への長い道」など名作短篇から論考、随筆、長篇抜粋まで重要なテクストのみを集め、その魅力を浮き彫りにする。

11　eleven

津原泰水　41284-9

単行本刊行時、各メディアで話題沸騰＆ジャンルを超えた絶賛の声が相次いだ、津原泰水の最高傑作が遂に待望の文庫化！　第２回Twitter文学賞受賞作！

琉璃玉の耳輪

津原泰水　尾崎翠〔原案〕　41229-0

３人の娘を探して下さい。手掛かりは、琉璃玉の耳輪を嵌めています――女探偵・岡田明子のもとへ迷い込んだ、奇妙な依頼。原案・尾崎翠、小説・津原泰水。幻の探偵小説がついに刊行！

不思議の国のアリス　ミステリー館

中井英夫／都筑道夫 他　41402-7

『不思議の国のアリス』『鏡の国のアリス』をテーマに中井英夫、小栗虫太郎、都筑道夫、海渡英祐、石川喬司、山田正紀、邦正彦らが描いた傑作ミステリ７編！　ミステリファンもアリスファンも必読の一冊！

銃

中村文則　41166-8

昨日、私は拳銃を拾った。これ程美しいものを、他に知らない――いま最も注目されている作家・中村文則のデビュー作が装いも新たについに河出文庫で登場！　単行本未収録小説「火」も併録。

掏摸《スリ》

中村文則　41210-8

天才スリ師に課せられた、あまりに不条理な仕事……失敗すれば、お前を殺す。逃げれば、お前が親しくしている女と子供を殺す。綾野剛氏絶賛！大江賞を受賞し各国で翻訳されたベストセラーが文庫化。

少年アリス

長野まゆみ　40338-0

兄に借りた色鉛筆を教室に忘れてきた蜜蜂は、友人のアリスと共に、夜の学校に忍び込む。誰もいないはずの理科室で不思議な授業を覗き見た彼は教師に獲えられてしまう……。第二十五回文藝賞受賞のメルヘン。

黒冷水

羽田圭介　40765-4

兄の部屋を偏執的にアサる弟と、執拗に監視・報復する兄。出口を失い暴走する憎悪の「黒冷水」。兄弟間の果てしない確執に終わりはあるのか？当時史上最年少十七歳・第四十回文藝賞受賞作！

隠し事

羽田圭介　41437-9

すべての女は男の携帯を見ている。男は…女の携帯を覗いてはいけない！盗み見から生まれた小さな疑いが、さらなる疑いを呼んで行く。話題の芥川賞作家による、家庭内ストーキング小説。

最後のトリック

深水黎一郎　41318-1

ラストに驚愕！　犯人はこの本の《読者全員》！　アイディア料は２億円。スランプ中の作家に、謎の男が「命と引き換えにしても惜しくない」と切実に訴えた、ミステリー界究極のトリックとは⁉

花《はな》窗《まど》玻《は》璃《り》　天使たちの殺意

深水黎一郎　41405-8

仏・ランス大聖堂から男が転落、地上80mの塔は密室で警察は自殺と断定。だが半年後、再び死体が！　鍵は教会内の有名なステンドグラス…。これぞミステリー！　『最後のトリック』著者の文庫最新作。

夢を与える

綿矢りさ　41178-1

その時、私の人生が崩れていく爆音が聞こえた――チャイルドモデルだった美しい少女・夕子。彼女は、母の念願通り大手事務所に入り、ついにブレイクするのだが。夕子の栄光と失墜の果てを描く初の長編。